마녀가 된 우리엄마

마녀가 된 우리 엄마

초판 1쇄 인쇄 2016년 07월 1일
초판 1쇄 발행 2016년 07월 7일

지은이   김 영 우
펴낸이   손 형 국
펴낸곳   (주)북랩
편집인   선일영   편집   김향인, 권유선, 김예지, 김송이
디자인   이현수, 신혜림, 윤미리내, 임혜수   제작   박기성, 황동현, 구성우
마케팅   김회란, 박진관, 김아름
출판등록   2004. 12. 1(제2012-000051호)
주소   서울시 금천구 가산디지털 1로 168, 우림라이온스밸리 B동 B113, 114호
홈페이지   www.book.co.kr
전화번호   (02)2026-5777   팩스   (02)2026-5747

ISBN   979-11-5987-097-2 03810(종이책)   979-11-5987-098-9 05810(전자책)

이 도서의 국립중앙도서관 출판예정도서목록(CIP)은 서지정보유통지원시스템 홈페이지(http://seoji.nl.go.kr)와
국가자료공동목록시스템(http://www.nl.go.kr/kolisnet)에서 이용하실 수 있습니다.
(CIP제어번호: CIP2016016001)

성공한 사람들은 예외없이 기개가 남다르다고 합니다.
어려움에도 꺾이지 않았던 당신의 의기를 책에 담아보지 않으시렵니까?
책으로 펴내고 싶은 원고를 메일(book@book.co.kr)로 보내주세요.
성공출판의 파트너 북랩이 함께하겠습니다.

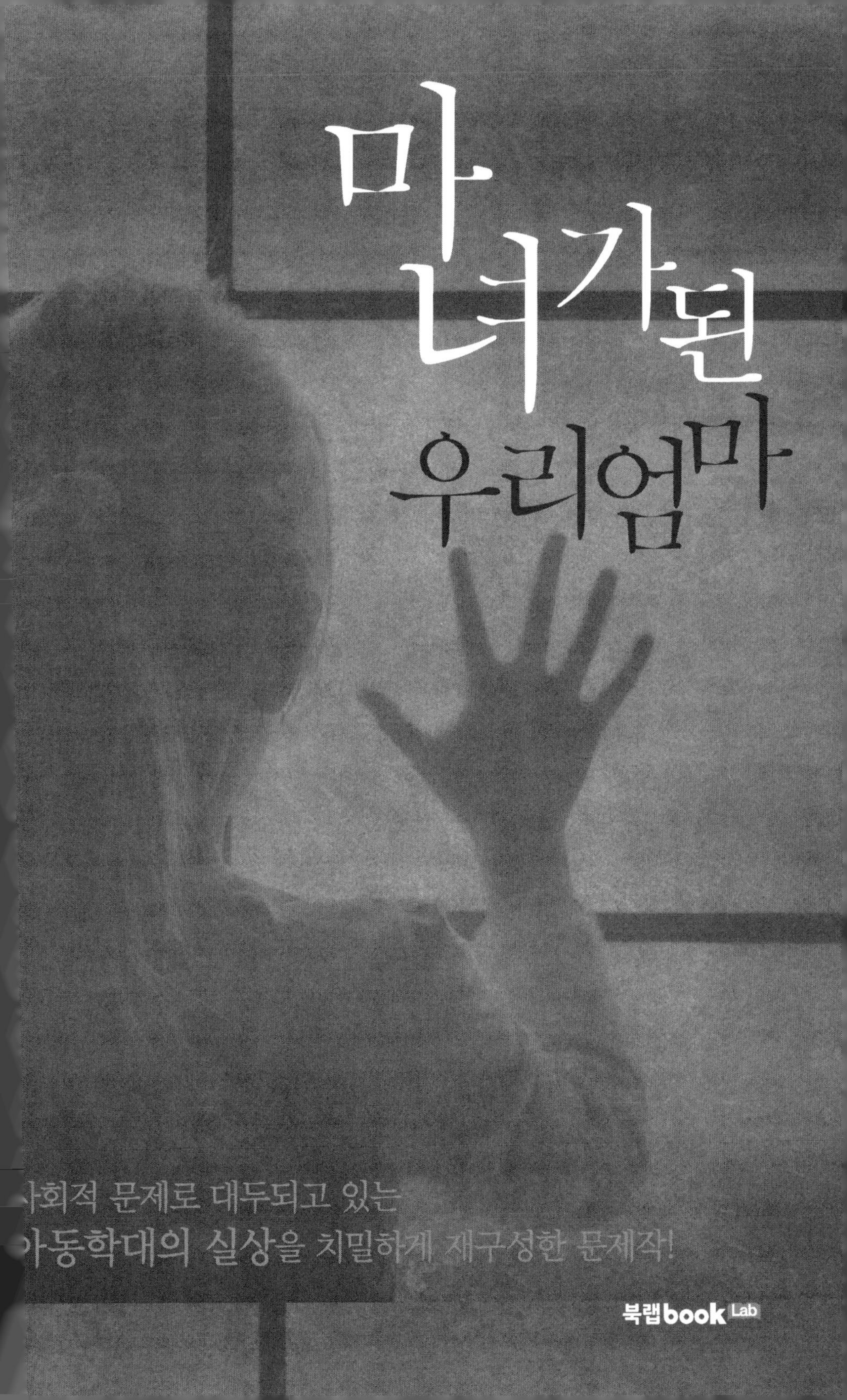
마녀가 된
우리엄마
사회적 문제로 대두되고 있는
아동학대의 실상을 치밀하게 재구성한 문제작!
북랩book Lab

2015년 12월, 열한 살짜리 여자아이 A양은 게임에 빠진 친아버지와 계모에게 무려 2년간 감금된 채, 온갖 학대와 굶주림에 시달리다 이를 견디다 못해 다세대주택 2층에서 가스 배관을 타고 내려와 인근 슈퍼로 탈출한 사건이 발생하였다. 극도의 영양실조로 뼈만 앙상하게 남은 그 여자아이는 슈퍼주인이 준 빵과 우유를 허겁지겁 먹으면서도 친아버지에게는 절대로 돌아가지 않겠다고 버티다 결국 이 아동학대 사건이 세상에 알려지게 되었다.

2013년에는 울산과 칠곡에서 벌어진 아동학대 사건은 만인의 공분을 산 천인공노할 사건이었다. 울산 사건은 계모가 친구들과 소풍을 보내달라는 8세 의붓딸의 버르장머리를 고쳐준다고 무차별 폭력을 가해 의붓딸을 그 자리에서 숨지게 한 사건이다. 이 사건으로 계모 박 씨는 미필적 고의에 의한 살인죄로 징역 18년, 친아버지는 징역 4년을 선고받았다.

칠곡 사건은 계모가 8세 의붓딸을 심하게 구타한 후 딸이 복통을 호소하는데도 방치하여 숨지게 한 사건으로 계모 임 씨는 상해치사죄로 징역 15년, 아버지는 학대 방조로 징역 4년을 선고받은 사건이다.

울산·칠곡 사건은 『장화홍련전』이나 『콩쥐팥쥐』에 나오듯이 계모가 저지른 극악무도한 아동학대 사건이다. 하지만 11세 A양 사건은 친아버지

주도로 벌어진 학대사건이다. 이처럼 이제는 계모뿐만 아니라 친부모에 의한 아동학대 사건도 날로 증가 추세에 있다. 친아버지임에도 불구하고 아이를 때리고 굶기는 것은 이상성격 소유자거나 돌연변이일 가능성이 높다. 인간은 원래 부모가 되면 본능적으로 자식을 사랑하게 되어있다. 하지만 현대 사회를 살아가는 성인들은 그 경제적 무게를 이기지 못하거나 정신적 스트레스로 인해 스스로 가정을 파괴하는 이상행동을 보이는 이가 날로 늘어나고 있다.

아동학대 현장이 주위 사람들에게 발각되어 신고가 되면 그나마 다행이다. 대부분의 아동학대는 가정 내에서 은밀하게 벌어지고 있다. 아이들이 유일한 보호자로 생각하는 부모를 거스르고 진실을 외부에 알리는 것은 극히 어려운 일인지라 대부분의 아동학대 사건은 수면 아래 가라앉아 있고, 알려지더라도 굉장히 늦게 알려지기 마련이다.

특히 우리나라는 예로부터 집안에서 아이들을 훈육한다는 명목으로 수시로 회초리를 들었다. 예로부터 '회초리를 아끼면 아이를 망친다'는 말은 아예 명문화된 문장처럼 받아들여진다. 하지만 이 세상에 결코 이성적 체벌이란 있을 수 없다. 구타는 그저 구타일 뿐이다. 사람들은 가정에서 아이들에게 무언가를 가르치다 보면 쉽게 화를 낸다. 소리를 지르는 것조차도 학대의 일종이다. 이 세상에 누구도 아이에게 소리를 지르거나 때릴 수 있는 권리를 가진 사람은 없다. 부모들은 아이들이 무엇을 가르쳐도 어른처럼 단 한 번에 이해하거나 행동에 옮길 수 없다는 것을 먼저 깨달아야 한다. 이를 깨닫지 못하면 아이를 윽박지르게 되고, 결국 이것이 손찌검으로 이어진다. 아이를 한 대라도 때리는 순간 그때부터 아이는 무력과 폭력에 굴복해야 하는 상황에 빠진다.

2014년 9월부터 아동학대범죄 특례법이 시행된 이후 정부가 아동학대 문제를 적극적으로 개입할 수 있게 된 것은 사실이다. 하지만 근본적인 아동학대를 막기 위한 강력한 제도나 사회적 지원이 절실히 필요한 시기이다.

영국은 아동의 신체 부위에 손상을 가한 폭행은 최고 5년형, 고의로 중대한 상해를 입히는 경우 최고 무기징역에 처한다. 스웨덴은 1979년부터 부모의 체벌금지를 세계 최초로 명문화한 '아동부모법'을 시행해 왔고, 덴마크, 독일 등 50여 개국이 아동에 대한 체벌을 금지하고 있다.

하지만 우리나라는 아직도 그 상황이 열악하다. 학대 아동을 맡아 전문 심리 상담을 하는 쉼터가 전국에 겨우 37개에 불과하고, 아동보호 전문기관은 55개, 상담원 수도 360명에 불과하다. 학대 아동을 한 명이라도 더 구해내려면 이러한 시설 확충이 시급히 이루어져야 한다.

그리고 이웃에 누가 사는지조차 모르는 개인주의가 팽배한 현대 사회에 살고 있는 우리도 좀 더 내 이웃에 관심을 두고 주위를 살펴보아야 한다.

아동은 약자 중의 약자다. 아이들은 학대를 받더라도 감히 경찰이나 관련 기관에 신고할 엄두조차 못 낸다. 왜냐하면 극악무도한 부모라도 부모가 유일한 보호자이기 때문에 아이들은 절대로 그들을 거스를 수가 없다. 결국 주변의 방임이 아이를 죽음으로 몰아갈 수 있다는 점을 기억하고 아동학대 현장이 발견되면 바로 신고할 수 있는 신고의식을 고취하는 것이 중요하다. 이것이야말로 우리 사회에서 또 다른 아동학대 사건을 막는 가장 효과 있는 방법일 것이다. 모쪼록 이 소설이 우리 사회에서 아동학대 사건을 줄이는데 조금이라도 보탬이 되었으면 하는 바람에서 독자 여러분에게 이 이야기를 들려주려 한다.

2016년 **김영우**

차례

주님!
제발 저 좀 도와주세요.
제발요!

예라는 마음속으로 목 놓아 울부짖었다. 그러자 갑자기 마귀선이 그 미친 짓거리를 딱 멈추는 것이었다. 그러더니 그녀는 고개를 확 돌려 살기등등한 눈으로 예라를 노려보는 것이었다. 예라는 겁이 덜컥 났다.

하예라와 하초롱

경기도 군포시 금정역.

금정역은 수도권 전철 1, 4호선이 교차하는 환승역으로 이곳은 군포 주민은 물론 주변 안양, 과천, 안산 사람들의 모임 장소로 적격이라 수 많은 사람들의 발길이 끊이지 않는 곳이다. 그러다 보니 역 주변 먹자거 리에서는 항상 맛깔난 음식에 왁자지껄 술판을 벌이는 회사 회식이나 동창회 모임이 줄을 잇고, 입맛 당기는 외식거리를 찾는 연인, 친구, 가 족 단위 손님들로 늘 북새통을 이룬다.

게다가 금정역에서 북서쪽을 바라보면 수리산이 병풍처럼 펼쳐져 있 는데 이 산은 완만한 경사에 등반이 만만하여 많은 산악동호회에서 즐 겨 찾는 산이다. 또한 수리산 둘레길은 산악자전거를 즐기는 MTB동호 회의 메카이기도 하다. 이들 역시 산행과 라이딩이 끝나면 뒤풀이 장소 로 어김없이 찾는 곳이 바로 금정역 먹자거리이다.

'금정(衿井)'이란 말의 유래는 근처 어디를 파도 물 긷는 아낙네의 옷깃 을 흠뻑 적실 정도로 샘물이 잘도 솟구쳐 인심이 후하다는 뜻이 담겨 있다고 하니 물이 됐건, 음식이 됐건 좌우지간 식당에서 주문을 하면 이곳만큼 푸짐하게 나오는 곳도 없을 것이다.

금정역 주변에는 소문난 음식점들이 꽤 많다. 두 집 건너 하나씩 각종 TV 먹방 프로그램에 소개됐다는 간판들이 광복절 가가호호 태극기 걸려 있듯 주렁주렁 걸려있다. 누가 할 일 없이 그것들의 진위를 전부 조사하겠냐만은 어쨌든 자칭 전국 맛집이란 맛집은 죄다 모여 있는 셈이다.

유명 프랜차이즈 식당들은 골목마다 기본으로 깔려있고, 전국 확장의 야망을 품고 금정역에서 시작한 금정 1호점 식당들도 심심찮게 발견할 수 있다. 예컨대 충청도 금강에서 잡은 잡어(雜魚)에 칼국수와 수제비를 넣어 끓인 '금강 칼제비', 울산 간절곶 앞바다의 싱싱한 횟감만 올린다는 '간절곶 회무덤', 중국 서부 정통방식대로 털이 보송보송한 새끼 양의 배를 갈라 그 자리에서 생고기 포를 떠 쇠꼬챙이에 꿰어 나온다는 '신장위그로 양꼬치' 등 그 살기등등한 이름과는 달리 손님들이 맛있다고 엄지를 치켜세우는 음식점들이 줄줄이 늘어섰으니 이곳이야말로 진정한 먹거리 천국이요, 영원한 잔치마당이라 할 수 있겠다. 하지만 역전에서 파는 음식들이 다 그렇듯이 이곳을 찾는 손님들 대부분 저렴한 가격에 맛난 음식을 푸짐하게 먹고 싶어 찾아오는 서민들이다. 그러다 보니 이곳에서는 깔끔함을 떨거나 우아함을 내세운 식당들은 오래 버틸 수 없고 어느 정도 맛만 갖췄다면 양으로 승부를 건 식당이 줄곧 대박을 쳐왔다.

이런 금정역 식당가를 자주 애용하는 손님 중에 귀여운 꼬마 손님이 하나 있었으니 그 아이의 이름은 하예라. 금정초등학교 3학년 여학생이다.

하예라가 좋아하는 음식은 부대찌개다. 예라는 엄마, 아빠 그리고 이제 초등학교 1학년에 갓 들어간 남동생 초롱과 같이 금정역에 있는 이씨네 부대찌개 집을 찾는 것이 삶의 가장 큰 행복이다. 하지만 애석하게도 예라의 집안 형편은 그리 넉넉지 못해 부대찌개 집을 찾는 횟수는 고작해야 일 년에 두세 번이 전부다.

하루 종일 살랑살랑 봄바람이 불던 어느 날, 회사에서 일찍 퇴근한 엄마 김정아는 무슨 좋은 일이 있었는지 현관문을 들어서자마자 가족들을 향하여 환하게 웃었다.

"오늘 회사에서 지난번 번역한 원고료 받았는데, 사장님이 무슨 바람이 불었는지 10만 원이나 더 줬어. 오늘 이 돈으로 우리 예라랑 초롱이 좋아하는 부대찌개 먹으러 갈까?"

엄마의 뜻밖의 제안에 아이들은 환호성을 지르며 집안을 폴짝폴짝 뛰어다녔다.

"엄마, 진짜? 야호!"

"그럼 난 소시지구이도 먹을 거야."

조그마한 출판사에 다니던 김정아는 모처럼 생긴 공돈을 가족들을 위해 쏘기로 작정하였다. 그런 공돈이 생기는 경우도 드물지만 설령 그런 돈이 생긴 다해도 자신을 위해 화장품 한 번 사본 적 없는 그녀였다.

예라와 초롱이는 벌써 입맛을 다시며 빨리 가자고 야단이었다. 그러나 하루 종일 텔레비전 앞에서 채널만 돌리며 빈둥대던 남편 하수왕은 뭐가 그리도 불만인지 인상을 잔뜩 쓰고 투덜대기 시작했다.

"씨, 부대찌개 뭐 먹을 게 있다고…."

아빠 하수왕은 백수다. 그는 하루 종일 집에서 텔레비전을 보거나 가끔 책 읽는 것 이외에는 하는 일이 전무했다. 그렇다고 가사를 돕는 것도 아니다. 집안일을 하는 것은 남자 체면을 구기는 일이라며 손끝 하나 까딱하지 않는 진정한 백수였다.

김정아는 아무 말 없이 짧게 한숨을 내쉬었다. 짜증을 내는 하수왕에게 말대꾸를 해봤자 부부싸움으로 번질 게 뻔했기 때문이다. 남편은 서울에서 내로라하는 명문대학을 졸업하고도 저렇게 하루 종일 텔레비전 앞에서 빈둥대고 있으니 김정아도 미칠 노릇이었다.

"그냥 저녁 한 끼 때운다고 생각하면 안 돼?"

김정아의 자조 섞인 목소리에 하수왕은 묵묵부답이었고 초롱은 풀이 죽어 신발을 신다 말고 멀뚱하게 엄마만 바라보았다. 하지만 평소 씩씩한 성격의 누나 예라는 그 정도 분위기에 기가 죽을 아이가 아니었다. 예라는 그런 아빠의 태도에 전혀 개의치 않고 되레 아빠를 재촉했다.

"아빠, 나는 이 세상에서 부대찌개가 제일 맛있단 말이야. 어서 먹으러 가요."

"그래, 아빠. 같이 가!"

누나의 자신감 넘치는 목소리에 초롱이도 그제야 기분이 좋아져 금세 누나를 따라 아빠를 졸라댔다. 하수왕은 리모컨을 소파에 집어 던지고 일어섰다.

예라의 집은 금정역 근처 다세대주택이라 이 씨네 부대찌개 식당까지는 걸어서 넉넉잡고 10분이면 충분하였다. 군포시는 고층아파트로 빽빽이 들어선 대단위 아파트 단지이다. 하지만 군포 재래시장을 중심으로 예라 집과 같이 오래된 연립주택들도 도시의 한 자락을 차지하고 있었다.

저녁 식사 시간이 좀 지나서 찾은 이 씨네 부대찌개 식당에는 손님이 두어 테이블밖에 없었다. 예라 식구는 자리를 잡고 부대찌개와 철판구이 하나씩을 주문하였다. 예라는 아주 흡족한 얼굴로 엄마를 한번 바라봤다가, 음식이 언제쯤 나오나 하고 주방을 한번 바라보았다. 예라에게는 음식을 기다리는 이 시간이야말로 정말 행복한 시간이다. 매일 이런 시간을 가졌으면 좋으련만 어디 집안 형편이 그렇게 녹녹한가. 김정아도 아이들의 얼굴을 바라보며 잠시 행복해 표정을 지었다. 하지만 하수왕은 굳은 얼굴을 하고 담배를 입에 물었다.

"아빠, 여기서 담배 피우면 안 되는데…"

초롱이 아빠를 바라보며 말했다.

"알아, 인마."

하수왕은 담배를 꼬나물고 식당 밖으로 나갔다.

"아빠가 나한테 욕했어."

"인마는 욕 아니야."

"아니야. 선생님이 인마도 욕이래."

"아니라니까!"

예라는 동생에게 큰 소리로 말했다. 김정아는 그런 두 아이를 바라보며 웃으면서 손을 내저었다.

"싸우면 나쁜 사람이야."

그때 주문했던 부대찌개와 철판구이가 나왔고 서빙 하는 아주머니는 쟁반에서 음식물을 민첩하게 내려놓았다. 하수왕은 음식이 나온 것을 보고 밖에서 담배를 반쯤 피우다 말고 남은 담배를 바닥에 던졌다. 그런데 하필이면 담배꽁초가 마침 식당으로 들어가려던 손님 발 앞에 떨어진 것이 아닌가!

하수왕은 고개를 들어 손님을 바라보았다. 스포츠머리를 한 험상궂게 생긴 것이 동네 건달 같아 보였다. 그는 순간 멈칫하면서 하수왕을 바라보고 인상을 썼다. 하수왕은 미안하다는 말 대신 가볍게 고개를 꾸벅였다.

"헐."

그 남자는 어이없다는 듯 퉁명스럽게 내뱉더니 같이 온 다른 남자와 식당 안으로 들어갔다. 그들은 그 많고 많은 자리 중에 하필이면 예라 가족 옆 테이블에 앉았다.

"아줌마, 여기 철판구이 2인분하고 소주 2병!"

두 사람은 주문을 하고 자기들끼리 뭐라고 큰 소리로 떠들어댔다. 그 제야 하수왕은 밖에서 들어와 자리에 앉았다.

"아빠 왔으니까 우리 기도하고 식사하자."

독실한 기독교 신자인 김정아는 아이들에게 말했다.

"아이씨, 쪽팔리게 부대찌개 하나 시켜놓고 무슨 기도야? 그냥 먹어."

하수왕은 안 그래도 기분이 나빠 있었는데 기도라는 말에 버럭 화를 냈다.

김정아는 하수왕의 통명스러운 반응에 잠시 망설이더니 그래도 아이 들과 같이 기도를 시작했다.

"사랑이 많으신 주님, 오늘 우리 가족이 이렇게 맛있는 음식을 먹게 해주시어 감사합니다…"

예라와 초롱은 얼른 기도를 끝내고 음식을 먹기 위해서 엄마를 따라 눈을 꼭 감았다. 하수왕은 분위기 있는 고급레스토랑의 룸이라면 몰라 도 옆에 건달 손님들까지 앉아 있는 이런 허접한 식당에서 싸구려 음식 하나 시켜놓고 기도를 늘어놓는 김정아의 행동이 창피해서 견딜 수가 없었다. 아니나 다를까 옆자리에 앉아 있던 문제의 건달들이 독심술로 하수왕의 마음을 읽기라고 했는지 기도하는 김정아 가족을 보고는 키 득거렸다.

"뭐 엄청 비싼 거 먹는다고… 크크."

옆 테이블의 비웃는 소리에도 김정아는 조용히 기도를 이어갔다. 예 라와 초롱도 눈을 번쩍 뜨고 그 아저씨들을 째려보다가 계속되는 엄마의 기도에 얼른 눈을 감았다.

"아이씨, 하지 말라니까!"

하수왕은 낮은 목소리로 김정아에게 옥박지르더니 결국 자리를 박차고 일어섰다.

"아빠."

초롱은 식당을 나가는 하수왕을 불렀지만 그는 거칠게 식당 문을 닫고 어디론가 사라졌다. 셋은 기도를 하다말고 깜짝 놀란 눈으로 식당 밖을 바라보았다. 김정아는 체념한 듯 고개를 돌려 아이들을 바라보았다.

"기도 다 했으니까 어서들 먹어."

"아멘. 잘 먹겠습니다."

초롱은 아멘 소리가 끝나기가 무섭게 포크로 얼른 소시지를 콕 찍었다.

"야, 그거 아직 안 익었어."

"난 생것도 잘 먹거든."

누나의 핀잔도 허기진 초롱에게는 소귀에 경 읽기였다.

아이들은 정신없이 부대찌개를 먹었지만 김정아는 방금 자리를 박차고 나간 하수왕 때문에 입맛이 하나도 없었다.

'또 술 한잔하고 들어와 손찌검하는 것 아니야?'

김정아는 아이들을 바라보며 점점 마음이 무거워졌다.

김정아와 하수왕은 결혼한 지 벌써 10년 차였다. 하지만 두 사람은 서로 잘 맞지 않았다. 사실 이 부부의 문제는 전적으로 하수왕에게 있었다. 하수왕은 자신이 이 세상에서 가장 잘났다고 생각하는 오만함으로 똘똘 뭉쳐있고 게다가 허영심으로 가득 찬 전형적인 속물이었다. 하수왕이 그런 성격의 소유자임에도 불구하고 두 사람이 그동안 10년을 같이 살 수 있었던 것은 착한 아내 김정아가 그의 성격을 어떻게든 맞춰왔기 때문이다.

두 사람이 처음 만난 것은 12년 전 대학 시절, 당시 '펑요우(朋友, 친구)'라고 불린 대학 연합 중국어회화 동아리에서였다. 당시 하수왕은 군복무를 마친 서울 모 명문대학 중문학과 4학년에 재학 중이었고, 김정아는 서울 모 여대 중문과 2학년에 재학하고 있었다. 그 동아리는 학내 동아리가 아니고 외부 연합동아리로 거기에 참석했던 회원들은 매우 다양했다. 각 대학 중국어 관련 학과에 다니는 학생들이나 한국 대학으로 유학 온 중국 학생들이 주류를 이루었다. 사실 참석하는 회원들은 공부보다는 서로 간 친목을 다지는 데에 더 관심이 많았다. 하지만 순진한 김정아는 중국어회화 실력을 조금이라도 향상시켜 보려고 동아리에 참여하게 되었다.

반면 언제나 자신만만한 하수왕은 그 동아리에 가입하게 된 동기는 완전히 달랐다. 그도 중문과를 다니고 있었지만 중국어는 애초부터 관심 밖의 일이었고, 그의 목적은 오로지 예쁘고 돈 많은 집안의 여학생을 꼬시기 위해서였다. 당시 그 동아리에는 외모도 빼어난 데다 집안까지 좋은 여학생들이 많다는 소문이 자자하여 하수왕은 그런 퀸카 하나 잡아 결혼이나 해볼 요량으로 '펑요우'에 가입했던 것이다.

사실 하수왕은 원래 굉장히 잘 살았던 부잣집 외아들이었는데 아버지의 사업 실패로 하루아침에 알거지가 되어 버렸다. 하수왕이 고교 시절까지만 해도 자수성가한 그의 아버지는 '대왕건설'이라는 꽤 유명한 건설회사의 대표이사로 온갖 사치를 다 누리며 떵떵거리고 살았었다. 항상 황태자 대접을 받던 하수왕인지라 그의 성격이 안하무인에다 겉멋만 잔뜩 들게 된 것도 어찌 보면 당연한 일인지도 모른다.

사업가 중에는 잘 나가다가 하루아침에 망해버리는 케이스는 흔해 빠졌는데, 하수왕의 아버지도 그런 사람 중 하나였다. 영원히 번창할 것 같던 하수왕 아버지의 건설사업에도 악마의 그림자가 찾아온 것이다. 대왕건설이 공사 중이던 공사 현장에서 원인 모를 지반침하가 발생하여 건물 전체가 일순간에 붕괴하면서 수십 명이 사망하는 대형 참사를 당하여 아버지 회사는 결국 파산하고 말았다. 이로 인해 집안은 하루아침에 알거지가 되었고 아버지는 실형을 선고받아 감옥까지 가게 되었다. 빚쟁이에 쫓긴 어머니는 쇼크를 받고 시름시름 앓다가 그해를 넘기지 못하고 세상을 하직하고 말았다.

졸지에 멸문지화를 당한 하수왕은 대학입학이고 뭐고 다 때려치우려 하였으나 고모의 강요에 못 이겨 대입시험은 억지로 치렀다. 하지만 땡전 한 푼 없는 집안에서 등록금 마련하기도 어려워 결국 대학 4년 전액 장학금을 받기 위해서 평소 서울대학교 이외에는 쳐다보지도 않던 하수왕은 관심도 없는 학교의 중문과에 진학하게 되었다.

그렇게 마음에도 없는 대학과 전공 선택으로 지겨운 대학생활을 보낸 하수왕 머릿속에는 늘 큰돈을 벌어 다시 한 번 집안을 일으켜 세워야겠다는 강박관념으로 가득 차 있었다. 그가 '평요우'에 나가게 된 것도 다 그런 맥락에서였다.

그렇게 동아리에서 여러 학생을 유심히 살피다 만나게 된 여학생이 바로 김정아였다. 김정아는 피부가 유난히 희고 깨끗했다. 그것 하나만으로도 그녀는 귀티가 흘렀다. 게다가 얼굴도 귀엽게 생겼고 옷도 예쁘게 입고 다녀 누가 보아도 대단한 부잣집 외동딸처럼 보였다. 그래서 동아리 안에서는 하수왕뿐만 아니라 많은 남학생들이 그녀와 사귀어 보려고 안달이었다. 특히 중국에서 온 유학생 쉬펑(許朋)이라는 친구는 중국의 부유층 자제로 김정아를 남몰래 짝사랑하고 있었는데 키 크고 외모가 출중한 하수왕이 적극적으로 달라붙는 바람에 김정아는 결국 하수왕 차지가 되고 말았다.

그런데 사실 김정아 집안은 아주 평범했다. 그녀의 아버지는 모 기업의 부장이었고 어머님은 중학교 교사였다. 그런 중산층 가정에서 자란 김정아였지만 하나밖에 없는 딸에 대한 부모의 정성은 대단하였다. 김정아 부모는 외동딸을 위해서라면 해주고 싶은 모든 것을 다해주었다. 그러다 보니 다른 학생들 눈에는 김정아야말로 정말 대단한 집안의 자녀처럼 보였던 것이다.

김정아는 '평요우' 동아리를 다니는 내내 몇 번씩이나 탈퇴하려고 고민하였다. 왜냐하면 동아리 내에서 중국 유학생이나 중·고등학교 시절 중국에서 살다 온 한국 학생들이 분위기를 주도하다 보니 참석할 때마다 그들의 유창한 중국어 실력에 주눅이 들어 자신은 한마디도 못하고 시종일관 남의 이야기만 듣다가 돌아오기 일쑤였다. 게다가 회원들은 공부보다는 술 마시는 데 관심이 더 많아 동아리에 대해 갈수록 실망하고 있었다. 더 이상은 '평요우'에 나갈 의미를 찾지 못한 김정아는 결국 동아리를 탈퇴하게 되었다.

그리고 평소 주일이면 빠짐없이 다니던 교회 성가대 활동만 열심히 하기로 결심하였다. 그러자 같이 동아리를 다니던 하수왕도 동아리를 탈퇴하고 나와 김정아가 다니던 교회에 등록하여 그녀와 같이 성가대 활동을 하는 것이었다. 김정아는 평소 술자리는 반드시 참석하고 신앙심이라고는 눈곱만큼도 없던 하수왕이 자기를 따라 교회에 나오게 된 것에 큰 감동을 받았다.

김정아는 자신이 속물 중의 속물 한 사람을 하나님 앞으로 인도했다는 생각에 마음이 뿌듯했다. 하지만 교회의 '교'자도 모르던 하수왕이 김정아를 따라 교회에 나가게 된 것은 김정아의 생각처럼 자신의 방탕한 생활을 회개해서가 아니라 오로지 부잣집 외동딸 김정아와 결혼해야겠다는 일념 때문이었다.

김정아는 서울 부촌으로 알려진 용산구 동부이촌동에 살았다. 김정아 집이 돈은 많지 않지만 그런 부촌에 살게 된 것은 동부이촌동이 재건축되기 전에 김정아 부모가 알뜰살뜰 저축하여 그곳에 작은 평수의 아파트를 하나 마련했었기 때문이다.

김정아가 다니던 동부이촌동 강변교회는 인기 연예인과 부자들이 많이 나오기로 유명했고 교회 안에서 자기들끼리 결혼 성사가 많이 이루어지곤 하였다. 그런 교회 분위기를 확인한 하수왕은 김정아 집안이 부자일 것이라는 것에 더욱 확신을 가졌고 그녀와 하루라도 빨리 결혼을 하여야겠다고 마음먹었다.

결국 두 사람은 김정아가 대학을 졸업하자마자 결혼식을 올렸다. 장인, 장모는 김정아도 버젓한 직장을 잡고 2~3년 사회생활을 경험한 후에 결혼해도 늦지 않다고 생각했으나 하수왕이 워낙 재촉하는 바람에 어쩔 수 없이 부랴부랴 결혼식을 올리게 되었다.

성격은 매우 이기적이지만 공부 머리는 비상했던 하수왕은 대학성적은 우수한지라 어렵지 않게 삼성물산에 입사하여 중국 관련 업무를 보게 되었다. 그리고 하수왕의 어려운 집안 사정을 잘 알던 장인어른은 딸과 사위를 위하여 동부이촌동 아파트를 팔아 경기도 군포시에 조그만 아파트를 두 채 마련하였다. 그래서 한 채는 장인, 장모가 살고, 다른 한 채는 하수왕 부부가 살게 하였다.

"아버님, 어머님, 이 은혜는 절대 잊지 않겠습니다. 제가 직장생활 착실히 해서 행복하게 잘 살겠습니다."

하수왕은 결혼과 동시에 아파트를 장만해 주신 장인, 장모께 정중한 감사의 인사를 올렸다. 하지만 속으로는 쾌재를 불렀다. 왜냐하면 모든 것이 자기 계획대로 착착 진행되어 가기 때문이었다. 그 계획이란 것은 다름 아닌 자신의 사업을 시작한다는 것이었는데, 그렇게 하려면 사업 자금이 필요했고, 사업자금을 마련하려면 장인으로부터 지원받아야 하는데 장인이 결혼하자마자 아파트를 바로 마련해 주었기 때문이다. 하수왕은 그 아파트를 팔아서 사업할 생각만 하고 있었다.

하수왕은 삼성물산이라는 우리나라 최고의 직장에 취업하였지만 이런 직장도 그의 성에 차지 못했다. 그가 바라는 것은 오직 자신이 번듯한 기업체의 사장이 되어 어렸을 때처럼 떵떵거리며 살아보는 것이었다.

사업에 눈이 먼 하수왕은 장인으로부터 아파트를 받자마자 사업자금을 마련하기 위해 아파트 담보대출을 받았다. 물론 김정아가 두 손 들고 말렸지만 닳고 닳은 하수왕이 순진한 김정아 설득시키는 것은 어린아이 과자 먹이기보다 쉬웠다.

하수왕이 간절히 바라던 사업은 영화제작이었다. 영화제작이라는 것이 웬만한 전문성을 가지고도 성공하기 어렵고, 대중이 무엇을 보고 싶어 하는가를 정확히 읽어야만 겨우 성공할까 말까 하는 매우 고난도의 사업임에도 불구하고 그가 영화사업을 그토록 하고 싶어 하는 이유는 단지 영화를 한다는 자체가 폼나기 때문이었다.

하수왕은 아파트 담보대출금으로 처음부터 영화사를 차리기에는 자본금이 턱없이 부족한지라 일단 영화계에 있던 친구가 소개한 초특급 대박이 기대되는 어느 영화 한 편에 투자하기로 결심하였다. 히트만 하면 투자비의 20배는 너끈히 받을 수 있다는 이야기에 그는 과감하게 대출금 2억 원 전액을 투자하였다. 그러나 그 영화는 대대적인 마케팅에도 불구하고 개봉 후 관객들로부터 별다른 반응이 없자 조기에 막을 내리는 참패의 쓴맛을 보게 되었다.

도박도 이런 도박이 없었다. 담보로 잡힌 아파트를 한순간에 홀러덩 날린 하수왕은 결국 그때 지금의 허름한 연립주택으로 이사를 하게 되었다. 무모한 영화 투자의 참담한 실패를 맛본 하수왕은 회사 일도 손에 안 잡히고 매일 밤 소주로 분을 삭이는 것이 그의 주된 일이었다.

"멍청한 것들! 내가 직접 만들면 그것보다 백배는 잘 만들겠다."

좀처럼 분이 풀리지 않은 하수왕은 그때부터 김정아를 다그치기 시작했다. 그는 이제 자신이 직접 영화사를 차리기 위해 처가에서 돈을 가져오라고 강요한 것이다.

도박에서 돈을 잃은 사람은 더 큰돈을 벌기 위해 반드시 꼭지가 돌기 마련이다. 애당초 김정아는 하수왕에게 전공도 하지 않은 영화사업 같은 것은 꿈도 꾸지 말고 지금 다니는 회사나 착실히 다니라고 하였으나 하수왕은 콧방귀도 뀌지 않았다. 결국 고집대로 영화사업에 투자했다가 집 한 채를 보기 좋게 말아먹더니 이제는 한술 더 떠 친정에서 영화사 차릴 돈까지 가지고 오라고 하니 김정아는 기가 막힐 노릇이었다.

김정아는 이번에는 어떡해서든 그를 만류하여 다시 열심히 직장생활을 하도록 만들어야겠다고 마음먹고 그에게 대들면서까지 사업을 반대하였다. 그 결과 날아온 것은 하수왕의 주먹세례였다. 폭력이란 게 원래 최초에 행사하기가 겁나서 그렇지 그 손맛을 보게 되면 마치 취미처럼 쉽게 휘두르게 되어있다.

하수왕은 돈이 나올 때까지 김정아를 때리고 또 때렸다. 그래도 처가에서는 돈이 나올 기미가 보이지 않았다. 혼자 똑똑한 척 다하던 그는 처가에 아파트 이외에는 정말 가진 것이 없다는 사실을 그제야 알게 된 것이다. 그 사실을 알아차리는 데 몇 년이나 걸렸으니 평범한 월급쟁이도 못할 하수왕은 사업을 하기에는 너무나도 판단력이 없는 인물이었다.

하지만 매일 맞고 사는 딸을 불쌍하게 여긴 장인, 장모는 결국 자신의 집을 팔아 자신들은 경기도 화성 근처 시골로 들어가고 사위 하수왕에게 사업자금을 어렵게 마련해 주었다.

"하 서방, 이게 마지막일세. 제발 우리 딸과 사이좋게 잘살아보시게. 정말 이렇게 간곡히 부탁하네."

"여부가 있겠습니까? 장인어른. 저를 마지막으로 한 번만 더 믿어 보세요. 꼭 성공해서 유명해질 테니까요, 하하."

장인어른으로부터 적지 않은 자금을 손에 넣게 된 하수왕은 천군만마를 얻은 장군인 양 사기가 충천되어 그 즉시 회사도 사표 내고 퇴직금까지 보태어 결국 버젓한 영화사 사장이 되었다.

그 후 하수왕은 초등학생처럼 가슴에 '사장 하수왕'이란 이름표만 안 달았지 매일 싱글벙글이었다. 그는 평생 이때만큼 기쁘고 행복한 날이 없었고, 그 몇 달이 그의 인생 최고의 전성기였을 것이다.

그와는 반대로 김정아는 그때만큼 삶이 눈물 나도록 힘든 적이 없었다. 하수왕은 사장 품위를 유지한답시고 중고 외제차까지 구입해서 쏘다니고 있을 때, 김정아는 이제 초등학교에 들어간 예라의 학원비 마련이며 집안 생계를 위하여 작은 출판사에서 중국어 번역 일을 시작하였다.

하수왕이 첫 번째로 제작하는 영화가 성공한다면야 벼랑 끝에서 다시 한 번 멋지게 하늘로 날아오를 수 있지만, 만약 흥행에 실패한다면 그 가족은 벼랑에서 떨어져 죽는 수밖에 없었다.

하지만 하수왕은 사업 복이라고는 지지리도 없는 사람이었다. 그가 영화를 제작했던 시기는 우리나라 IMF 경제 위기가 막 끝난 국내 경기가 극도로 어려운 시절이었다.

그의 영화사 이름으로 제작한 첫 작품이자 마지막 작품이 된 '인어공주와 지하세계'라는 SF영화는 잡지, 신문, 포스터 등 언론매체에 엄청난 물량 공세로 홍보하는 통해 하수왕은 어느 곳에 가든지 자신의 영화 이야기만 들려 대박을 확신하였고, 김정아도 남편의 성공을 간절히 기리며 매일같이 교회를 찾아 하나님께 새벽기도를 올렸다.

하지만 흥행의 결과는 기도의 염원과는 완전히 달랐다. 관객들은 경기도 어려운 상황에서 그런 SF영화에 아주 냉담한 반응을 보였다. 정말 아무도 극장을 찾지 않아 결국 '인어공주와 지하세계'는 겨우 5,000명 관객을 동원하고 단 2주 만에 대단원의 막을 내리고 말았다. 참담해도 이렇게 참담한 결과는 없을 것이다.

결국 하수왕 집안은 완전히 바닥까지 곤두박질쳤다. 그때부터 김정아는 집안의 생계를 위하여 필사적으로 번역 일을 하였다. 또한 한편으로는 하수왕이 더 나이 들기 전에 직장에 들어갈 수 있도록 아는 선배들을 찾아다니며 일자리를 알아보았다. 아내 김정아의 정성이 갸륵했는지 운 좋게도 몇 군데 중소 무역회사의 중국 사업 담당자 자리에 취업 제의가 들어왔다. 하지만 신문지상과 TV 등에 이름을 오르내리며 영화를 찍는다고 거들먹거리던 그가 쥐꼬리만 한 월급에 만족한다는 것은 어림 반 푼어치도 없는 소리였다. 그래서 소개해준 몇 군데 회사를 두어 달씩 전전하다가 결국 지금은 집에서 빈둥빈둥 놀고먹는 백수 신세가 되었다.

김정아는 오랜만에 배불리 외식을 한 예라와 초롱을 재우고 이불을 덮어 주었다. 부대찌개와 소시지구이가 남들에게는 변변치 않은 음식일지 모르지만 어렵게 살고 있는 김정아 가족에게는 행복을 안겨다 주는 매우 귀중한 외식거리였다. 그녀는 아이들의 잠든 모습을 한참 동안 바라보다 마루로 나왔다.

10시가 다 되었는데도 하수왕은 아직 들어오질 않았다. 시간이 지날수록 김정아는 점점 불안해졌다. 하수왕이 늦게 귀가하면 할수록 술을 더 많이 마실 것이고 그러면 십중팔구 주먹을 휘두를 것이 뻔했기 때문이다.

사실 김정아는 모처럼 식구들과 부대찌개 집에서 외식을 하면서 하수왕에게 좋은 소식을 전해주려 했다. 이날 오전 친구가 근무하는 출판사에 업무차 들렀다가 학창시절 '평요우' 동아리에서 만났던 쉬펑이라는 중국 친구를 우연히 만나게 되었다. 학창시절 김정아를 짝사랑했던 쉬펑은 그녀를 보자 너무나도 반가워했다.

비록 쉬펑은 김정아를 짝사랑했고 하수왕처럼 잘생기고 키 큰 한국 남자에게 맥없이 물러서긴 했지만 그것은 다 지난 학창시절의 일이라 생각하고 그녀의 근황을 물었다. 김정아는 자신도 모르게 창피함도 무릅쓰고 집안 사정에 대하여 솔직히 말해주었다. 쉬펑은 그들 부부가 어렵게 산다는 소식을 듣자 상당히 안타까워하는 표정이었다.

그리고 쉬펑은 그동안 한국에서 대학을 졸업하고 한국 운송회사에 잘 다니고 있었다고 하였다. 그 운송회사는 삼성전자 핸드폰을 세계로 대량 운송하는 꽤 탄탄한 회사였는데 그는 7년 동안 줄곧 그 회사에서 착실히 근무하여 과장까지 진급하였다고 하였다. 그리고 이번에 삼성전자가 중국 '소주(蘇州)'에 대단위 공장을 오픈했는데 그쪽 운송물량을 확보하기 위하여 자기가 소주(蘇州) 책임자로 나간다는 것이었다. 그리고 쉬펑이 중국으로 나가면 한국 본사에 중국어를 할 수 있는 직원이 공석이 되는데, 만약 하수왕이 놀고 있다면 회사에 추천을 해줄 테니 자기 회사에 와서 일하면 어떻겠냐는 것이었다.

가뜩이나 경제적으로 힘들어했던 김정아에게는 긴 가뭄 끝에 하늘이 내려주는 단비 같은 소식이었다. 김정아는 쉬펑이 너무나도 고마웠다.

"쉬펑, 정말 고마워. 뭐라고 감사해야 할지…."

"무슨 소리. 친구끼리 도우면서 살아야지."

김정아는 이 문제를 하수왕과 의논한 후 2, 3일 내로 연락을 주겠다고 말하고 집으로 돌아온 것이다.

거의 11시가 다 되어 하수왕은 김정아가 예상한 대로 거나하게 취해서 집으로 돌아왔다. 김정아는 식당에서 식사 기도를 하는 것이 창피하다고 가족들만 남겨두고 혼자 식당을 나가버린 그의 행동에 화가 났지만, 술 취한 그에게 따졌다가는 부부싸움만 날 것이 불을 보듯 뻔했기 때문에 그 일에 대해서는 아무 말도 하지 않았다. 다만 오늘 만났던 쉬펑에 대한 이야기를 조심스럽게 꺼냈다.

"뭐? 쉬… 펑? 그 쥐새끼 같은 중국 놈? 너 좋아했잖아. 그렇지?"

하수왕은 그 시절 쉬펑이 김정아를 무척 좋아했다는 사실이 문득 머리를 스쳤다.

"다 옛날이야기잖아. 그 회사 한번 나가 봐, 이제 집에서 그만 놀고."

"뭐? 그만 놀아? 이 미친년이 어디 감히 남편한테…."

하수왕은 버럭 화를 냈다. 김정아 또한 그의 상스러운 말투에 참고 있던 감정이 복받쳐 올랐다.

"왜 또 욕해? 부대찌개 먹는 게 그렇게 창피하면 자기가 돈 벌어 와서 애들한테 비싼 데 가서 사주면 되잖아."

"뭐야? 이걸 그냥 확!"

하수왕은 벌떡 일어서더니 귀싸대기를 내리칠 기세였다.

"당신의 그 폭력은 대체 언제쯤 끝날 건데. 우리 엄마 아빠가 당신 때문에 얼마나 고생하신 줄이나 알아? 나는 고생해도 상관없어. 하지만 우리 부모님은 아니잖아. 엄마 아빠 집 다 팔아먹고 그분들을 왜 이 고생시키는 거야? 당신이 눈곱만큼이라도 양심이 있으면 당장 내일이라도 쉬펑이 말한 직장에 나가서 우리 부모님한테 단돈 얼마라도 갚아야 하는 게 사람의 도리 아니야?"

김정아는 눈물을 흘리며 호소했다. 그녀는 하수왕이 허영심으로 가득 찼고 돈만 밝히는 속물이라는 것을 결혼 전에 알아차리지 못한 것을 땅을 치고 후회했다. 그래도 이렇게 10년을 버텨 온 것은 오직 예라와 초롱이가 있었기 때문에 가능했던 일이었다.

김정아는 그래도 하나밖에 없는 사위라고 하수왕에게 가진 것 다 팔아 사업자금을 대주신 부모님을 생각하면 가슴이 미어져 왔다.

"또 그 얘기냐? 내가 왜 또 안 하나 했다. 네 부모가 나한테 100억을 해줬냐? 200억을 해줬냐? 달랑 아파트 하나 줘 놓고…."

"그게 우리 부모님한테는 전 재산이란 말이야, 전 재산! 어쩌면 10년이 지나도록 미안하단 소리 한마디 없니? 나쁜 자식."

김정아도 감정에 복받쳐 강하게 나갔다.

"나쁜 자식? 이년이 좀 맞아야 정신 차리겠구나."

하수왕의 눈빛은 이제 취기를 넘어 살기가 등등했다. 그는 혁대를 풀어 오른손에 힘을 주어 칭칭 감았다.

"이년이."

그리고는 악독한 마부가 힘없이 휘청거리는 말을 내리치듯이 그녀를 사정없이 내리쳤다.

"악!"

김정아의 비명 소리가 온 집안에 울려 퍼졌다. 하수왕은 또 한 번 힘차게 내리쳤다. 그녀는 살려달라거나 잘못했다는 말도 안 하고 그저 울면서 맞고만 있었다. 그때 방 안에서 예라가 문을 열고 마루로 나왔다.

"아빠, 제가 잘못했어요. 제가 부대찌개 먹자고 해서 간 거니까 엄마 때리지 마세요."

예라는 눈물을 뚝뚝 흘리며 두 손으로 빌었다.

그 뒤를 따라 잠옷 차림의 초롱이 겁먹은 얼굴로 누나를 따라 나왔다.

"아빠, 잘못했어요. 엄마 때리지 마… 으앙."

초롱은 아빠를 향해 두 손을 연신 비비다 눈물을 펑펑 쏟았다.

"이 새끼들이 진짜, 어서 들어가서 자빠져 자!"

하수왕은 손에 묶은 허리띠를 신경질적으로 내던졌다. 그리고는 방으로 들어가다 말고 벽에 붙은 마루 전등 스위치를 껐다. 하지만 오래된 스위치는 고장이 났는지 몇 번을 똑딱거려도 꺼지질 않았다.

"에이 씨발!"

하수왕은 소파를 밟고 마루 천장 가운데 매달려 있는 낡은 조명기구를 향하여 점프하더니 그것을 그냥 확 잡아떼어버리는 것이었다.

'와장창. 쨍그랑.'

조명기구가 마룻바닥에 부딪혀 깨지 소리와 함께 집안은 암흑천지가 되어 버렸다.

'쾅.'

하수왕은 엉망이 된 마루를 뒤로한 채 방 안으로 들어갔다. 비록 집안은 박살이 났지만 하수왕이 사라지고 찾아온 어둠이 김정아와 아이들에게는 도리어 위안이 되었다. 창문으로 들어온 으스름 달빛에 예라와 초롱은 매 맞고 쓰러져 있는 엄마에게 달려갔다.

"엄마, 아프지? 울지 마. 이제 괜찮으니까 우리랑 같이 자자."

예라가 엄마를 껴안으며 위로하였다.

"예라야. 동생이랑 얼른 들어가서 자. 엄마 교회에 가서 기도하고 올게."

"나도 따라갈래."

"나도."

예라와 초롱은 엄마를 꽉 붙들고 놓아 주지 않았다. 김정아는 아이들을 타일러 방으로 돌아가게 하고 홀로 교회를 찾았다. 그녀가 이렇게 교회를 찾아 빈 예배당에서 통곡하며 기도한 것이 이번이 처음이 아니었다. 지금까지 숱하게 그래 왔고 그녀에게 있어 신앙심만이 이런 암울한 현실을 이겨낼 수 있는 유일한 방법이었다.

다음 날, 하수왕은 지난밤 만취한 상태에서 자신이 저지른 횡포가 미안했던지 저녁에 퇴근하고 돌아온 김정아에게 쉬펑이 소개한 그 운송회사에 출근하겠다고 말했다. 그녀는 병 주고 약 주는 하수왕의 행동에 이제 진저리가 났지만 그래도 집안 경제 사정이 조금이나마 나아질 수 있을 것 같아 내심 안도의 한숨을 내쉬었다. 그래도 전날 밤 하수왕의 허리띠에 맞은 등은 통통 부어 계속 아팠다.

하수왕이 김정아에게 폭력을 휘두르고 난 며칠 후, 김정아 집에 교회 심방이 있었다. 심방 때문에 그녀는 평소보다 일찍 퇴근하여 집안 정리를 하고 아이들과 같이 목사님 맞을 준비를 하였다. 하수왕은 집에 목사님이 오신다는 말에 일찌감치 집을 나가서 밤늦게까지 들어오지 않았다. 그가 부인에게 한 짓이 있으니 그게 마음에 켕겨서라도 그는 그런 자리에 앉아 있을 수가 없었다.

목사님은 신도 몇 명과 같이 김정아의 집을 찾았고 김정아와 아이들은 다 같이 마루에 뼁 둘러앉아 예배를 보았다. 초롱은 무엇이 그리 좋은지 계속 싱글벙글이었다. 엄마의 성격을 빼닮은 초롱은 순둥이 그 자체였다. 반면 누나 예라는 초등학교 3학년에 불과하지만 참으로 똘똘하고 의지가 강했다. 공부도 잘하고 학교에서 남학생들이 장난을 걸어와도 절대 지지 않는 성격이었다. 그런 예라는 마음속에는 늘 순하고 착하신 우리 엄마는 내가 꼭 지킨다는 각오를 하고 있었다.

"우리 초롱이는 뭐가 그렇게 좋아 싱글벙글일까?"

목사님이 웃으면서 물었다.

"그냥요."

초롱은 그냥 그런 분위기 자체가 좋았다. 곧바로 목사님의 기도로 예배가 시작되었다. 모두들 눈을 감고 기도를 하는데 초롱이 연방 키득거렸다. 김정아는 깜짝 놀라 실눈을 뜨고 옆에 있던 초롱이를 내려다보았다. 그러자 초롱이는 입을 막고 나오는 웃음을 참으면서 목사님을 가리켰다. 김정아가 목사님을 바라보자 목사님은 기도를 하시면서 마치 오뚝이처럼 연신 상체를 좌우로 까딱까딱 흔드시는 것이었다. 그것은 목사님이 기도할 때 특유의 습관이었다. 김정아는 초롱이를 바라보며 입에 손가락을 대고 눈으로 말했다.

'쉿, 떠들면 안 돼.'

예배를 다 마치고 목사님은 옆에 놔두었던 흰 천이 덮힌 바구니를 앞으로 내놓았다. 동그랗게 손잡이가 달린 나무로 만든 바구니였는데 과일바구니 같기도 한 것이 그 속에 무엇이 들어있는지 모두들 궁금해하였다.

"예라야."

목사님은 예라를 불었다.

"이것은 목사님이 우리 착한 예라에게 주는 선물이다."

선물이라는 말에 예라는 깜짝 놀랐다. 그리고는 목사님은 바구니를 예라 앞으로 살며시 내밀었다.

"예라야. 하나님이 우리 예라를 정말 사랑하시는구나. 목사님이 기도해 보니 우리 예라는 하늘에서 내려온 천사란다. 언제나 엄마를 위로해주고 동생 잘 돌보는 우리 예라는 하나님이 정말 사랑하신다. 앞으로도 엄마, 동생에게 더욱 잘해라. 그리고 아빠를 위해서도 기도 많이 하고. 알았지?"

목사님은 마치 예라 집안의 미래를 보고 말하듯 예라에게 그렇게 당부하였다.

"네."

"비록 우리 예라는 어리긴 해도 기적을 낳는 기도를 할 수 있는 사람이야. 목사님은 그것을 느낄 수 있단다. 앞으로 힘들거나 기도가 안 될때 그 바구니 안을 들여다봐. 그럼 큰 힘이 될 거야. 그리고 그 바구니 안은 절대 다른 사람에게 보여 줘서는 안 된단다."

목사님의 신비스런 당부에 모두들 그 안에 뭐가 들었는지 더욱 궁금해졌고 예라는 아무도 안 보이게 혼자만 그 흰 천을 살짝 들춰보았다.

"어머!"

예라는 깜짝 놀랐다. 그리고 이내 미소를 지으며 다시 천을 덮었다. 그러자 초롱이 누나에게 달라붙어 좀 보여 달라고 안달을 하였으나 누나는 목사님과의 약속을 지키기 위하여 어른스럽게 거절하였다.

쉬펑이 하수왕에게 소개해준 회사는 'ONC'라는 국제운송회사였다. 이것이 하수왕이 다니게 된 다섯 번째 회사인 셈이다. 삼성물산에서 2

년을 근무한 것이 그의 인생에서 가장 오래 다닌 회사였고 영화사업 실패 이후 김정아와 장인어른이 수소문하여 네 군데의 직장을 다녔으나 다른 사람 밑에서 일하기 싫어하는 그는 도합 1년도 못 채우고 흐지부지 끝내고 말았다. 이제는 상황이 달랐다. 예라와 초롱 모두 초등학교에 다니기 때문에 교육비며 아이들 양육비가 만만치 않게 들어갔다. 김정아 혼자 벌어서는 이러한 생활고를 벗어날 수가 없었다. 하수왕이 무슨 일을 해서라도 가사에 힘을 보태야지만 최소한 아이들 공부라도 시킬 수 있는 처지가 되었다.

김정아에게 ONC에 가서 일해 보겠다고 약속한 하수왕은 쉬펑을 만나 같이 ONC로 가서 면접을 보았다. 워낙 쉬펑이 사장에게 하수왕에 대하여 이야기를 잘해줘 사장은 군말 없이 하수왕을 채용하기로 하고 그다음 날부터 출근하기 시작했다. 그가 하게 된 일이 삼성물산 시절부터 경험이 있던 중국 수출입운송 업무라 하수왕은 새로운 일에 쉽게 적응하였다. 게다가 중국으로 파견 나간 쉬펑 덕분에 입사한 지 한 달도 안 되어 쉬펑이 근무하고 있는 중국 소주까지 출장을 갔다 오게 됐다. 하수왕은 소주 출장을 갔다 오면서 난생처음으로 식구들에게 선물까지 사왔다. 아이들에게는 중국 장난감을 김정아에게는 인조진주 목걸이와 짝퉁시장에서 산 루이비통 가방을 선물하였다. 김정아는 하수왕으로부터 선물을 받던 날 눈물을 펑펑 흘렸다. 아무리 짝퉁 가방이었지만 결혼 10년 만에 처음 받아보는 선물이었기 때문이다.

하수왕도 일에 점점 흥미를 느끼기 시작했다. 다른 직원들이 야근하는 날에는 그도 같이 야근을 하였다. 이전 직장에서 단 한 번도 야근을 해본 일이 없었던 사람인데, 새로운 회사에서는 다른 사람들과 잘 어우러졌다. 사람이 달라진 것이다.

하수왕이 일에 급속도로 흥미를 느낄 수 있었던 것은 다름 아닌 중국 출장 때문이었다. 쉬펑이 사장에게 하수왕에 대하여 잘 이야기해주는 바람에 하수왕은 중국 소주 출장은 도맡아 하게 되었고 적어도 한 달에 한두 번은 중국에 가야 하니 1년 넘게 집에서 빈둥빈둥대던 그로서는 해외에 나가 콧바람도 쐴 수 있어, 이 일자리야말로 정말 최적의 직장이 아닐 수 없었다.

어느 날, 하수왕은 며칠 후 가게 될 중국 출장 준비 차 야근을 하고 동료들과 소주 한잔을 걸쳤다. 그리고 느지막이 집에 가려고 보니 버스 편이 여의치 않아 사당역에서 군포시로 가는 총알택시를 탈 수밖에 없었다.

밤늦은 시각, 사당역은 총알택시 합승객으로 북적였다. 사당역은 우리나라 총알택시의 원조다. 아주 오래전서부터 그러니까 광화문에 있던 정부청사가 과천으로 이사 갔던 1980년대부터 있었다고 하니 가히 우리나라 총알택시의 발원지라고 할 수 있겠다. 그곳에서는 수원, 의왕, 안양, 평촌, 군포, 과천 등 정말 갈 수 있는 목적지가 다양하고 그만큼 대기하고 있는 택시들도 많다. 총알택시의 하이라이트는 택시를 타고 나서야 발견할 수 있다. 사당역을 출발한 총알택시는 출발속도 시속 120㎞란 폭발적 속도로 달려 남태령 고개 정상에서 약 2, 3초간 하늘을 붕 날랐다 다시 도로에 착륙하여 급경사를 미끄러지듯 내려간다. 취객들의 취기를 확 깨게 하는 이 스릴이야말로 사당동 총알택시의 백미라고 할 수 있다.

하수왕은 군포 방면 택시에 올라탔다. 키도 크고 허우대 멀쩡한 하수왕이었지만 덩치에 안 맞게 소심한 면이 있어, 그는 택시의 무서운 속도가 겁이 나 앞자리 대신 뒷자리에 앉았다. 총알택시는 합승 승객 3명이 가득 차야 출발한다. 그런데 하수왕이 자리에 앉은지 거의 10분이 지나도 노선을 물어보는 몇 명 외에는 군포 방향 손님이 하나도 없었다.

"아저씨, 담배 한 대 피울게요."

"창문 열고 피쇼. 에이, 오늘은 한 명만 더 타면 바로 출발허야것다."

하수왕은 담배에 불을 붙였고 택시기사는 계속 손가락으로 핸들을 토닥거리고 있었다. 그런데 하수왕은 아까부터 누군가가 눈에 띄었다. 택시에서 조금 떨어진 곳에 어떤 여자가 계속 자기를 지켜보고 있는 느낌이었다. 하수왕은 창밖으로 담배 연기를 길게 내뿜고 고개를 돌려 그 여자 쪽을 힐끔 쳐다보았다.

'누구지?'

가로등 불빛에 비친 그 여자는 늘씬한 키에 얼핏 봐도 상당한 미인이었다. 그런데 택시기사도 그 여자를 발견한 모양이었다.

"와, 손님도 보셨죠이? 저 여자. 저 여자가 아까부터 자꾸 우리 택시를 쳐다보는데 저 여자 어째 군포 갈 것 같은 느낌이 확 와 부리는데요. 싸게 물어봐야 쓰것구만. 워따, 생기기는 엄청 예쁘게 생겨 부렀네.'"

기사는 몸을 반쯤 밖으로 내밀고 소리쳤다. 그때 그 여자는 마치 기다렸다는 듯이 바로 택시 있는 쪽으로 성큼성큼 걸어오는 것이었다.

"아저씨, 군포시 산본역 가나요?"

"아 가다마다요. 어서 타쇼."

기사는 얼른 시동을 걸었고 두 사람은 뒷자리에 나란히 앉았다.

"두 분이서 손 꽉 붙드쇼. 이제부터 겁나불게 날아갑니다요."

"네? 모르는 사람끼리 손은 무슨…."

기사의 말에 하수왕은 취기 어린 목소리로 대답하며 여자를 힐끗 쳐다보았다. 그러자 그 여자도 하수왕을 바라보며 눈웃음을 지었다. 택시는 무서운 속도로 언덕을 치고 올라갔다. 속도계를 보니 이미 120㎞에 도달하여 무게중심이 좌우로 흔들리며 남태령 정상을 향해 거침없이 쏘아붙였다.

"어!"

"아."

뒤에 앉은 두 사람은 택시가 커브를 돌 때마다 비명을 질렀다. 놀이동산 롤러코스터가 따로 없었다.

"앗따, 손님들 총알택시 처음 타보쇼?"

기사의 말에 대답할 겨를도 없이 택시는 벌써 남태령 정상에 오르는가 싶더니 차체가 공중에 붕 떠서 과천 방향 고개 아래로 곤두박질치고 있었다.

"아악!"

뒤에 앉은 하수왕과 여자는 동시에 비명을 질렀다. 그 여자는 무의식적으로 하수왕의 팔에 매달렸다. 차는 어느새 언덕 아래까지 내려와 신호등에 걸려 잠깐 멈춰 섰다. 기사는 빨간 불에 걸린 것이 안타깝다는 듯 핸들을 내리쳤다.

"어때, 겁나게 재있죠이?"

사투리를 심하게 쓰는 기사는 백미러를 보며 씩 웃어 보였다. 하수왕은 얼굴에 식은땀이 가득했다. 술이 확 깬 얼굴이었다.

"닦으세요."

여자가 핸드백에서 손수건을 꺼내 하수왕에게 건네주었다.

"네? 감사합니다."

하수왕은 잠시 주저하다가 그녀가 주는 손수건을 받아 이마에 흐른 땀을 닦았다. 하수왕은 그 틈을 이용해 그녀를 자세히 들여다보았다.

마른 체격에 조금은 예민하게 생겼는데 정말 미인이었다. 그런데 왠지 낯설지 않은 친근한 인상이었다.

"혹시 연예인이세요? 어디서 뵌 것 같기도 하고…"

하수왕은 목소리를 가다듬고 물어보았다. 하수왕은 큰 키에 얼굴도 준수하고 게다가 목소리까지 깔면 여자들이 사족을 못 썼다.

"연예인이요? 뭐… 연예인은 아니지만 그런 쪽에서 일하고 있죠."

"아, 그래요. 전 어디서 많이 뵌 분 같아서 연예인인 줄 알았습니다."

"어, 그러세요? 사실은 저도 그쪽이 어디서 많이 뵌 분 같아 택시 타기 전부터 계속 쳐다본 거예요."

"네? 그래요? 군포시에서 보셨나?"

"혹시 예전에 용산 동부이촌동 강변교회 다니시지 않으셨나요?"

강변교회란 소리에 하수왕은 깜짝 놀랐다. 그 교회는 하수왕이 김정아와 결혼을 성사시키기 위해 그녀를 따라다니던 교회였기 때문이다.

"네? 맞아요. 그런데 그쪽이 그걸 어떻게…?"

"맞죠? 제 기억력은 정확하다니까요. 사실 제집이 동부이촌동 강변교회 앞이었거든요. 그때 제가 집 앞에서 그쪽을 몇 번 뵌 기억이 나요. 워낙 잘 생기셔서…"

그녀의 말에 하수왕은 특유의 거드름을 피웠다.

"하하, 뭐 다들 그렇게 말하죠. 난 도대체 기억도 못 하겠는데 저를 알아보는 사람이 워낙 많아서. 하하."

"혹시 성가대도 하시지 않으셨나요?"

성가대라는 말에 하수왕은 더욱 놀라는 얼굴이었다. 그는 노래도 못하면서 김정아를 꽉 붙들기 위해 그녀가 활동하던 성가대에서 같이 들어갔던 기억이 문득 머리를 스쳤다.

"아니, 그것까지 어떻게…. 혹시 정보기관에서 근무하세요?"

"호호, 아니에요. 제가 교회를 잘 믿는 편은 아니지만 가끔 예배를 보러 강변교회에 갔는데 그때 성가대에 앉아 계셨던 걸 정확히 기억해요. 워낙 미남이시고 부티 나게 생기신 분이시라."

그녀의 연속되는 칭찬에 하수왕은 정말 공짜 비행기라도 탄 기분이었다.

"부티가 난다고요? 하하. 우리 집이 부자라는 건 또 어떻게 아셨어요? 사실 제가 그 당시 강변교회를 다닐 때 저의 아버님께서 유명한 건설회사 사장이셨거든요."

"아, 그러셨군요."

그녀가 고개를 끄덕이며 촉촉한 눈으로 그를 바라보았다.

"제가 원래 잘생겼다, 부티 나게 생겼다는 이야기는 자주 듣는 편인데 오늘만큼 기분 좋은 적은 없었어요. 우리 이렇게 된 김에 인사나 하시죠. 저는 하수왕이라고 합니다."

"전 마귀선이에요."

마귀선은 그에게 손을 내밀어 악수를 청했다. 두 사람은 부드럽게 손을 잡았다. 그 사이 총알택시는 벌써 군포시에 다다랐다.

"저 실례가 안 된다면 다음에 한 번 만나 술이나 한잔 하실까요?"

하수왕의 제의에 마귀선은 싫지 않은 표정이었다.

"시간 봐서요. 제가 연락처를 알려드릴 테니 연락주세요."

마귀선은 하수왕에게 연락처를 하나 적어주었다. 두 사람은 마치 오래된 연인 사이처럼 쉽게 약속을 하고 헤어졌다. 하수왕과 마귀선은 며칠 후 저녁 방배동 카페 골목에서 만나기로 했다.

그런 일이 있고 나서 어느 날 아침, 하수왕은 콧노래를 불러가며 여느 때보다도 빨리 출근 준비를 하였다. 그런 모습을 본 김정아도 그를 따라 콧노래라도 부르고 싶을 정도로 기분이 좋았다.

"회사에서 무슨 좋은 일 있나 봐?"

"좋은 일은 무슨. 나 중국 출장 준비 때문에 직원들하고 오늘 밤샘할 수도 있어. 사장이 내일 아침까지 서류준비 다 해놓으라고 했거든."

하수왕의 말에 그녀는 기쁘기만 했다. 비록 야근을 하여 집에 못 들어올지언정 집에서 빈둥거리는 것보다는 백배 천배 낫기 때문이었다.

"너무 무리하지 말고 눈치껏 해. 그래도 돈 벌어 오니까 얼마나 좋아?"

김정아가 웃으면서 이야기하자 그의 얼굴은 갑자기 냉담해졌다.

"그래, 내가 월급쟁이 하니까 그렇게 좋냐? 내가 평생 이 짓 할 줄 알고?"

"그런 뜻이 아니고…."

"아니긴 뭔가 아니야? 네가 원하는 대로 일 쌔빠지게 하고 내일 아침에 들어올 테니까 그런 줄 알아."

하수왕은 부리나케 나가 버렸다. 김정아는 멀뚱멀뚱하게 현관문을 바라보며 방금 전 하수왕에게 너무 노골적으로 돈을 밝힌 것 같아 미안한 생각이 들었다.

마귀선이란 여자는 KS신용정보라는 회사에 다니고 있었다. 규모는 작은 회사이지만 전직 경찰 출신의 사장이 힘깨나 쓰는 젊은 친구들을 고용하여 기업이나 일반 고객들을 대상으로 부실채권을 챙겨주는 일을 주 업무로 하고, 경찰의 정보시스템을 이용하여 개인의 은닉재산이나 부동산 정보 등 일반인들이 접근하기 어려운 정보를 제공해 주는 일을 하면서 상당한 수익을 올리고 있었다. 30대 중반의 마귀선은 그 회사의 경리과장 겸 사장 비서를 하고 있었다. 평소 별로 바쁠 게 없는 회사인지라 보통 6시경 사장이 퇴근하면 나머지 직원들도 칼퇴근을 하였다.

그런데 이날은 6시가 조금 넘었는데 사장은 사장실에서 나오질 않았다. 사장은 저녁 약속이 많아 6시경이면 혼자 약속 장소에 가든지 아니면 비서 마귀선을 대동하여 나가곤 하였다.

마귀선은 시계를 들여다보았다. 6시 20분.

7시에 하수왕과 방배동 카페 골목에서 만나기로 했으니 적어도 6시 30분에는 출발해야 한다. 그때 사장이 방에서 나왔다.

"미스 마, 나 퇴근할게. 차 키 잘 보관하고 퇴근해."

사장은 업무용 차량 아우디 콰트로 열쇠를 마귀선에게 건네주었다. 이 차는 사장 이외에는 아무도 탈 수 없고 사장 또한 중요한 거래처를 만나러 갈 때만 잠깐 타고 항상 고이 모셔두는 차량이었다. 사장이 퇴근하자 5분도 안 되어 모두들 퇴근하였다. 마귀선 역시 갈 채비를 하고 마지막으로 사무실 문을 잠그고 나왔다.

회사가 마포에 있던 하수왕은 좀 서둘러 나왔다. 그는 지하철역에서 내려 방배동 카페 골목에 있는 약속 장소인 군산횟집을 향하여 걸음을 재촉했다. 방배동 카페 골목은 80년대부터 90년대 말까지 전국 최고의 카페거리로 늦은 밤에도 발 디딜 틈 없는 호황을 누렸으나 1998년 IMF 경제위기 이후 계속 내리막길을 걷다 2006년 즈음에는 최악의 상태를 맞아 이제는 역사 속에나 남은 한물간 카페거리라 할 수 있다. 그곳을 찾는 사람들은 집이 근처에 있거나 아니면 타인의 눈을 피한 은밀한 만남을 갖기 위한 이들이 주류를 이뤘다.

하수왕은 이마에 송골송골 땀이 맺힌 채 빠른 걸음으로 보도를 걸어가며 줄지어 선 횟집과 아귀찜집 간판을 살펴보았다.

'빵-빵'

그때 도로 쪽에서 자동차 경적 소리가 들렸다. 하수왕은 반사적으로 고개를 돌렸다. 거기에는 웬 외제 승용차 한 대가 서 있었다. 아우디였다. 2006년도만 하더라도 보통 사람들은 그 정도 고급 수입차는 엄두도 못 내는 시절이라 하수왕은 혹시 자기가 뭘 잘못했나 싶어 아우디 승용차 안을 자세히 들여다보았다. 그러자 창문이 열리더니 누군가 인사를 하는 것이었다.

"안녕하세요?"

하수왕은 허리를 굽혀 차 안을 들여다보았다. 운전석에 어느 멋진 여자가 앉아 있었는데 다름 아닌 마귀선이었다.

"마… 귀선 씨? 오우, 차가…."

"군산횟집은 저 위예요. 제가 주차하고 올라갈게요."

하수왕은 주차하러 골목으로 들어가는 아우디 꽁무니를 바라보았다.

"저 여자 돈 좀 있나 본데."

하수왕은 의미심장한 눈으로 골목길을 한참 쳐다보더니 군산횟집으로 들어갔다.

두 사람은 처음 만나자마자 정말 할 이야기가 많은 사람들처럼 서로들 이야기를 쏟아냈다. 그러다 보니 소주 한 병은 금방 비우고 또 한 병을 시켰다.

"잘 드시네요. 주량이 얼마나 돼요?"

하수왕이 마귀선의 빈 잔에 술을 채워주며 물었다.

"전 그렇게 안 세요. 남 마시는 만큼 마시는데 수왕 씨는 술을 정말 빨리 드시네요. 좀 천천히 드세요."

하수왕은 사실 술이 센 편인데 자기와 같은 속도로 마시는 마귀선의 주량에 놀라지 않을 수 없었다. 얼굴도 예쁜 여자가 어떻게 술도 저토록 잘 마시는지 경외의 눈빛으로 그녀를 바라보면서 한편으로는 혹시 이 여자가 술집 여자일지도 모른다는 의심도 해 보았다.

"그런데 얼굴이 낯이 익어요."

하수왕이 마귀선을 바라보며 물었다. 사실 하수왕은 그녀를 가까이서 보니 예전에 본 사람 같기도 하고 아니면 마귀선의 말대로 강변교회를 다니면서 그녀를 많이 봤었는지 어쨌든 완전히 낯선 얼굴은 아니라고 생각하였다.

"어디서 보셨죠?"

"TV에서 본 것 같기도 하고…."

"호호, 저 방송계는 아니에요."

"그럼 술집?"

"네에?"

"아, 농담이에요, 농담. 하하."

하수왕의 질문에 마귀선은 깜짝 놀라며 술잔을 내려놓았다.

"그럼 혹시 성형수술하셨나요? 왜 방송에 나오는 연예인들 모두 성형해서 얼굴이 정말 누가 누군지 못 알아볼 정도로 똑같잖아요?"

"성형이요? 전 원래부터 이렇게 생겼거든요."

마귀선은 성형이라는 말에 정색을 하며 언짢다는 목소리로 대답했다.

"아, 죄송해요. 농담입니다, 농담. 워낙 예쁘시다 보니… 하하. 칼을 하나도 안 댔다면 귀선 씨는 정말 타고난 미인이십니다."

그래도 여전히 마귀선의 얼굴이 안 좋아 보여 하수왕은 괜한 질문을 했나 싶어 얼른 건배를 청했다.

"지난번에 연예인 비슷한 일을 하신다고 했는데 그럼 방송계도 아니고

… 대체 지금 무슨 일을 하시는지요?"

하수왕는 정말로 그녀의 직업이 궁금해졌다.

"영화하고 뮤지컬 공연사업을 하고 있어요."

"영화…요?"

하수왕는 영화라는 이야기에 귀가 번쩍 띄었다. 자신이 세상에서 가장하고 싶은 일이 바로 영화사업인데 그 일을 지금 자기 앞에 있는 여자가 하고 있다고 하니 놀라지 않을 수 없었다.

마귀선은 자신에 관한 이야기를 하수왕에게 자세히 들려주었다. 그녀는 서울의 명문여대 성악과를 졸업한 엘리트이며 부모님은 현재 미국에서 사업을 하고 계시고 부모님의 도움으로 현재 한국에서 사업을 하고 있다고 했다. 그 사업은 영화 수입사업과 뮤지컬 공연사업인데 그것 외에도 개인적으로 뮤지컬 배우로도 데뷔하기 위해 열심히 준비 중이라고 했다.

"명문대학교 성악과 출신에다 그 정도 미모면… 이거 뮤지컬 배우로 성공하는 것은 떼 놓은 당상인데요."

하수왕이 엄지손가락을 치켜세웠다.

"호호, 정말 그렇게 보이세요? 그래서 거기에 매진하려고 영화와 뮤지컬 제작사업은 접으려고 생각 중이에요."

"네? 그 좋은 사업을 왜 접으세요?"

하수왕은 마귀선의 영화사업이 마치 자신의 것인 양 접으려 한다는 말에 쌍수를 들고 반대했다.

"저희 부모님이 돈이 좀 있어 자금은 걱정이 없는데, 그래도 누군가 이런 쪽에 경험과 능력 있으신 분이 도와주면 몰라도…."

"그건 걱정하지 마세요. 제가 있잖습니까, 제가!"

하수왕은 손바닥으로 가슴을 치면서 말했다. 그는 내친김에 자신의 과거사를 털어놓기 시작했다.

왕년에 영화 제작에 투자한 이야기며 영화사를 설립했던 찬란한 역사하며 그리고 자신의 집안 이야기까지 파란만장한 삶을 마치 전쟁 무용담처럼 늘어놓았다. 마귀선은 그의 이야기를 진지하게 경청하였다.

하수왕 아버지는 그가 고3 때까지 대왕건설이란 건설회사를 운영하셔서 집안은 떵떵거리며 잘 살았는데 갑작스레 망한 이후 아버지는 지금까지 놀고 계시고, 어머니는 당시 충격으로 돌아가셨다. 아버지는 몇 년 후 새장가를 들어 현재 새엄마와 둘이 살고 있는데, 자기는 대학 졸업 이후 못된 새엄마가 꼴 보기 싫어 한 번도 아버지 집을 찾지 않았다고 이야기했다.

"아버님이 건설회사를 하셨으면 땅이 많겠네요?"

"네? 땅이요?"

하수왕은 마귀선이 땅 이야기를 하기에 의아해했다.

"아, 사실 저의 아버님도 예전에 조그만 건설업을 하셨는데 건설회사 하시는 분들은 가족들도 모르게 숨겨놓은 부동산이 많다고 하시더라고요. 사실 저의 아버님도 우리 몰래 숨겨놓은 땅이 좀 있었거든요. 호호."

"아, 그런 뜻이었군요. 난 또⋯. 우리 아버진 그런 거 없어요. 알거지예요, 알거지."

하수왕은 고개를 저으며 안주를 입에 넣고는 우적우적 씹었다.

"아니에요, 그건 몰라요. 한번 알아보세요."

"그래요? 한번 알아볼까? 그나저나 정말 영화하고 뮤지컬 사업은 그만두실 거예요?"

하수왕은 마귀선이 하고 있다는 영화사업에 지대한 관심을 보였다. 집안도 부자라 하고 자동차도 아우디를 타고 다닐 정도니 자금 걱정은 전혀 문제없겠다 싶어 그 일을 자기가 도맡아 한다면 누이 좋고 매부 좋고 이런 것이 딱 천생연분이라는 생각이 들었다.

"제가요, 지금 다니는 회사 그만두고 귀선 씨 사업 도우면 안 될까요?"

하수왕은 안달이 났다. 또 사업병이 도진 것이다.

"호호, 수왕 씨 너무 서둘지 마세요. 앞으로 제가 자금을 대고 수왕 씨가 사장하면 아주 잘 될 것 같은데요. 우리가 이렇게 만난 것도 인연 같은데 우리 앞으로 잘해보죠. 혹시 결혼은?"

"결혼이 뭐 대순가요? 사업이 우선이죠. 우아, 그럼 내가 다시 사장이 되는 건가요? 하하하."

하수왕은 마귀선에게 결혼은 했고 아이가 둘 있지만 가정에 별 흥미를 못 느낀다고 이야기했다. 마귀선 역시 자신이 아직 솔로라는 것을 밝혔다.

둘은 앞으로 사업을 같이할 것을 결의하며 연거푸 건배를 하였다. 둘은 술에 취해 횟집을 나선 후 마귀선이 주차해둔 곳으로 갔는데 그 앞에 바로 모텔이 있었다.

"너무 많이 드셨죠? 오늘 운전이 안 될 텐데 우리 잠깐 저기서 쉬었다 갈래요?"

하수왕이 마귀선을 살며시 끌어안으며 모텔을 가리켰다. 마귀선은 기다리고 있었다는 듯 두 팔로 그의 허리를 감싸더니 가슴에 머리를 기대며 행복해했다.

"호호. 나 좀 봐. 내가 하필이면 차를 왜 여기다 세웠지? 호호. 그럼 잠깐만 있다 나오는 거예요."

그들은 자연스럽게 모텔로 들어갔고 결국 둘은 만나는 첫날부터 두터운 만리장성을 쌓아갔다.

그 이후 두 사람은 급속도로 가까워졌고 같이 밤을 보내는 횟수도 갈수록 늘어갔다. 마귀선은 군포시 산본역 근처 아파트에서 혼자 살고 있었는데 급기야 하수왕은 가족들에게 중국 출장 핑계를 대고 며칠씩 그녀의 집에서 묵곤 하였다.

아무런 눈치도 채지 못한 김정아는 하수왕이 열심히 출장을 다니며 충실히 직장생활을 하는 줄로만 알고 매일 하나님께 마음잡은 남편에 대한 감사기도를 올렸다. 그러나 한 가지 김정아가 서운하게 생각한 것은 예전에는 중국 출장에서 돌아오면 작은 선물이라도 내놓았는데 요즘은 통 그런 것이 없다는 점이다.

"자기야, 요즘은 출장 갔다 오면 왜 선물이 없어? 처음 중국 갈 때는 내 짝퉁 가방이라도 사다주곤 했었잖아?"

저녁 시간, 구멍 난 초롱이 팬티를 바느질하던 김정아는 몇 번 망설이다가 조심스럽게 선물 이야기를 꺼냈다. 그랬더니 하수왕은 버럭 화를 냈다.

"선물은 개뿔, 바빠 죽겠는데 선물 살 시간이 어디 있어?"

"알았어. 그런 것 신경 안 써도 되니까 회사 일이나 열심히 해."

"아이고, 짝퉁은 무슨… 맨날 짝퉁만 찾으니까 당신 인생이 짝퉁처럼 보이잖아. 에이그 맹꽁이 같은 여자하고는…."

김정아는 하수왕이 그 정도까지 화를 낼 줄은 몰랐다. 그녀는 기가 죽어 더 이상 말을 꺼내지 못했고 하수왕은 대충 밥상을 물리고 담배를 꺼내 물었다.

"나 다음번 출장은 사장하고 같이 중국에 한 달 정도 갔다 올 것 같아."

"한 달씩이나?"

"중국 오지에 있는 신규 업체 공장에 가니까 아마 핸드폰도 안 터질 거야."

"그래? 고생 많이 하겠네. 내가 가기 전에 닭 한 마리 사서 삼계탕 해 줄 테니까 먹고 힘내."

김정아는 가족을 위하여 중국 벽지까지 찾아가는 남편이 안쓰러워 뭐라도 해 먹이고 싶은 심정이었다.

"나 그딴 거 안 먹어도 힘 남아도니까 당신이나 많이 드세요."

하수왕은 담배를 꼬나물고 귀찮다는 듯 현관문을 나가버렸다. 김정아는 물끄러미 현관을 바라보다가 그만 바늘에 손끝을 찔리고 말았다.

"아얏."

그녀는 나오는 피를 빨다가 자신도 모르게 눈물이 주르르 흘렀다. 미우나 고우나 10년이란 세월을 같이 살았는데 언제 한번 따뜻한 말 한마디 해준 적 없는 그이가 야속하기만 했다. 남편 하수왕의 머릿속에는 오로지 사업하여 떼돈 벌 궁리밖에 없을 것이라는 생각을 하니 김정아는 자신의 인생도 불쌍하지만 하수왕 인생도 참으로 불쌍하다는 생각이 들었다.

며칠 후 하수왕은 집에다 장기 중국 출장을 떠난다 하고 한 달간 마귀선 집에서 출퇴근을 하였다. 혹시 같은 동네에서 김정아나 애들을 만나면 안 되기 때문에 아침 일찍 출근하고 저녁 늦게 퇴근하였다.

이제 하수왕, 마귀선 두 사람은 완전히 부부나 마찬가지였다. 매일 불타는 밤을 보내며 영화와 뮤지컬 사업에 대한 구체적인 이야기를 나누었다. 하지만 둘이서 동거를 하고 보니 하수왕은 마귀선이 처음에 말했던 것과는 달리 영화사 사무실을 보여주지도 않고 아우디 승용차도 어디다 두고 다니는지 가끔 한 번씩만 타고 나타나 좀 의아하게 생각했다.

"나랑 같이 동업하는 사람이 문제가 많은 사람이야. 그 사람 때문에 사무실이 요즘 좀 복잡해. 자동차도 거래처에 묶여 있어."

"그런 걸 뭣 하러 고민해? 단칼에 확 잘라. 그리고 내가 빨리 사장 맡으면 되잖아."

하수왕은 하루라도 빨리 마귀선의 사업에 뛰어들려고 안달이었으나 마귀선 이야기로는 현재 회사 사정도 좋지 않고 미국에 계시는 아버지 자금 사정도 여의치 않아 일단은 하수왕도 지금 다니는 회사를 열심히 다니라고 타일렀다.

그렇게 둘이서 한 달을 보낸 후, 마귀선과 하수왕은 인생에 있어서 매우 중대한 결정을 내렸다. 하수왕이 마귀선 아파트를 들락거릴 때부터 예상되었던 일이지만 그것은 하수왕이 지금 부인 김정아와 헤어지고 마귀선과 결혼하는 것이었다. 이 이야기는 마귀선이 먼저 꺼냈다.

"이제 나는 자기 없이는 단 하루도 살 수 없어. 그리고 우리가 같이 사업을 하려면 우리는 무조건 결혼해야 해. 그래야 미국에 있는 아버지도 내가 시집가면 안심하시고 거금의 사업자금을 보내 주실 거란 말이야."

하수왕은 마귀선의 프러포즈에 흔쾌히 동의할 것 같았어도 막상 이런 일이 닥치니 며칠은 망설이게 되었다.

10년 전, 자신이 잘못 판단하여 돈 많은 집 외동딸인 줄 알고 결혼했던 김정아. 너무 순진하고 착해 빠져 사실 자기와는 전혀 맞지 않았던 김정아였다. 알고 보니 집안에 가진 것이라고는 달랑 집 한 채밖에 없던 평범하기 이를 때 없는 김정아였지만 그래도 10년이라는 세월을 같이 살았고 게다가 하예라와 하초롱이라는 애들이 둘씩이나 있다 보니 쉽게 결정을 내릴 수가 없었다.

하지만 이번이 아니면 하수왕의 인생에 사업을 할 수 있는 기회가 영영 돌아오지 않을 것 같다는 두려움이 엄습하여 그는 그렇게 며칠을 고민하다가 중대 결심을 내렸다.

'그래, 남자 인생 뭐 있어? 인생에 기회가 찾아왔을 때 그것을 확 움켜쥐는 거야. 그게 바로 남자 인생이지. 암, 그렇고말고.'

결국 하수왕과 마귀선은 같이 새로운 인생을 살기로 결심했다.

한 달이 된 마지막 날 밤, 두 사람은 뜨거운 욕정의 시간을 보낸 후 침대에서 서로 끌어안았다.

"한 달 안으로 이혼하겠어. 대신 아이는 내가 데려올 거야. 돈 없는 애 엄마에게 맡기면 개고생만 한다고."

"수왕 씨, 걱정하지 마. 내가 친엄마보다 훨씬 잘 키울 테니까."

"고마워."

마귀선은 그의 입술에 키스를 했다.

하수왕은 한 달 만에 집으로 돌아갔다. 가기 전날 안산시에 있는 조선족 상가를 찾아 중국산 장난감과 짝퉁 명품가방을 구입한 후 항공사 쇼핑백에 넣고 그럴싸하게 위장하여 집으로 들어갔다.

아이들은 오랜만에 돌아온 아빠를 보자 난리가 났다. 아빠가 좋아서 그런 것이 아니라 하수왕이 중국에서 사가지고 올 장난감을 학수고대하고 있었기 때문이다. 김정아는 김정아대로 기뻤다. 툭하면 주먹을 휘두르던 하수왕이었지만 새로운 직장에서 일을 시작한 이후 한 달씩 걸리는 중국 출장도 마다치 않고 열심히 일하는 것을 보니 사람이 달라져도 많이 달라졌다고 생각했기 때문이다.

"내가 오늘 공항에 나갈 걸 그랬지?"

"나오긴 왜 나와? 내가 사장하고 같이 들어오니까 안 나와도 된다고 했잖아."

역시 하수왕은 한 달 만에 그녀를 봤는데도 첫마디부터 퉁명하게 쏴 부쳤다. 하수왕에게는 돈이 인생의 알파이자 오메가였다. 돈 보고 결혼한 김정아인데 일찌감치 꽝이 돼버린 로또였으니 그녀에게 살갑게 대한다는 것은 그로서는 있을 수 없는 일이었다.

어쨌든 이날 저녁은 김정아가 정성껏 마련한 여러 가지 음식으로 네 식구가 오랜만에 같이 저녁을 맛있게 먹었다.

하수왕이 집으로 돌아오고 난 후 김정아도 새로운 번역일로 바쁜 나날을 보내고 있었다. 야근이 잦아 아이들을 잘 챙겨주지 못하였고 집안 살림도 엉망이 되어 버렸다. 그나마 초등학교 3학년밖에 안 된 예라가 방 청소도 하고 동생이 동네방네 벌려놓은 장난감도 깔끔하게 치워주어 엄마의 일손을 덜어줄 수 있었다.

그러던 어느 날, 오랜만에 일찍 퇴근한 김정아는 하수왕이 들어오기 전에 집 정리를 좀 해야겠다고 마음먹었다. 김정아는 옷장 문부터 열었다. 세탁소가 문 닫기 전에 드라이 맡길 옷을 고르기 위해서였다. 하수왕은 지난 한 달 동안 중국 출장을 갔었는데 양복이라고는 당당 한 벌 들고 가서 우선 그 옷부터 드라이를 맡길 생각이었다. 그녀는 양복을 꺼내어 혹시 주머니에 물건이라도 있는지 이리저리 만져 보았다. 그런데 안주머니에 무엇인가 들어있었다.

"뭐지?"

김정아는 손을 넣어 꺼내보니 하수왕의 여권이었다. 그녀는 그의 여권을 무심코 주르륵 넘기며 훑어보았다. 그리고는 여권을 경대 위에 올려놓으려는 순간 갑자기 무슨 생각이 스쳤는지 들고 있던 양복을 바닥에 떨어트리며 여권을 한 장, 한 장 자세히 넘겨보았다. 김정아는 자신의 눈을 의심하며 또 넘기고 또 넘겨보았다.

거기에는 도장 날인이 없었다. 하수왕이 그동안 그렇게 뻔질나게 중국 출장을 갔다 왔으면 여권 이곳저곳에 출입국 확인 도장이 여러 개 찍혀 있어야 하는데 날인 도장은 불과 몇 개밖에 없었다. 그 날짜를 자세히 보니 하수왕이 ONC에 처음 입사한 초창기에 중국 출장을 다니던 옛날 것들이었다.

그동안 하수왕이 중국 출장을 갔다 온다고 한 것이 몇 번인데 그리고 최근에는 한 달씩이나 갔다 왔는데 그럼 그동안 그이는 대체 어디에서 무엇을 하고 있었단 말인가? 김정아는 가슴이 철렁 내려앉았다.

'쿵.' 그때 누군가 문을 열고 집으로 들어왔다. 하수왕이었다. 그는 저녁 7시밖에 안 됐는데 벌써 술이 취해 있었다. 김정아는 얼른 여권을 감추고 마루로 나갔다. 하수왕은 그녀를 한 번 노려보았다. 그녀도 아무 말 없이 술 취한 하수왕을 바라보았다.

"밥 줘."

하수왕은 술을 마시고 들어와도 출출하다며 매번 밥을 찾거나 라면을 끓여 달라곤 하였다. 그의 퉁명스러운 말에 김정아는 아무 말 없이 저녁 준비를 했다. 다른 때 같았으면 '오늘 왜 이렇게 빨리 들어왔냐?', '왜 벌써부터 술을 마셨냐?'는 등 무슨 말이라도 한마디 던졌을 텐데 지금은 그럴 상황이 아니었다.

김정아는 식탁에 저녁을 차렸다. 예라와 초롱은 일찌감치 저녁을 먹고 학원에 가고 없었다. 하수왕은 말없이 쩝쩝거리며 밥을 먹었다. 싱크대에서 손을 닦은 김정아는 무슨 결심을 했는지 방으로 들어가더니 하수왕의 여권을 들고 나왔다. 그리고는 밥 먹는 하수왕 앞에 앉았다. 김정아는 여권을 내밀었다.

"그동안 중국 갔다고 해놓고 여권에 출입국 확인 도장이 왜 없어? 어떻게 된 거야?"

순간 하수왕은 움찔하였으나 이내 담담하게 대꾸도 없이 계속 우물거리며 밥을 먹었다.

"왜 대답이 없어? 어떻게 된 건지 이야기를 좀 해봐."

김정아는 어차피 그이가 손찌검할 것을 각오하고 끝까지 물어보기로 작정하였다. 그러자 하수왕이 청천벽력같이 소리쳤다.

"아이 썅, 이게 밥맛 떨어지게!"

그리고는 손으로 상 위에 놓여 있던 음식을 확 쓸어 날려버렸다. 순식간에 마룻바닥은 엉망이 되었다. 하수왕은 벌떡 일어서더니 다짜고짜 김정아를 내리쳤다.

"이년이 왜 남의 물건에 손대고 지랄이야?"

하수왕은 쌍욕을 내뱉으며 있는 힘껏 그녀의 오른쪽 왼쪽 뺨에 연달아 따귀를 날렸다. 김정아는 고개가 획획 돌아갈 정도로 충격을 받았지만 다른 때처럼 코피를 흘리며 자리에 쓰러지지 않았다. 이것은 명백히 하수왕이 자기를 속인 증거인데 억울하게 맞고만 있을 수는 없었다.

"네가 뭔데 날 때리는 거야? 이제 당신한테 맞고 사는 것도 지겹다, 지겨워!"

그녀는 강하게 대들었다.

"허, 이게 이제 반항까지 하네. 어디 한번 맛 좀 볼래?"

하수왕은 성큼성큼 방으로 들어가 양복바지에서 허리띠를 빼내어 손에 강하게 동여매고 다시 나왔다. 김정아도 지지 않고 그이 앞으로 당당하게 나가 마치 축구심판이 레드카드를 펴 보이듯 그를 향하여 여권을 내보이며 소리쳤다.

"이게 날 속인 증거가 아니고 뭐야? 이제 나도 당신 같은 철면피하고 는 더는 못 살겠다!"

그 말을 듣자 하수왕은 얼굴에 화색이 감돌았다.

"오호, 너 남자라도 생겼냐? 네 입으로 분명 못산다고 했다."

그때 누군가 현관문을 힘차게 열고 들어 왔다.

"다녀왔습니다."

예라와 초롱이었다. 아이들은 마룻바닥에 난장판이 되어있는 깨진 그 릇과 반찬 그리고 화가 난 아빠, 엄마를 보자마자 얼음이라도 된 듯 그 자리에 꼼짝 않고 서 있었다.

"친정에 돈이라고는 쥐똥만큼도 없는 주제에 어디서 건방지게 남편한 테 대들어?"

하수왕은 손에 감은 허리띠로 그녀를 내리쳤다. 그녀는 광기 어린 하 수왕의 채찍질을 막으려 팔을 내저어 봤지만 무식한 그의 힘에는 역부 족이었다.

"엄마!"

그때 예라가 엄마에게 달려갔다. 예라가 바닥에 쓰러진 엄마를 자신 의 몸으로 덮으며 올려다보며 하소연했다.

"아빠, 제발 엄마 때리지 마세요. 제가 잘못했어요."

"야, 네가 뭘 잘못해? 네 엄마가 잘못했지. 네 엄마가 아빠한테 이혼하 잔다. 그래, 나도 더는 너같이 답답하고 돈도 없는 여자하고는 못 살겠 다. 예라, 너 이리 나와, 어서!"

"싫어요!"

예라는 더욱 강하게 엄마를 감쌌다.

하수왕은 손에 들고 있던 허리띠를 창문을 향해 신경질적으로 던졌다.

'쨍그랑.'

허리띠 버클이 유리창에 부딪히며 큰 유리창이 산산조각이 났다. 그런 무시무시한 분위기에 초롱이 더는 버티지 못하고 큰소리로 울음을 터뜨렸다.

"어, 엄마!"

"에잇, 다 듣기 싫어!"

하수왕은 악을 쓰며 현관문을 박차고 나갔다.

결국 이런 파국까지 치닫는 두 사람은 한 달이 안 되어 이혼 소속을 밟게 되었다. 장장 10년 만의 일이었다. 그동안 김정아는 하수왕의 폭정 하에서 참으로 오랫동안 견뎌왔다. 그녀는 친정 아빠, 엄마에게 어렵게 이혼 이야기를 꺼냈지만 부모님들은 뜻밖에도 아주 담담하셨다. 그들도 이제야 하 서방이라는 떼려야 뗄 수 없었던 족쇄에서 풀려난 기분이었다. 게다가 친정엄마는 정말 비장한 각오를 보이셨다. 이혼이란 것이 남들 눈에는 참으로 안 좋아 보일지 모르지만 사실 이것이 딸의 인생을 바꿔 놓을 수 있는 마지막 기회라고 생각하셨다. 어떻게 키운 딸인데 그런 사람 만나 지난 10년간 그 고생을 한 것을 생각하니 친정엄마는 피눈물이 쏟아졌다.

친정엄마는 괴로워하는 김정아의 손을 꼭 붙잡고 당부하셨다.

"정아야, 이제부터 마음 독하게 먹고 돈 벌어야 한다. 그것만이 장장 10년 동안 널 그렇게 못살게 굴었던 하수왕 그놈을 이길 수 있는 유일한 방법이야. 그리고 애들 양육권은 하 서방에게 줘버려. 당장은 마음 아프겠지만 애들은 크면 다 엄마 찾아온다. 그렇게 이 악물고 10년만 고생하면 나중에 애들도 너하고 같이 살려고 할 거야."

친정엄마는 김정아에게 마음을 독하게 먹으라고 몇 번이고 다그쳤다.

하지만 순둥이 김정아는 엄마의 말을 쉽게 받아들일 수가 없었다. 그것은 당연히 아이들 때문이다. 예라와 초롱이를 자기가 데리고 가야지 툭하면 주먹을 휘두르는 하수왕에게 맡겼다가는 아이들의 장래가 어떻게 될지 모르기 때문이다. 한편으로는 친정엄마의 이야기가 맞다고 생각했다. 바쁜 직장생활을 하면서 언제 애들을 돌볼 것이며 지금의 월급으로 세 식구가 산다는 것도 참으로 암담한 미래만 보일 뿐이었다.

김정아는 그렇게 몇 날 며칠 눈이 퉁퉁 부을 정도로 울며 고민하고 기도하다가 결국 친정엄마의 말을 듣기로 했다.

'내가 자리만 잡으면 애들을 꼭 데리고 올 거야.'

김정아는 굳게 마음먹고 하수왕과 이혼서류에 도장 찍기로 결심했다. 김정아는 자기가 보관하고 있던 하수왕의 여권을 증거물로 그가 가족을 속인 죄로 법원에 고소하거나 회사에 알릴 수도 있었으나, 그렇게까지는 않고 위자료로 그동안 같이 살았던 허름한 연립주택을 김정아 소유로 돌리기로 했다. 물론 그것도 장인어른이 해준 것이지만 하수왕은 그것마저도 널름거리고 있었다.

"그래, 다 허물어져 가는 연립주택 너나 가져라. 대신 아이들은 내가 데려간다. 저놈들은 하씨 집안의 자손들이기 때문에 당연히 내가 데려가야 해."

하수왕은 무슨 꿍꿍인지 이혼하는 마당에 평소와는 다르게 아이들에 대한 애착을 보였다. 김정아는 그렇게 하수왕과 이혼에 합의했다.

두 사람이 법원에 출두하여 협의이혼 의사확인 확정을 받던 날, 날씨는 김정아의 마음을 몰라도 한참 몰랐는지 정말 푸르디푸른 화창한 가을 날씨였다. 모든 일을 끝마치고 법원 앞으로 나오는 두 사람은 시종

아무 말이 없었다. 그때 저 멀리 법원 잔디밭 벤치에 예라와 초롱이가 손을 잡고 앉아 있었다. 예라는 목사님이 주신 바구니를 들고 나왔다. 김정아는 아이들이 눈앞에 아른거리자 다시금 눈이 뜨거워지고 목이 메왔다. 초등학교 1학년 초롱은 엄마 아빠가 이혼한다는 사실조차 모르고 있었다. 그저 엄마가 며칠 기도원에 기도하러 가는 것으로만 알고 있었다. 물론 김정아는 예라에게도 그렇게 이야기했지만 초등학교 3학년에다 영민한 예라는 이미 엄마 아빠가 이혼한다는 사실을 눈치채고 있었다.

김정아는 마지막으로 벤치에 앉아 있는 예라와 초롱이에게 다가가 그들 사이에 앉았다. 하수왕은 멀찌감치 떨어져 있는 흡연구역에서 담배를 꺼내 물었다.

"엄마, 나도 기도원 같이 가면 안 돼?"

초롱이가 목멘 목소리로 물었다.

"안 돼. 엄마 며칠 기도원에 가서 하나님께 우리 예라, 초롱이 훌륭한 사람 되라고 기도하고 올게."

"몇 밤? 열 밤?"

초롱이가 손가락을 펴 보였다.

"그거보다 더 길지도 몰라."

"그럼 백 밤? 아, 그럼 안 되는데…"

초롱이는 고개를 숙이며 실망스러워했다. 그 모습을 보자 김정아의 눈이 빨갛게 충혈되면서 금방이라도 왈칵 눈물을 쏟아질 것만 같았다.

"엄마, 우리 지금 헤어져도 나중에 다시 볼 수 있지?"

역시 똑똑한 예라는 무엇인가 알고 있었다. 김정아는 그 말을 듣자 참고 있던 눈물이 터져 나왔다. 그녀는 울먹이며 손수건으로 눈물과 콧물을 닦아낸 후 사랑하는 딸 예라의 뺨을 어루만졌다.

"예라야, 넌 다 알고 있었구나?"

예라는 눈물을 뚝뚝 흘리며 고개를 끄덕였다.

"엄마 아빠 이혼하지?"

김정아는 감정이 복받쳐 대답을 못 하고 한동안 말없이 예라와 초롱이를 꽉 끌어안았다.

"예라야, 네가 동생 잘 보살펴줘. 엄마가 나중에 너희들 꼭 찾으러 올 거야. 어려운 일 생기면 꼭 기도해. 그러면 하나님이 다 도와주실 거야. 알았지?"

"걱정 마. 내가 초롱이 잘 돌볼게. 그리고 목사님이 주신 이게 있잖아."

예라는 바구니를 들어 보였다.

"초롱아, 엄마 곧 올 테니까 그때까지 아프지 말고 공부도 열심히…"

김정아는 말을 잇지 못하고 소리 내어 울었다.

"엄마, 울지 마세요. 나 엄마 올 때까지 잘 참을 수 있어."

"엄마, 울지 마. 내가 눈물 닦아줄게."

예라가 어른스럽게 엄마의 눈물을 닦아주자 동생 초롱이도 누나처럼 엄마의 눈물을 닦아 주었다. 어느새 셋은 소리 내어 울고 있었다.

한참 동안 멀리서 그 모습을 바라보던 하수왕은 짜증스럽게 담배를 끄더니 성큼성큼 그들에게 다가왔다.

"야, 예라, 초롱. 이제 그만 짜고 가자. 시간 없어."

하수왕은 반강제적으로 아이들의 손을 끌고 법원을 빠져나갔고 김정아는 그렇게 아이들과 헤어지고 난 후 덩그러니 혼자 벤치에 앉아 멀리 사라지는 아이들의 뒷모습을 바라보았다.

지옥문으로 들어선 아이들

하수왕은 그날 아이들을 데리고 원래 살던 군포시 연립주택으로 들어갔다. 왜냐하면 다음 날까지 짐을 마귀선의 아파트로 옮겨야 하기 때문이다. 물론 아이들은 아빠와 같이 이사 간다는 사실만 알 뿐이지 그곳이 지금까지 듣도 보도 못한 마귀선이란 여자의 집이라는 것은 알 턱이 없었다. 이미 법적으로 이혼한 김정아는 이들이 이삿짐을 뺄 때까지 친정집에 있기로 했다.

"너희들 먼저 자고 있어. 아빠 이따가 밤에 들어올 테니까 어서 자. 이삿짐은 내일 아침에 옮길 거다."

하수왕은 아이들만 남겨두고 집을 나갔다. 하수왕은 마귀선의 집으로 갔다. 이제 하수왕은 마귀선과 한시도 떨어져 있을 수가 없었다. 그들은 처음 만난 순간부터 지금까지 전류가 흐르는 전자석처럼 서로의 육체가 철썩 달라붙더니 좀처럼 떨어질 줄 몰랐다. 소위 말하는 속궁합이 찰떡궁합이었다.

예라와 초롱이는 어른이 없는 집에 단둘이 있으려니 겁이 나서 일찌감치 이불 속에 들어가 서로 꼭 껴안고 잠을 청했다.

"누나, 엄마 몇 밤 자면 와?"

"누나도 잘 몰라."

"누나, 나 무서워."

"초롱아, 무서워하지 마. 누나가 저 바구니 속에 뭐가 들었는지 보여줄까?"

"정말? 나 안 보여준다고 했잖아?"

"너만 보여줄게. 그럼 하나도 안 무서울 거야."

그 바구니는 목사님이 예라에게 선물로 준 것이었다. 흰 천이 덮혀 있는 바구니 속에 무엇이 들어있는지는 그때까지 예라 이외에는 아무도 몰랐다. 그런데 오늘 예라가 큰맘 먹고 초롱에게만 그것을 보여주기로 한 것이다.

예라는 불 꺼진 방에서 바구니를 이불 위에 올려놓고는 손전등으로 바구니를 비췄다. 그리고는 흰 천을 천천히 들쳤다.

"헐, 이게 뭐야 누나?"

바구니 안을 들려다 본 초롱의 눈이 휘둥그레졌다.

"이건 우리 식구야. 아빠, 엄마, 나, 너."

예라가 손가락으로 가리키면서 말했다.

"누나, 나 이런 거 처음 봐."

"처음 보지? 우리도 이것처럼 다시 뭉쳐서 행복하게 살 거야."

"누나, 우리 여기다가 이거 하나 더 넣자."

초롱이는 부랴나케 일어나 부스럭거리며 책상 서랍을 뒤지더니 무엇인가를 꺼내 다시 누나에게로 달려왔다. 그것은 뚜껑이 달린 동그란 철제 사진케이스였다. 초롱의 손바닥보다 작은 사진케이스의 뚜껑을 열자 그 안에는 엄마가 환한 웃음을 지으며 양옆에 예라와 초롱을 껴안고 있는 사진이 들어있었다. 예라는 씩 웃으며 흔쾌히 허락했다.

"그래, 대신 이 바구니에 대해서 아무한테도 이야기하면 안 돼. 알았지?"

"응, 누나. 걱정 마."

"우리 이 바구니 앞에 두고 같이 기도할까? 그럼 분명히 엄마가 다시 돌아올 거야."

"그래, 누나 기도해."

예라와 초롱이는 손을 붙잡고 간절히 기도했다. 다시 엄마가 자기들 곁으로 돌아오고 아빠가 착한 사람으로 바뀌었으면 좋겠다고 간절히 기도했다.

다음 날, 밖은 아침부터 추적추적 가을비가 내렸고 9시경 포장이사센터 사람들이 찾아와 이삿짐을 싣기 시작했다. 이삿짐이라 봐야 별 물건도 없어 채 한 시간도 안 되어 포장부터 이삿짐 차량 적재까지 완료되었고 예라와 초롱이는 아빠를 따라 택시를 잡아탔다.

"아빠, 우리 어디로 가는 거야?"

예라는 그때까지 자기들이 어디로 가는지조차 몰랐다. 초롱이 역시 마찬가지였다.

"가보면 알아."

아빠의 무뚝뚝한 대답에 아이들은 아무 말 없이 택시 뒷자리에 앉아 창밖으로 비 내리는 거리를 내다보았다.

"누나, 저거 진짜 빨갛다."

"뭐가?"

초롱이는 사거리에 켜져 있는 신호등 빨간불을 가리켰다. 빨간색 신호등은 차창 밖에 묻은 빗물에 번져 유난히 붉게 빛났다.

"진짜."

예라는 집에서 가지고 나온 바구니를 꼭 끌어안은 채 빨간불을 물끄러미 바라보았다. 어쩌면 그 빨간색 신호가 이제부터 예라와 초롱이에게 벌어질 미래를 대변하고 있는지도 몰랐다.

그들은 그리 멀지 않은 군포시 어느 아파트 단지에서 내렸다. 우산을 같이 쓴 예라와 초롱이는 고개를 들어 높다란 아파트를 올려다보았다. 하늘로부터 떨어지는 빗방울이 아이들의 얼굴을 토닥토닥 건드렸다.

"아빠, 여기가 어디야?"

초롱이가 낯선 곳에 대한 두려운 마음으로 물었다.

"이 아파트가 앞으로 우리가 살 집이야. 좋지?"

하수왕의 의기양양한 대답에 아이들은 아무 말 없이 높다란 아파트를 다시 올려다보았다. 그들은 아빠를 따라 엘리베이터를 탔다. 엘리베이터는 7층에 멈췄다.

문이 열리자 하수왕은 오른쪽에 있는 현관 벨을 눌렀다.

"709호."

겁먹은 얼굴의 초롱이가 현관에 붙어 있는 아파트 번호를 나지막이 읽었다. 그때 현관문이 활짝 열리면서 누군가 반가운 얼굴로 튀어나왔다. 마귀선이었다. 그녀는 환하게 웃으며 하수왕과 아이들을 번갈아 바라보았다.

"이야, 너희들이 예라, 초롱이구나. 반갑다. 난 마귀선이라고 한다."

마귀선은 손바닥으로 아이들 얼굴을 억세게 비비며 반갑게 맞이했다.

"애들아, 인사해라. 앞으로 우리랑 같이 살게 될 아주머니시다."

하수왕의 말에 아이들은 아무런 반응을 보이지 않고 물끄러미 마귀

　　　　　　　　　　　　　　　마녀가 된 우리엄마

선만 바라보았다.

"우리랑 같이 산다고요?"

처음 보는 아줌마인데 우리랑 같이 산다는 말에 어린 초롱이는 잠시 혼란스러웠다. 왜 엄마와 헤어지고 지금 처음 보는 저 여자와 같이 살아야 하는지 이해할 수가 없었다. 하지만 예라는 눈치를 채고 있었다. 아빠와 엄마가 이혼하고 앞으로 아빠가 이 아주머니와 같이 살게 될 것이고 자기들도 같이 살아야 한다는 것을 짐작하고 있었다. 예라가 알 수 있었던 것은 학교 친구 중에 예라와 비슷한 환경의 친구가 몇 명 있었기 때문이다. 그리고 막상 이렇게 낯선 아주머니를 만나고 보니 미리 동생에게 엄마는 이제 우리 곁으로 다시 오지 않는다는 말을 해줄 걸 그랬다는 후회가 들었다.

"엄마는 우리 여기 온 거 알아? 기도원 갔다 여기로 와야 하잖아."

초롱은 따지듯 아빠에게 물었다.

"뭐? 잔말 말고 아주머니께 인사나 드려."

하수왕이 아이들을 재촉했으나 아무도 인사를 하려 하지 않았다. 그러자 마귀선은 겸연쩍은 듯 웃으며 손을 내저었다.

"아유, 괜찮아. 우리 인사는 차차 하면 되지. 그치? 그런데 그것은 나 주려고 가지고 온 선물이구나."

마귀선은 예라가 안고 있던 바구니를 잡으려 했다. 예라는 반사적으로 몸을 움츠리며 뒤로 물러섰다. 그러자 마귀선은 순간 얼굴색이 정색을 하며 무섭게 예라를 노려봤다. 그때 예라 눈에 분명히 마귀선의 가슴에서 뱀 두 마리가 머리를 뒤틀며 기어 나와 입을 쫙 벌리는 모습이 너무나도 선명하게 보였다.

'헉.'

예라는 너무 놀라 머리를 흔들고 마귀선을 다시 쳐다보았다. 그녀는 어느새 상냥한 얼굴을 하고 있었고 가슴에 뱀 따위는 보이지 않았다. 예라의 이마에 식은땀이 송골송골 맺혔다.

사실 아이들을 양육하겠다고 한 것은 다름 아닌 마귀선이었다. 그녀는 하수왕에게 자기가 아이들을 잘 키울 테니 꼭 데리고 오라고 신신당부했었다. 하수왕은 지금까지 엄마만 따르는 아이들에게 특별한 관심도 없었고 그들을 양육하고픈 생각도 없었다. 하지만 마귀선이 계속 조르는 통에 어쩔 수 없이 데리고 온 것이었다. 그때 엘리베이터 문이 열리더니 일꾼들이 이삿짐을 가지고 올라왔다.

"도착했군요. 이쪽으로 들어오세요."

마귀선은 짐꾼들에게 짐을 어디에다 놓을지 하나하나 일러 주었다. 그녀의 설명이 끝나자 이삿짐센터 일꾼들은 알아서 척척 일을 진행했다. 이삿짐을 모두 운반하고 집안 정리를 대충하고 나니 낮 12시가 훌쩍 넘었다. 소파에 동생과 같이 말없이 앉아 있던 예라는 무척 배가 고팠으나 지금은 낯선 집인데다 처음 만난 아주머니가 옆에 있으니 아빠에게 배고프다는 말도 꺼낼 수가 없었다. 그때 초롱이 꼬르륵거리는 배를 붙잡고 더는 못 참겠는 듯 아빠에게 말했다.

"아빠, 나 배고파. 우리 아침도 안 먹었잖아."

"아, 너희들 배고프겠구나. 오늘 아줌마가 맛있는 것 사줄까? 초롱이 뭐 먹고 싶어?"

아빠 대신 마귀선이 초롱에게 물었다. 초롱이는 마귀선의 질문에 수줍은 듯 미소를 지으며 옆에 앉은 누나에게 나지막이 말했다.

"누나가 말해."

"니가 말해. 나 배 안 고파."

"뻥치시네, 배고프면서."

"씨이, 이게."

"아줌마, 우리 부대찌개 먹고 싶어."

초롱이가 당돌하게 대답했다.

"오, 부대찌개가 먹고 싶은 게로구나. 그런데 아줌마가 초롱이 맛있는 것 사주는데 한 가지 조건이 있어. 그 조건 안 들어주면 아줌마도 맛있는 것 안 사줄 거야."

"그게 뭔데?"

초롱이 호기심 어린 눈으로 물었다.

"아줌마한테 엄마라고 불러. 엄마라고 부르면 아줌마가 부대찌개가 아니라 맛있는 갈비 사줄게. 너희 갈비 먹어 봤어? 갈비가 얼마나 맛있는 건데. 예라도 마찬가지야. 엄마라고 부르면 갈비 사줄게."

마귀선은 진도가 빨라도 너무 빨랐다. 아이들을 처음 만난 날부터 엄마라고 부르라고 하니 아이들은 놀랄 수밖에 없었다.

'엄마라고 부르라고?'

마귀선의 느닷없는 요구에 예라는 움찔하면서 들고 있던 바구니를 더욱 강하게 끌어안고 소파 한구석에 움츠리고 앉았다. 그러나 초롱이는 누나와는 반대로 '갈비'라는 말에 물 만난 고기처럼 그 자리에서 벌떡 뛰어오르더니 마루를 이리저리 뛰어다니기 시작했다. 그러기를 두세 번 왔다, 갔다 하다가 갑자기 멈춰 서서 마귀선을 노려보았다.

"엄마!"

그리고는 다시 마루를 이리저리 뛰기 시작했다. 마귀선은 '엄마라는 소리에 회심의 미소를 지으며 하수왕을 바라보았다. 하수왕도 웃음을 띠며 마귀선을 바라보았다.

"예라, 너도 해봐."

하수왕의 말에 예라는 아무 말 없이 고개를 숙였다.

"누나, 우리 옛날에 갈비 한번 먹어 봤잖아. 갈비가 얼마나 맛있는데. 그거 먹으려면 한 번 말해도 돼. 우리 엄마는 따로 있는데 뭐. 저 아줌마는 가짜 엄마야. 괜찮아!"

철없는 초롱이의 닦달에 예라는 입술을 깨문 채 초롱을 째려보았다.

"나중에 할게요."

예라는 하는 수 없이 그렇게 대답했다.

그날 예라와 초롱이는 난생처음 소갈비로 배를 두둑이 채웠다. 거기다 초롱이는 평소 그렇게 먹고 싶었던 배스킨라빈스 아이스크림을 사달라고 졸라 그날 하루는 올챙이배가 되도록 실컷 먹었다. 초롱이는 소갈비와 아이스크림 덕분에 단 하루 만에 새엄마와의 벽을 허물었다.

"오늘은 우리가 만난 첫날이니까 한 방에서 다 같이 자자."

마귀선이 아이들에게 말하자, 초롱이는 잠시 생각에 잠겼다. 엄마가 기도원 가고 없는 사이에 왜 저 낯선 아줌마와 같이 있고, 잠도 같이 자야 하는지 도대체 그 이유를 알 수가 없었기 때문이다.

"누나가 자면 나도 잘 거야."

초롱은 누나를 바라보았다. 예라가 대답도 않고 가만히 있자 하수왕은 예라를 재촉했다.

"엄마가 원하니 너희들 빨리 가서 잠옷 갈아입고 와. 아빠한테 혼나기 전에."

아빠의 엄명에 예라는 잠옷을 갈아입으러 자기 방으로 들어갔고 초롱이도 누나를 따라 방으로 들어갔다.

"난 아빠랑 잘 거야."

잠옷으로 갈아입고 온 초롱이가 들고 온 베개를 높이 치켜들며 말했다.

"초롱아, 엄마랑 같이 자자."

마귀선이 상냥하게 말했다.

"나 아줌마랑 자기 싫어. 아빠랑 잘 거야."

"싫어?"

마귀선은 억지 미소를 지으며 초롱을 노려봤다.

"내일 엄마가 초롱이 제일 갖고 싶어 하는 장난감 사줄 건데…."

마귀선은 초롱이를 꼬셨다. 사실 초롱이는 선심 쓰는 셈 치고 덜렁 마귀선 옆으로 가서 잘 수도 있었지만 그녀가 자꾸 엄마, 엄마 하는 통에 그게 도통 귀에 거슬려 그쪽으로 가기가 싫었다.

"자, 어서 이리 와."

마귀선이 손을 내밀자 초롱이는 어깨를 축 늘어트린 채 그녀 옆으로 가서 누웠다. 결국 침대에 하수왕과 마귀선이 침대 가운데 눕고 예라는 아빠 바깥쪽에 초롱이는 마귀선 바깥쪽에 누워 잠을 자게 되었다.

불을 끄고 모두 잠을 청하자 오늘 신나게 먹고 놀았던 초롱이가 제일 먼저 잠에 곯아떨어졌고 하수왕과 마귀선도 오래지 않아 코를 골았다. 하지만 예라는 도무지 잠을 이룰 수가 없었다. 모든 것이 낯설고 불편하기 이를 데 없었다. 그리고 머릿속은 온갖 걱정거리로 가득 찼다.

자기 곁을 떠난 엄마, 아직 아무것도 모르는 동생….

예라는 적응이 안 되는 새집에서 밤새도록 뒤척이다 어렵게 잠이 들었다. 그러다 벌떡 눈이 떠졌다. 아직도 캄캄한 밤이었고 문득 동생 초롱이가 생각났다. 침대 건너편에서 잘 자고 있겠지 하고 몸을 반쯤 세워 그곳을 바라보았다. 그런데 동생이 안 보였다.

'초롱이가?'

마귀선은 아빠 하수왕을 끌어안고 잘도 자고 있었는데 그 옆에 있어야 할 동생은 보이지가 않았다. 그때 마귀선이 몸을 뒤척이며 잠꼬대를 하였다.

"귀찮은 새끼. 좁아 죽겠네."

그녀는 초롱이가 있어야 할 자리를 향하여 허공에 발길질을 해댔다. 예라는 반사적으로 이불 속으로 몸을 숨기며 자는 척하였다. 잠시 후 마귀선은 아무 일 없다는 듯이 다시 코를 골기 시작했다. 그녀가 자는 것을 확인한 예라는 침대에서 빠져나와 동생 쪽으로 살금살금 걸어가다 방바닥을 보고 깜짝 놀랐다. 초롱이는 방바닥에 이불도 없이 추운 듯 잔뜩 웅크린 채 누워서 자고 있었다. 예라는 살금살금 걸어가 자기 베개와 침대 옆에 놔두었던 바구니를 들고 와 동생 옆에 나란히 누웠다.

"누나, 추워."

초롱이는 잠결에 누나가 옆에 온 인기척을 느꼈는지 중얼거렸다.

"초롱아, 자자."

예라는 베개를 동생에게 베어주고 추워하는 초롱이를 꼭 끌어안았다. 그리고 머리맡에 놓아둔 바구니를 올려다보고 기도를 했다.

'하나님, 저 아줌마가 우리를 미워하지 않게 해주세요.'

예라는 자기도 모르게 흐르는 눈물을 소매로 훔치고는 그렇게 아침이 올 때까지 동생을 껴안고 차가운 방바닥에서 잠을 청했다.

하수왕이 마귀선과 같이 살고 나서도 그는 계속해서 ONC 국제운송회사에 다니고 있었다. 하수왕이 마귀선과 결혼한 이유는 지겨운 직장 생활을 그만두고 사장 소리 들어가며 버젓한 자기 사업을 하기 위해서였는데 마귀선은 하수왕에게 상황이 풀릴 때까지 일단 직장을 계속 다니라는 명령 아닌 명령에 어쩔 수 없이 계속 ONC에 출근하고 있었다.

그런 상황에서 하수왕도 기분이 좋을 리가 없었다. 게다가 하수왕은 마귀선이 결혼을 하고 나니 결혼하기 전과는 다른 점이 있다는 것을 발견하였다. 그것은 있지도 않은 자기 집 재산에 대하여 굉장한 관심을 보인다는 것이었다.

"우리 집에 재산은 무슨? 나 고등학교 때 우리 집 쫄딱 망했다고 했잖아."

하수왕은 가난한 아버지 집안 살림에는 애초부터 관심도 없었다. 게다가 새엄마와 같이 사는 게 싫어서 직장을 얻은 후에는 집을 나와 본가에는 얼씬도 하지 않았다. 돈밖에 모르는 하수왕에게 돈 한 푼 없는 아버지를 만날 이유가 없었다.

"자기는 아버님이 재산이 있는지 없는지 어떻게 알아?"

"뭐? 내가 결혼하기 전에 이야기했잖아. 건설회사 하시던 분들은 자식들도 모르게 숨겨놓은 부동산이 많이 있다고."

마귀선의 이야기에 하수왕은 결혼하기 전에 마귀선이 그런 이야기 한 것이 생각이 났다. 하지만 진작부터 아버지에게는 아무것도 없다고 단정한 하수왕은 그런 말을 대수롭지 않게 듣고 잊어버리고 있었다.

"자기가 깜짝 놀랄 만한 사실이 있어."

마귀선은 진지한 눈빛으로 말했다. 깜짝 놀랄 만한 사실이라는 말에 하수왕은 소파에 비스듬히 누워 있다가 정색을 하고 앉았다.

"그게 뭔데?"

하수왕의 반문에 그녀는 아무 말 없이 자리에서 일어나 방으로 들어갔다. 그리고는 손에 서류를 하나 들고나와 하수왕에게 건네주었다. 하수왕은 의아한 눈으로 표지 제목을 읽었다.

"신용조사보고서? KS신용정보? 대체 이게 뭐야?"

"당신이 지금까지 모르고 있던 아버님 재산목록."

마귀선은 이것이 어떻게 된 영문인지 의아해하는 하수왕에게 지금까지 있었던 이야기를 차근히 설명해 주었다.

마귀선은 결혼 전에 하수왕에게 몇 번이고 아버지에게 재산이 있을 것이라는 이야기를 했지만 그는 가당치도 않은 일이라 생각하고 귀담아 듣지 않았다. 사실 마귀선은 자신이 다니고 있던 회사에서 어렵지 않게 이러한 정보를 조사할 수 있었다. 일반인들은 타인의 개인정보나 재산 정도를 알아내는 것이 불가능한 일이지만 마귀선의 회사처럼 전직 경찰이나 정보기관 출신들로 조직된 신용정보회사는 남의 개인정보를 파악하는 일이 이 세상에서 가장 쉬운 일이었다.

그 보고서에는 하수왕의 눈이 돌아갈 만큼 깜짝 놀랄만한 내용이 담겨 있었다.

경기도 양평 토지: 평가액 30억 원
제주도 서귀포시 토지: 평가액 20억 원
평가액 합계: 50억 원

하수왕은 보고서 마지막에 나와 있는 아버지의 숨겨진 부동산 금액을 보고 깜짝 놀라는 얼굴이었다.

"뭐? 50억 원?"

하수왕은 떨리는 목소리로 중얼거렸다. 그는 아버지가 이렇게 많은 재산을 숨겨놓고도 지금까지 자기에게는 일언반구도 없었는지 화가 치밀어 올랐다. 한편으로는 아버지에게 관심도 없이 넋 놓고 있다가는 그 약삭빠른 새엄마가 이 모든 재산을 통째로 삼킬 것이라는 것을 생각하니 마음이 조급해졌다.

하수왕은 마귀선을 쳐다보았다. 갸름한 몸매에 섹시한 이미지의 마귀선이 어떻게 이런 생각까지 한 것일까? 그녀에 대해 또 다른 의구심이 생겨났지만 한편으로는 전혀 생각도 못한 상속이라는 횡재수가 생길 것을 생각하니 이 여자야말로 정말 신비롭고도 용한 여자라는 생각이 들었다.

"귀선, 자기 정말 대단한 여자야. 내가 평생 몰랐던 것을 어떻게 한 번에 알아냈어? 어쨌든 맘에 쏙 들어."

하수왕은 손가락으로 그녀를 가리키며 윙크를 했다.

"거봐. 내 말이 맞지. 건설회사를 경영해 본 사람이라면 분명히 부동산이 있을 거라고 했잖아."

그녀도 하수왕을 향하여 윙크를 했다.

"내가 정말 복덩이를 얻었군."

하수왕은 그녀에게 다가가 진한 키스를 퍼부었다. 마귀선은 한참 만에 입술을 떼고 그를 넌지시 바라보았다.

"그러니까 우리 하루라도 빨리 아버님, 어머님께 결혼했다고 인사하러 가야 해. 그리고 예라와 초롱이도 같이 데려가야 해. 내가 애들을 얼마나 잘 키우고 있는가를 보여주고 우리가 단란한 가정을 이룬 것을 보시면 비록 당신이 오랫동안 아버님을 찾아뵙지 않았지만 아마도 아버님은 곧 당신을 좋아하게 될 거야. 그게 바로 천륜이잖아."

"하하, 맞아. 이번 토요일 날 당장 찾아가자고."

하수왕은 환하게 웃으면서 주먹을 불끈 쥐었다. 결국 그들은 결혼한 지 두 달 만에 처음으로 본가에 인사하러 가게 되었다.

서울 서대문구 홍은동 연세빌라.

언덕배기에 자리 잡고 있는 연세빌라는 평수는 조금 넓은 편이지만 상당히 오래된 연립주택이었다. 하수왕 부모님은 하수왕이 집을 나간 후로 줄곧 그곳에서 살고 있었다.

"흠, 허접한 건 옛날 그대로군."

하수왕은 연립주택을 올려다보며 중얼거렸다. 10여 년 만에 찾은 본가인데 변한 것이라곤 단 하나도 없었다. 빛바랜 붉은 벽돌 하며 때가 낀 알루미늄 새시 창틀하며 새것이라고는 벽면에 몇 개 붙어 있는 식당, 피자집 광고 스티커밖에 없었다.

"수왕 씨, 미리 연락하고 왔으니 지금 집에서 음식 준비하고 기다리고 계시겠지? 우리 빨리 들어가자."

마귀선이 하수왕을 재촉했다.

"음식? 흥."

하수왕은 음식이라는 말에 콧방귀를 뀌었다. 새엄마가 자기를 환대하려고 그런 음식을 차릴 리가 만무했기 때문이다. 어쨌든 네 식구는 현관 앞에서 벨을 눌렀다.

'땅.' 누구냐고 물어보는 말도 없이 안에서 누군가 그냥 문을 열어주었다. 하수왕과 마귀선은 서로를 바라보며 안으로 들어갔다. 그 뒤를 예라와 초롱이가 따라 들어갔다.

집안도 옛날 그때 그대로였다. 허름하기 짝이 없었다. 낡은 소파, 탁자들 하며 10년 동안 그곳은 시간이 정지되어 있었던 장소 같았다. 하지만 아버지만 달라졌다. 아버지는 몸이 많이 불편하신 듯 무릎까지 모포를 덮은 채 소파에 몸을 푹 파묻고 있었고, 그 옆에는 정부에서 보조금을 지급하는 노인 장애등급자용 전동휠체어가 놓여 있었다. 새엄마는 아버지 옆에서 도도한 자세로 앉아 하수왕 가족을 한 명씩 바라보았다.

하수왕은 새엄마를 보자 그 여자가 왜 그토록 오랜 세월 동안 아버지 곁에 붙어 있는지 그제야 그 이유를 알 것 같았다. 아버지와는 거의 20년이라는 나이 차이가 나는 새엄마는 결혼할 당시 아버지 회사 비서로 근무하였는데 아버지가 완전히 망했다는 것을 누구보다도 잘 알고 있음에도 불구하고 아버지와 결혼한 것은 그녀는 진작부터 아버지에게 숨겨놓은 재산이 있다는 것을 잘 알고 있었기 때문이라고 짐작했다.

'저런 여우 같은…'

하수왕은 깡마른 몸매에 쌀쌀한 이미지가 감도는 새엄마로부터 눈을 떼고 병기가 역력한 아버지를 바라보았다. 10년 만에 봐도 별로 할 말이 없었다. 하지만 그에게 50억 원의 부동산이 있다는 것을 생각하니 정신이 번쩍 들면서 무슨 말이든 꺼내야만 했다.

"아버지, 잘 계셨습니까?"

하수왕의 말에 아버지는 대답 없이 한참 동안 하수왕, 예라, 초롱이 그리고 마귀선을 번갈아 바라보았다.

"너 참 오랜만이구나. 왜 그동안 연락도 없이 지냈냐? 내가 네 전화번호를 알아야 연락을 하지?"

"먹고 살려고 하다 보니… 벌써 10년이나 지났네요."

"너 옛날에 텔레비전에서 영화 만든다고 나온 적 있었더구나. 그래, 그때 영화는 잘 됐었냐?"

아버지는 하수왕이 예전에 처음이자 마지막으로 제작한 영화 '인어공주와 지하세계' 이야기를 꺼냈다. 역시 아버지는 아버지였다. 하수왕이 그렇게 돈 없는 아버지라고 매정하게 10년 동안 연락을 끊고 살았어도 아버지는 외아들 하수왕을 잊은 적이 없었고 그런 아들이 영화 제작을 하였다고 언론에 보도한 것도 다 기억하고 있었다.

"아니요."

하수왕이 무덤덤하게 대답하자 새엄마가 그제야 입을 열었다.

"그렇지, 하늘은 공평하다니까. 자식이라고는 하나밖에 없는 아들이 그렇게 결혼식 이후 코빼기도 보이지 않는데 하나님이 그 영화를 성공하게 놔뒀겠어? 다 뿌린 대로 거두는 법이지."

하수왕과 10살 정도밖에 차이 나지 않는 새엄마는 남편을 믿고 그러는지 입을 열자마자 반말로 하수왕 가슴을 콕콕 찌르는 말만 해댔다.

그동안 코빼기도 보이지 않더니 갑작스레 무슨 일로 찾아왔고, 아버님이 이렇게 아픈데 지금까지 병원비 한번 안 보냈으니 이제부터 매달 병원비와 생활비로 얼마씩을 송금해야 하며, 또 기억이 가물가물하지만 집사람이 10년 전 결혼식 때하고는 얼굴이 완전히 바뀌었는데 성형이라도 했냐며, 부자지간에 그동안 못한 이야기들을 마치 아버지의 대변인인 양 봇물 터지듯 쏟아냈다. 묵묵히 듣고만 있던 하수왕은 새엄마의 잔소리를 더 이상 듣기 싫어 소리를 버럭 질렀다.

"아이씨, 좀 조용히 해요! 내가 오늘 온 건 아버지 보러 왔지 당신 보러 온 게 아니거든요?"

그의 큰 목소리에 새엄마는 주눅이 든 듯 더 이상 말을 꺼내지 않았다. 그때까지 가만히 듣고만 있던 마귀선도 웃는 얼굴로 새엄마를 향하여 입을 열었다.

"존경하는 어머님, 사실 제가 이번에 이이와 결혼했어요. 어머님이 아시는 그 며느리와는 얼마 전에 이혼했답니다. 전처는 정말 이이를 괴롭히는 못된 사람이었거든요. 아이들도 이렇게 내버리고 가 제가 지금 친자식처럼 잘 키우고 있습니다. 아휴, 이 불쌍한 것들…"

마귀선은 닭똥 같은 눈물을 흘리며 옆에 말없이 앉아 있던 예라의 머리를 쓰다듬었다.

"새아기는 이름이 뭔가?"

아버지가 손가락으로 마귀선을 가리키며 물었다.

"네, 마귀선이라고 합니다."

"그래, 고맙다. 내 손자들 잘 키워줘서."

아버지의 말에 마귀선은 다소곳이 얼굴을 숙이며 말을 이었다.

"아버님, 어머님 무슨 말씀을요? 이 아이들은 아버님의 귀한 손자, 손녀들인데 제가 정성껏 키워야지요."

마귀선의 대답에 아버지는 흡족해했고 새엄마 역시 하수왕에 대한 적대감을 조금은 수그린 듯했다.

"애들아, 이리와 봐라."

아버지는 예라와 초롱이를 자기 곁으로 불렀다. 아이들은 말없이 할아버지 옆으로 가서 다소곳이 섰다. 할아버지는 처음 보는 친손자의 손과 볼을 만져 보며 감격스러워했다. 그러더니 미리 준비한 용돈을 애들에게 5만 원씩 나누어 주었다. 그것을 본 마귀선은 내심 '역시 돈이 있으신 게로군.'이라고 쾌재를 불렀다. 그리고는 펄쩍 뛰며 앞으로 갔다.

"아버님, 이러시면 안 됩니다. 아이들에게 이런 큰돈을 주시면 버릇 나빠집니다."

"할아버지가 처음 주는 용돈이니까 받아."

아이들은 마귀선의 눈치를 보다가 할아버지의 강요에 못 이겨 돈을 받고는 제자리로 돌아가 앉았다.

'그래, 이 5만 원이 조만간 50억 원으로 바뀔 것이다.'

마귀선은 회심의 미소를 지으며 아버지, 어머니에게 목례를 하였다.

하지만 하수왕은 여전히 기분이 나쁜 표정이었다. 우선 아버지가 지금까지 하나밖에 없는 아들 몰래 50억 원이라는 부동산을 숨겨놨다는 것이 무엇보다도 기분 나빴고, 또 다른 하나는 아버지 옆에서 아직까지 비서 노릇을 하는 새엄마가 10년 만에 찾아온 자기를 홀대하는 것이 정말 꼴 보기 싫었다.

"아버지, 제가 긴말 않고 하나만 물어볼게요. 아버지한테 50억 원짜리 땅이 있다면서요? 그거 왜 지금까지 저에게 한 번도 말씀하지 않으셨나요?"

하수왕은 언성을 높이며 단도직입적으로 물었다.

순간 아버지와 새엄마의 얼굴이 굳어졌다. 하지만 이들보다 더 놀란 사람은 바로 마귀선이었다. 마귀선은 본가를 찾기 전에 하수왕에게 땅 이야기는 절대로 해서는 안 된다고 신신당부했는데 느닷없이 그 이야기를 꺼내는 바람에 모든 것이 뒤죽박죽 엉망이 되고 말았기 때문이다.

"오늘 부모님 만나면 인사만 하고 땅 이야기는 절대 하지 않고 돌아가는 거야."

"알았다고."

둘은 집에서 이렇게 이야기했는데 하수왕의 이런 약속을 깨는 무부별한 행동을 하는 바람에 마귀선은 화가 머리끝까지 났다.

이것은 단번에 많은 황금을 갖고 싶어 황금알을 낳는 거위의 배를 가르는 꼴이었다. 마귀선은 살기등등한 눈빛으로 하수왕을 노려보았다. 만약 눈빛만으로 사람을 죽일 수 있다면 하수왕은 그녀의 눈빛에 벌써 죽고도 남았을 것이다.

'이런 바보 같은 사람. 10년 만에 처음 만난 자리에서 땅 이야기를 꺼내다니!'

마귀선의 불같은 눈빛에도 아랑곳하지 않고 하수왕은 씩씩거리며 아버지의 대답을 재촉했다.

"어디 한번 대답 좀 해보세요?"

아버지는 몹시 언짢은 얼굴로 하수왕을 바라보았다. 그러자 새엄마는 어이가 없다는 표정으로 쏘아붙였다.

"네가 그것 때문에 10년 만에 찾아온 게로구나. 봐라. 이렇게 다 쓰러져가는 연립에서 사는 우리가 50억이 어디 있겠니? 5,000만 원이라도 있으면 좋겠다."

"흥, 없다고요? 우리가 이미 신용정보회사를 통해서 다 알아봤어요. 아버지는 정확하게 경기도 양평에 30억, 제주도 서귀포시에 20억, 도합 50억 원의 땅이 있잖아요?"

하수왕은 아버지의 비밀을 캐낸 것이 자랑스럽다는 듯 자신 있게 따졌다. 순간 새엄마는 당황한 빛이 역력했다. 그러면서 짐짓 태연한 척 혀를 찼다.

"세상에, 세상에… 아주 작정하고 철저하게 조사해서 왔구나. 어휴, 세상에!"

하수왕은 내일이라도 당장 신용정보회사에서 작성한 보고서를 가지고 와서 증명해 보이겠다고 난리였다. 마귀선은 갈수록 점입가경으로 들어가는 하수왕의 행동에 너무도 실망하였다. 10년 만에 처음 만난 아버님께 그간 숨겨놓은 땅 이야기를 한다는 것은 아버지 마음의 문을 완전히 닫게 하는 아주 멍청한 짓이었기 때문이다.

"그 땅은 여러 사람의 공동명의로 되어있고 각자 지분을 소유하고 있는 거야. 내 지분만 따진다면 얼마 되지도 않고 다 같이 팔아야지, 내 것만 마음대로 팔 수 있는 땅도 아니다."

한참 동안 아무 말 없이 앉아 있던 아버지가 귀찮다는 듯 입을 열었다.

"아, 어쨌든 있기는 있다는 이야기네요? 잘 알겠습니다. 아버지 제가 그동안 얼마나 고생하고 산 줄 아세요? 그걸 아신다면 당장 내일이라도 그 땅 팔아서 저에게 주셔야만 할걸요. 오늘은 이만 일어나겠습니다. 다음에 올 때는 땅에 대해서 좀 더 구체적인 이야기를 하시죠."

하수왕은 자기 혼자 그런 식으로 결론지으려 했다.

"자네, 참 너무하네. 내가 낳은 아들은 아니지만 법적으로는 내 아들인데 나에게 당신이라고 그러지 않나, 10년 만에 처음 봤는데 하는 얘기가 땅을 내놓으라 하지 않나. 어쨌든 그 땅은 내가 퍼렇게 살아있는 한 내가 아버지를 꽉 붙들어서라도 너에게는 10원 한 장도 못 주게 할 테니까 그리 알아!"

계모 역시 하수왕 못지않게 큰 목소리로 일갈했다. 이러다가는 10년 만에 만난 부자지간에 굉장히 큰 싸움이 날 것만 같았다. 그때 아버지가 손을 내밀며 한마디 했다.

"너, 가라. 그리고 땅 이야기하려면 다시는 오지 마. 내 그동안 너 안와도 10년 동안 잘 살았다."

아버지는 새엄마와 한편이었다. 물론 하수왕을 아들로 생각하여 손자들에게 용돈도 줬지만 그가 그동안 그렇게 연락을 않다 오랜만에 만나서 하는 이야기가 '가진 재산 있으면 다 내놓으라'는 이야기니 그런 아들은 다시는 보고 싶지 않았다. 아버지는 하수왕 가족들에게 인사도 하지 않고 새엄마의 도움을 받아 전동휠체어를 옮겨 타고 방으로 들어갔고 하수왕 가족은 얼음물 한 양동이를 쏟아 놓은 듯한 차디찬 분위기의 거실을 뒤로한 채 아버지 집을 나왔다.

아버지 집을 나와 차를 타고 한참을 갈 때까지 누구도 말이 없었다.

마귀선은 마음은 활화산처럼 부글부글 끓고 있었다. 폭발하기 일보 직전이었다. 다된 밥에 코를 빠트려도 유분수고 일에도 순서가 있는 법이지 어떻게 10년 만에 처음 만난 아버지에게 땅을 내놓으라는 말을 할 수 있는가? 그녀는 하수왕의 행동을 도저히 이해할 수가 없었다.

사실 속이 터질 것 같은 심정은 하수왕도 마찬가지였다. 하수왕은 워낙 성질이 급한 데다 말을 빙빙 돌리는 사람을 제일 싫어했다. 하고 싶은 말은 직설적으로 하는 타입이라 방금 아버지 집에서의 행동은 그의 입장에서 봤을 때 매우 정상적인 것이었다.

다만 재산 이야기가 나오자마자 마음의 문을 닫아 버린 아버지가 문제였고, 그보다 더 가증스러운 것은 아버지 옆에서 호들갑을 떤 새엄마였다. 진작부터 아버지에게 숨겨놓은 재산이 있다는 것을 알고 아버지와 결혼했을 것이라고 생각하니 끓어오르는 분노를 참을 수가 없었다.

거기다 한 가지 더, 더욱 의문스러운 사람이 있었다. 그것은 다름 아니라 지금 자기 옆에서 운전을 하고 있는 마귀선이었다. 이 여자는 대체 누구이기에 아들인 자기도 10년 동안 모르고 있던 그런 숨겨놓은 재산을 신용정보회사를 통하여 척척 찾아낼 수 있단 말인가? 하수왕은 그동안 말을 안 해서 그렇지 마귀선의 이러한 점에 대해 더욱 화가 났다.

조수석에 앉아 있던 하수왕은 운전대를 잡은 마귀선에게 눈길을 돌렸다. 섹시하게 생긴 마귀선이지만 화가 단단히 난 그녀의 옆얼굴은 살기등등한 악마의 프로필 그 자체였다.

"자기는 우리 아버지가 땅 있다는 것 어떻게 알았어?"

하수왕이 냉정하게 쏘아붙였다.

"그때 내가 이야기했잖아. 건설회사 하신 분이니 혹시 모르니까 알아보자고."

"난 당신이 이상해."

"뭐가?"

"어쨌든 이상한 게 한두 개가 아니야."

"뭐가 그렇게 이상하다는 거야?"

마귀선도 지지 않고 강하게 언성을 높였다.

"결혼 전에 타고 다니던 아우디는 왜 없어?"

하수왕이 질세라 쏘아붙였다.

그는 그녀에 대해 의문을 품고 있던 것들에 대해 계속 질문을 쏟아냈다. 결혼 전에 으스대면서 타고 다니던 아우디는 온데간데없으며, 결혼하면 바로 자기를 사장 시켜주겠다던 공연 기획 사업은 감감무소식이라는 점에 대하여 노골적으로 의구심을 표명했다.

마귀선은 그런 하수왕이 너무나도 한심스러워 보였다.

방금 본가에서 그가 부모님에 대한 태도를 조금만 더 신중하게 했어도 일은 술술 풀릴 텐데 유치원생도 안 할 그런 한심한 행동을 하여 일을 이토록 꼬이게 만들어 놨으니 앞으로 유산을 받아낼 일이 막막하기만 하였다.

그런 것을 아는지 모르는지 계속 떠들어 대는 하수왕을 바라보는 마귀선은 그의 입에 오물이라도 처넣고 싶을 만큼 강한 분노를 느꼈다. 그녀는 극도로 흥분하여 손이 부르르 떨렸다.

"수왕 씨, 혹시 당신 바보 아니야? 아이큐 몇이야?"

"뭐? 바보? 이 사람이 누구한테 감히…."

차 안은 바로 주먹이 오갈 것 같은 살벌한 분위기였다. 뒷좌석에 앉아 있던 예라와 초롱이는 숨소리도 멈춘 채 쥐죽은 듯 앉아 있었다.

"당신이 바보가 아니면 어떻게 10년 만에 만나는 아버님께 땅 이야기를 불쑥 꺼낼 수 있어?"

"어차피 할 이야기라면 시간 끌 일이 뭐가 있어? 할 말은 바로 해야
지."

하수왕은 씩씩거리며 대꾸했다.

"흥, 그러니까 돌대가리 바보지."

"뭐? 이 사람이!"

화가 치민 하수왕은 마치 마귀선에게 따귀라도 한 방 날릴 기세로 그
녀를 무섭게 노려봤다. 마귀선도 지지 않고 눈초리를 치켜뜨며 분노에
찬 눈으로 쌔려보았다. 두 사람 사이에 불꽃이 튀었다.

"차 세워!"

하수왕이 소리를 버럭 질렀다.

마귀선도 기다렸다는 듯 뒤쫓아 오는 차량도 확인하지 않고 갓길로
차를 홱 돌려 버렸다. 하수왕은 차에서 내리고 문을 세차게 닫았다.

'쾅.'

그는 씩씩거리며 뒤도 돌아보지 않고 빠른 걸음으로 사라졌다. 아버
지의 뒷모습을 바라보고 있던 예라의 눈에 눈물이 핑 돌았다. 예라는
한 손으로 무릎 위에 올려놨던 아기바구니를 끌어안았고 다른 한 손으
로 동생 초롱이의 손을 힘을 주어 꼭 잡았다.

'삐리릭.' 그때 마귀선의 핸드폰이 울렸다. 마귀선은 백에서 핸드폰을
꺼내어 전화번호를 확인하더니 한참 동안 전화를 받지 않았다.

'삐리릭 삐리릭…'

핸드폰 벨이 계속 울리자 마귀선은 그제야 전화를 받았다. 그녀는 방
금 전 극도로 흥분된 감정을 억누르며 조용히 말했다.

"여보세요."

그리고는 무슨 일인지 아무런 대답도 없이 상대편의 이야기를 한참 동안 듣고만 있었다. 그리고 한참 만에 대답을 하였다.

"네. 알겠습니다. 좀 기다려 주세요. 그럼 제가….."

'딸칵.'

마귀선이 채 말을 끝내기도 전에 상대편이 일방적으로 전화를 끊어버렸다. 그녀는 입술을 깨문 채 핸드폰을 내려다보았다. 마귀선은 깊은 한숨을 쉬더니 핸드폰을 조수석으로 집어 던졌다. 그리고는 차도로 진입하기 위해 깜빡이를 켜고 백미러를 바라보았다. 그때였다. 뒷좌석에 있던 초롱이가 신경질적으로 소리쳤다.

"아이, 아파. 이거 좀 놓으라고!"

누나가 아까부터 잡고 있던 손이 아팠던지 초롱은 짜증스럽게 칭얼거렸다. 신경이 극도로 예민해져 있던 마귀선이 고개를 돌려 초롱을 노려보았다.

"너 왜 소리치니?"

"아이씨, 누나가 내 손 꽉 잡아서 아프다고!"

아버지를 보고 배운 것인가? 초롱도 신경질적으로 대답하였다. 마귀선은 더 이상 말을 하지 않았다.

그녀는 말없이 자동차 시동을 끄더니 뒤로 돌아 느닷없이 초롱이의 귀싸대기를 갈겼다. 찰싹. 초롱이 머리가 시트에 부딪힐 정도로 엄청난 충격이었다. 초롱이는 너무 놀라 울지도 못하고 입을 쩍 벌린 채 그대로 굳어버렸다.

"넌 쪼그만 자식이 어른한테 말끝마다 반말이야? 네 친엄마가 그렇게 가르쳤냐?"

'찰싹.' 마귀선은 다시 한 번 초롱이의 따귀를 세차게 내리쳤다. 이제 초등학교 1학년밖에 안 된 초롱이는 악에 받친 마귀선의 힘에 못 버텨 벌러덩 뒤로 나자빠졌다.

"으앙."

초롱이는 그제야 큰 소리로 울음을 터뜨렸다. 마귀선은 힐끗 창밖을 내다보더니 안전벨트를 풀고 상체를 완전히 뒤로 돌린 채 시트에 쓰러진 초롱이를 강하게 일으켜 세웠다. 그리고는 초롱이의 작은 얼굴을 인정사정없이 두들겨 패기 시작했다.

"이 새끼야. 너 누가 반말하라고 가르쳐 줬어? 어서 말해 봐, 이 새끼야."

마귀선은 마치 폭력배들이 신참 신고식이라도 치르듯 초롱이에게 무차별 구타를 퍼부었다. 순간 그 광경을 지켜보던 예라는 너무도 무서워 들고 있던 바구니를 꼭 끌어안으며 눈을 감았다. 그러더니 예라는 갑자기 무슨 힘이라도 얻은 듯 마귀선을 향하여 크게 소리쳤다.

"아줌마! 내 동생 그만 때려요!"

예라의 눈동자에서 불꽃이 튀었다. 예라의 큰 소리에 마귀선은 깜짝 놀라 멈칫하며 물러섰다.

"뭐? 아줌마?"

마귀선은 예라의 생각지도 못한 반응에 깜짝 놀랐다. 그녀는 다시 눈을 치켜뜨고 예라를 노려보았다. 그리고는 몸을 돌려 운전대를 잡고는 어디론가 차를 몰았다. 예라는 울음을 그치지 않는 동생의 눈물을 닦아주었다. 마귀선은 백미러로 초롱이를 바라보았다. 초롱이는 얼마나 얻어맞았는지 두 뺨이 풀무질을 한 철공소 무쇠처럼 벌겋게 달아올라 있었다.

"초롱, 그만 울어. 계속 울면 내가 너희 둘 다 죽여 버릴 거야. 너희들 내가 얼마나 무서운 여자인지 모르지?"

그녀의 무시무시한 경고에 초롱이는 울음을 뚝 그쳤다.

하지만 밀려오는 울음을 참느라 초롱이는 계속 가슴을 들먹이고 있었다. 마귀선은 집 근처 대야미 시골길로 차를 몰더니 한적한 곳에 차를 세웠다. 대야미는 군포시에서 안산시 방향으로 조금 가다 보면 나오는 곳인데 그곳은 이때까지 개발이 덜 되어 여기저기에 논밭이 많았다. 마귀선은 차에서 내리더니 뒷좌석으로 갔다. 그녀는 초롱이가 앉은 쪽 문을 열었다.

"너 앞에 가서 앉아."

그녀의 말에 초롱이는 민첩하게 앞좌석으로 자리를 옮겼다. 그녀는 뒷좌석에 타더니 문을 닫고 예라를 노려봤다.

"아줌마? 내가 왜 아줌마야? 엄마지. 그리고 넌 엄마한테 그따위로 대들어도 되는 거야?"

마귀선의 꾸중에 예라는 고개를 숙인 채 아무 말이 없었다.

"옷 벗어."

예라는 그녀의 명령에 너무나도 놀라 꼼짝 않고 바구니만 끌어안고 있었다. 그러자 마귀선은 세차게 예라의 뺨을 내리쳤다.

'찰싹.'

얼마나 세차게 맞았는지 예라는 귓속에서 윙 하는 소리가 사이렌처럼 들려왔다. 예라는 정신이 하나도 없었다.

"너, 셋 셀 동안 안 벗으면 네 동생 죽을 때까지 때린다. 어서 벗어. 하나, 둘…"

예라는 그 말에 바구니를 바닥에 내려놓고 옷을 벗기 시작했다. 그러나 속옷은 그대로 입고 있었다.

"메리야스고 팬티고 다 벗어. 신발, 양말 다 벗어. 완전히 벌거벗으라고!"

예라는 수치스러움을 느끼고 더 이상 벗을 수가 없었다. 그러자 마귀선이 예라의 반대쪽 뺨을 힘껏 때렸다. 얼마나 세게 때렸는지 째질 듯한 파열음이 차 안에 쨍하고 울려 퍼질 정도였다. 그 정도 세기라면 고막이 터질 수도 있다. 예라는 울먹이기 시작했다. 그리고 메리야스와 팬티 그리고 양말까지 다 벗었다. 완전히 벌거벗은 예라는 눈물을 뚝뚝 흘리며 바닥에 놓았던 바구니를 들어 올려 끌어안고 중요한 부분을 가렸다. 그러자 마귀선은 아무 말 없이 차에서 내려 예라가 앉아 있는 쪽으로 가더니 주위를 살펴보았다. 아무도 오고 가는 사람이 없는 것을 확인하자 그녀는 차 문을 열었다.

"내려!"

마귀선이 소리치자 예라는 큰 소리로 울기 시작했다.

"어머님, 제가 잘못했어요. 다시는 안 그럴게요. 용서해 주세요."

예라는 두 손을 모아 싹싹 빌기 시작했다.

"어머님? 어머님은 또 뭐야? 내려, 이년아."

마귀선은 예라의 머리채를 휘어잡고 그녀를 차 밖으로 끌어당겼다. 예라는 바구니를 끌어안은 채 길바닥에 내동댕이쳐졌다.

"건방진 년."

마귀선은 다시 운전석에 올라탔다. 그리고는 어린 예라만 길바닥에 남겨놓은 채 그대로 차를 몰고 사라졌다. 예라는 졸지에 길바닥에 나앉았다. 그것도 벌거벗긴 채로 말이다. 예라는 너무도 무섭고 창피하여 바구니로 몸을 가리며 쪼그리고 앉아 펑펑 울었다.

"엄마, 엄마…."

예리는 아빠, 엄마가 법원에서 헤어질 때 마지막 본 엄마가 너무나도 보고 싶었다. 예라는 울면서 주위를 살펴보았다. 길 양쪽으로는 모두 밭이 있었고 다행히 그 시간 그곳을 지나가는 사람은 아무도 없었다. 벌거벗은 몸이라 이대로 집으로 갈 수도 없고 예라는 이제 어떡해야 할지 난감할 따름이었다. 조금 전 차 안에서 동생 초롱이가 맞을 때 하나님께 '제발 이 순간을 빨리 벗어나게 해주세요.'라고 기도했건만 아무 소용이 없었다. 이런 몸으로 집으로 돌아갈 길이 너무도 막막했다.

그때였다. 예라는 자동차 한 대 보이지 않는 길 저쪽에서 형체를 알 수 없는 검은 물체가 예라를 향하여 빠른 속도로 달려오는 것을 발견하였다. 예라는 눈물 콧물로 범벅이 된 얼굴로 그쪽을 바라보았다. 그 물체가 점점 가까이 오자 그제야 그것이 무엇인지 알아볼 수 있었다. 개였다. 그것도 보통 개가 아니라 엄청난 크기의 무시무시한 맹견이었다.

예라는 어쩔 줄 모르고 반사적으로 길옆 가로수 뒤로 몸을 숨겼다. 숨어 보았자 길쭉한 나무 한 그루가 무슨 방패막이 되겠는가. 무섭게 생긴 맹견은 어느새 예라 코앞까지 다가와 떡하니 버티고 섰다.

그 개는 도베르만 핀셔였다. 독일의 도베르만이라는 자가 이 세상에서 가장 사나운 개를 만들기 위해 무섭다고 하는 개들을 모아 새로운 품종으로 만들어낸 지상 최고의 맹견 도베르만 핀셔! 거의 초등학교 고학년만 한 큰 키에 짧은 검푸른 털, 딱 벌어진 어깨와 길쭉한 다리, 쫑긋 세워진 큰 귀와 날카로운 눈매. 타고난 용맹함과 두려움을 모르는 성질로 적을 만났을 때 필사적으로 물어뜯어 결국 사망에 이르게 하는 늑대보다도 무서운 개다. 그래서 여러 나라에서 군견이나 경비견으로 많이 활약하고 있는 맹견이다.

이 무시무시한 도베르만 핀셔가 지금 예라 앞에서 침을 질질 흘리며 꼬마 예라를 노려보고 있었다.

'웡웡.' 개는 예라를 보더니 우렁차게 짖어댔다. 예라는 꼼짝없이 개한 테 물려 죽었구나 싶어 바구니를 꼭 끌어안고 눈을 꼭 감았다.

"하나님, 제발 살려 주세요."

그때였다. 저 멀리서 누군가 예라 쪽을 향하여 허겁지겁 달려오고 있었다. 어느 건장한 아저씨였다. 그리고 그의 손에는 지금 예라 앞에 떡하니 버티고 있는 도베르만 핀셔와 똑같은 개 한 마리 더 있었다. 그 개는 주인보다 먼저 가려고 발버둥치니 그 남자는 개한테 끌려가다시피 달려오고 있었다.

그 아저씨는 힘겹게 달려와서는 가쁜 숨을 내쉬었다.

"무적이! 너, 누가 네 마음대로 달려가라고 했어? 응? 너 혼 좀 나야겠 구나."

그는 한 손에 들고 있던 개 줄을 높이 흔들며 꾸짖었다. 그가 방금 전 잠시 개 줄을 푸는 사이 이 녀석이 순식간에 여기까지 달려온 것이었다.

"가자."

아저씨가 '무적'이라는 개를 묶는 순간 옆에 있는 또 다른 도베르만 핀 셔가 우렁차게 짖어댔다.

"천하. 넌 또 왜 그래?"

아저씨가 핀잔을 주어도 개는 가로수를 향하여 더 크게 짖어댔다. 아저씨는 무심코 가로수를 바라보았다. 그랬더니 거기에는 벌거벗은 조그 만 소녀가 얼굴에 눈물 콧물이 범벅이 된 채 쪼그리고 앉아 있었다. 그는 너무 놀라 예라에게 다가가 허리를 굽히고 물었다.

"꼬마야, 너 여기서 뭐하니? 옷은?"

예라는 아저씨의 물음에 울음을 터뜨렸다. 아저씨는 입고 있던 점퍼를 얼른 벗어 예라에게 입혔다. 다행히 점퍼가 커 예라의 벌거벗은 몸 전체를 가릴 수 있었다. 그때 두 마리의 맹견은 예라에게 다가가더니 정말 친한 친구라도 만난 양 스스럼없이 긴 혓바닥으로 눈물과 콧물로 범벅이 된 예라의 두 뺨을 핥기 시작했다. 예라가 깜짝 놀라 몸을 뒤로 빼자 아저씨는 개들에게 소리쳤다.

"천하, 무적! 저리 물러가 앉아!"

그러자 천하와 무적은 훈련받은 경비견답게 말귀를 척척 알아듣고 즉시 뒤로 물러나 제자리에 앉았다. 아저씨는 예라에게 이름과 집 주소를 물었다. 예라는 그제야 하나씩 대답을 하고 아저씨 그리고 두 마리의 맹견과 같이 그 자리를 떠났다.

예라가 간 곳은 그 근처에 있던 한국맹견훈련소란 곳이었다. 그곳에서는 기업체, 공공기관, 군부대 그리고 돈 많은 개인이 필요로 하는 경비견, 군견을 훈련시키는 곳이었다. 그 아저씨는 훈련소의 소장으로 많은 개들을 훈련시키고 있었으며, 특히 방금 같이 산책을 나갔던 도베르만 핀셔 수컷 두 마리 '천하'와 '무적'은 훈련소에서 가장 영리하고 용맹한 경비견이었다. 천하와 무적은 명령에 절대복종하도록 훈련을 받았고 주인이 '물어!' 하고 명령하면 적을 끝까지 물고 늘어져 결국 죽음에 이르게 하는 무시무시한 야성을 지니고 있었다.

아저씨는 예라를 잠시 사무실에 있게 하고 얼른 산본역 앞에 있는 이마트로 가서 예라에게 맞을 만한 옷가지를 사가지고 왔다. 그리고 예라에게 입혀보니 얼추 맞는 것 같았다.

"예라라 그랬지?"

"네."

"근데 예라야, 왜 아까 거기서 벌거벗고 있게 된 거지?"

아저씨는 그 상황이 너무 궁금하여 예라에게 조심스럽게 물었다. 예라는 한참 동안 고개만 숙이고 있다가 자기가 그런 곤경에 처해 있을 때 도와준 아저씨에게 보답을 해야겠다는 생각과 무엇보다도 천하와 무적이라는 개가 생긴 것하고는 다르게 자기 뺨을 핥는 등 장난꾸러기 같은 것이 왠지 마음에 들어 자신의 이야기를 아저씨에게 솔직하게 말해 주었다. 예라는 말하다 보니 자기도 모르게 새엄마에 관한 이야기까지 모든 것을 말해버렸다. 그는 이야기를 다 듣고 예라에 대해 연민의 정을 느꼈는지 눈가에 눈물이 맺혔다.

"세상에 그런 사람이 있다니… 쯧쯧. 예라야, 아저씨의 이름은 견의리라고 해. 여기 훈련소 소장이거든. 앞으로 여기 놀러 오고 싶으면 언제든지 놀러 와도 돼. 아까 보니까 천하와 무적이가 예라를 무척 좋아하는 것 같던데 시간 나면 동생하고 놀러 와도 돼. 그놈들은 착한 아이들을 금방 알아본단다."

견의리는 다정스럽게 말했다.

한국맹견훈련소 견의리 소장은 예라를 훈련소용 스타렉스 차량에 태웠다. 개들을 이동시키기 위해 개조한 차량이라서 개털 냄새가 많이 났지만 지금 예라에게는 그 냄새가 그 무엇보다도 향긋하게 느껴졌다. 자기가 위험에 빠진 것을 어떻게 알고 멀리서도 달려와 준 천하와 무적이를 생각하니 그것은 지금까지 느끼지 못했던 향기로운 냄새였다.

견의리는 군포시 14단지에 있는 예라의 집으로 갔다. 그리고 예라를 데리고 709호 현관까지 같이 올라가 현관 벨을 눌렀다. 문이 열리자 마귀선이 나오더니 놀란 눈으로 예라와 견의리를 번갈아 바라보았다. 견의리는 그녀가 예라가 말한 새엄마라는 것을 짐작했고 그녀의 그런 비인간적인 행동에 대하여 속에서 울컥하고 무엇인가 솟구쳐 오르는 느낌이었다. 하지만 남의 가정사에 자기가 왈가왈부했다가는 예라가 더욱 곤란해질 것 같아 간단하게 데리고 온 자초지종을 이야기해 주었다.

"아, 그랬군요. 애가 가끔 옷을 벗고 밖을 쏘다니는 버릇이 있어서 정신과 치료를 받든지 해야지 원. 어쨌든 감사합니다. 야, 어서 들어와."

마귀선은 서둘러 예라를 집 안으로 끌어당기고 쌀쌀맞게 문을 닫아 버렸다.

마귀선은 그날 더 이상 아이들을 때리지 않았다. 어렵게 집으로 돌아온 예라는 대충 씻고는 오늘 새엄마로부터 너무나도 많이 얻어맞은 초롱이를 어루만져주며 같이 잠을 청했다. 예라는 자기 전에 초롱이에게 하나님께 기도하자고 했다.

"엄마가 그랬지? 힘든 일 생기면 누나랑 같이 기도 열심히 하라고. 그럼 하나님이 다 들어 주신다고 했잖아?"

"응, 누나. 새엄마가 우리 예뻐해 달라고 같이 기도해. 나 오늘 뺨이 너무너무 아파."

예라는 동생의 벌겋게 부어오른 뺨을 어루만져주었다. 둘은 불 꺼진 방에서 기도하기 시작했다. 초롱이는 역시 어린아이였다. 초롱이는 오늘 새엄마에게 그렇게 맞고도 누나가 기도를 시작하자 마음속의 우울함은 어느새 사라졌는지 양반다리를 하고 앉아 예전에 심방 오신 목사님을 흉내 내어 마치 오뚝이처럼 엉덩이를 좌우로 흔들면서 기도를 하였다. 그때 예라의 베개 옆에 놓아둔 바구니의 흰 천 안쪽에서 여리고 아늑한 빛이 잠깐 비추더니 이내 사라져 버렸다.

마귀선은 비밀이 많아도 너무나도 많은 여자였다. 그녀의 출신 배경이나 살아온 과정 등 무엇 하나 제대로 하수왕에게 알려준 것이 없었다. 하지만 지독한 에고이스트인 하수왕은 자신의 성공에만 눈이 어두워 남에 대해서는 전혀 관심을 두지 않았다. 그것은 아내인 마귀선도 예외는 아니다. 새로 맞은 아내의 과거 행적이 의심스러워도 그것을 알아본다는 그 자체가 그에게는 무척이나 귀찮은 일이었다.

하지만 확실한 것은 마귀선이 현재 어떤 신용정보회사에 다니고 있으면서 하수왕에게는 영화 수입과 뮤지컬 공연사업을 하고 있다고 거짓말을 한 것이다. 그러나 하수왕은 그녀가 영화사업을 한다는 말에 마음이 사로잡혀 마귀선과 결혼한 후 이제나저제나 자신이 그 회사의 사장이 되는 꿈만 꾸고 있었다.

마귀선은 신용정보회사에 다니면서 뮤지컬 배우의 꿈을 버리지 않고 끈질기게 오디션에 참여하고 있었다. 물론 하수왕도 그녀가 유명 뮤지컬 배우가 되기 위해서 부단히 노력하고 있다는 것을 잘 알고 있었다. 거기에 대해서는 하수왕도 반대하지는 않았다. 왜냐하면 앞으로 하수왕이 영화사 사장을 하는데 있어 부인이 유명 뮤지컬 배우라고 하면 남들 보기에도 폼이 날 것 같았기 때문이다. 어쨌든 마귀선은 자신의 인생 최대 목표인 우리나라 최고의 뮤지컬 배우가 되기 위해서라면 불속에라도 뛰어들 각오가 되어있는 야심만만한 여자였다. 그녀는 자신이 가지고 싶은 것은 수단과 방법을 가리지 않고 반드시 쟁취하여야만 직성이 풀리는 그런 여자였다.

그즈음 마귀선은 몇 달 후에 있을 굉장히 중요한 뮤지컬 오디션에 참가하기 위해 열심히 준비하고 있었다. 그 뮤지컬은 국내 최고 뮤지컬 기획사 '유앤컴퍼니'에서 국내 뮤지컬 역사상 최대 제작비를 투입하여 예술의 전당에서 공연하게 될 뮤지컬 '시카고'였다. 뮤지컬 시카고는 1920년대 미국 시카고의 쿡 카운티 교도소 여자 감방을 배경으로 살인을 저지르고 들어온 두 죄수가 세상의 유명세를 타기 위해 라이벌전을 벌이는 내용이다. 보드빌 배우였던 벨마켈리는 그녀의 남편과 여동생을 살해하고 교도소 간수의 도움으로 모든 언론의 관심을 끄는 가장 유명한 죄수가 된다. 그러나 나이트클럽에서 만난 정부를 살해한 죄로 교도소에 들어온 코러스 걸 록시하트가 그녀의 유명세를 빼앗아 가고 그 중간에 언변과 임기응변이 뛰어난 속물 변호사까지 끼어들어 인간의 가장 치졸한 면을 보여주는 전 세계에서 호평받은 뮤지컬이다.

'유앤컴퍼니'에서는 이번 공연에 벨마켈리 역에는 뮤지컬계의 유명스타인 '지니'를 일인 고정으로 출연하기로 했다. 그러나 이 공연의 최고 핵심인 여주인공 록시하트 역은 국내 뮤지컬계의 발전을 위해 공정한 오디션을 통하여 참신한 신인을 선발하기로 하였다. 누군가 이 오디션을 통하여 록시하트 역으로 발탁된다면 그것은 하루아침에 일약 스타가 되는 행운 중의 행운이다. 또한 이 공연은 미국 메이저급 뮤지컬 기획사가 공동 투자하기 때문에 바로 뉴욕 브로드웨이에도 진출할 수 있는 그야말로 돈과 명예를 한 번에 거머쥐는 천재일우의 기회가 아닐 수 없었다. 마귀선은 금요일 저녁 집으로 일찍 귀가하여 피아노 앞에서 맹연습을 시작했다.

끝내주는 쇼를 준비했지.
그래 남자 무용수 한 명 있으면
나를 들어 올려서 폼나게 잡아줄 남자 한 명!
까짓것 두 명으로 하지. 균형이 더 잘 맞잖아.
더 크게 생각해 더 크게 록시!
이왕이면 몇 명 더 쓰는 거야.
모두가 알게 될 이름 그게 바로 록시!
행운이 따르는 이름 맞아! 바로 록시!
곧 유명인사가 될 거야. 모두 알아보는 그런 스타.
그 전부를 알아보겠지. 그 키 눈 머리 가슴과 코

멍청한 정비공의 아내는 안녕 누구? 록시!
그래. 살인도 예술이라네.
나는 혜성처럼 데뷔해.
섹시 록시하트!

　그녀는 여주인공 록시하트의 오디션 지정곡인 '록시(ROXIE)'를 매우 요염하고도 정열적으로 불렀다. 마귀선의 성량은 방 안이 쩌렁쩌렁 울릴 정도로 컸다. 하지만 다듬어지지 않은 목소리와 감정이 전혀 실리지 않은 가사는 아직도 그녀의 갈 길이 요원하다는 것을 말해주고 있었다. 그때였다. 거실의 인터폰이 요란하게 울렸다. 마귀선은 연습을 하다 말고 소리를 버럭 질렀다.

　"예라! 얼른 받아."

　마귀선의 목소리에 깜짝 놀란 예라는 거실로 부리나케 뛰어나와 인터폰을 받았다. 그랬더니 경비아저씨가 화난 목소리로 어른을 바꾸라고 야단이었다.

　"경비아저씨가 어른 바꾸라는데요."

　예라가 연습실로 들어와 주눅 든 목소리로 마귀선에게 말했다. 마귀선은 성큼성큼 마루로 나와 인터폰을 받았다. 아니나 다를까 마귀선의 시끄러운 소리에 이 집, 저 집에서 민원이 쏟아지고 있으니 제발 좀 조용히 해달라는 것이었다.

　"미친 새끼들 지랄하고 자빠졌네."

　마귀선은 이렇게 한마디를 쏘아붙이더니 수화기를 요란하게 내려놓고 다시 방으로 들어가 더욱 큰 목소리로 연습을 이어갔다.

　그때 마침 하수왕이 퇴근하고 집으로 돌아왔다. 그도 마귀선의 연습 소리에 짜증이 난 얼굴이었다. 거기다 그를 더 짜증 나게 만드는 것은 집안 꼴이었다. 며칠째 손도 까딱하지 않은 집안은 쓰레기와 옷가지가 여기저기 지저분하게 널려 있었다. 또한 하수왕은 집에 들어와 마귀선이 해준 밥을 먹어본 지가 언제인지 도통 기억조차 나지 않았다. 매일 퇴근 때마다 마귀선은 그에게 "밖에서 사먹고 오지, 밥은 무슨?", "같이 술이나 한잔하러 나가자." 이렇게만 이야기했지 언제 따뜻한 밥 한번 차려본 적이 없었다.

"아이, 진짜 신경질 나게⋯."

집에 돌아온 하수왕은 자기가 들어온지도 모르고 계속 소리를 빽빽 지르고 있는 마귀선이 있는 방을 향하여 중얼거렸다.

"뭐해? 나왔잖아. 밥 줘!"

하수왕은 질세라 더 큰 목소리로 소리쳤다. 그러자 피아노 소리가 뚝 그치면서 마귀선이 밖으로 걸어 나왔다. 그 소리에 아이들도 아빠가 온 줄 알고 거실로 쪼르르 뛰어나왔다.

"자기, 왜 벌써 왔어? 오늘 내가 아버님 집에 가보라고 했잖아. 벌써 갔다 온 거야?"

"지난주에 갔는데 왜 또 가라고 해?"

하수왕은 신경질적으로 대답했다.

"수왕 씨, 아버지가 유산을 그냥 줘? 다 정성을 보여야 하는 거야, 정성을. 아직도 모르겠어?"

"아, 다 듣기 싫으니까 밥이나 줘. 대체 나한테 저녁상 차려준 게 언제냐고?"

하수왕은 다 귀찮다는 듯 손을 내저었다. 예라는 또 아빠와 새엄마가 싸울 것 같은 분위기에 가슴이 조마조마했다. 하지만 초롱이는 역시 어렸다. 마귀선에게 그렇게 얻어맞아도 그 기억이 쉽게 사라졌는지 아빠의 말에 맞장구를 쳤다.

"맞아. 옛날에 난 집에서 밥도 많이 먹고 엄마가 맛있는 것도 많이 해줬는데…"

그러자 마귀선은 날카롭게 초롱이를 쩨려보았다.

"누가 엄마라고?"

그녀의 서슬 퍼런 눈빛에 초롱이는 이내 풀이 죽어 고개를 푹 숙였다. 마귀선은 하수왕을 바라보았다. 방금 초롱이를 노려본 눈빛과는 180도 다르게 요염한 포즈를 취하며 나지막한 목소리로 말했다.

"자기야, 오늘 우리 밖에 나가 술이나 한잔할까?"

"싫다고. 조금 전에 애들 하는 이야기 못 들었어? 옛날 엄마는 집에서 맛있는 것도 많이 해줬는데 당신은 아무것도 안 해주잖아? 내가 나갔다 올 동안 아이들에게 맛있는 것 해줘. 갔다 와서 아이들한테 확인할 테니까 만약에 안 해주기만 해봐라."

"안 해주면?"

마귀선도 지지 않고 허리춤에 손을 얹고 하수왕에게 대들었다.

"그럼 나 다시는 아버지 집에 안 갈 거다."

하수왕은 버럭 소리를 치고 집을 나가버렸다. 마귀선 역시 화가 잔뜩 나 하수왕이 떠난 현관문을 노려보았다.

"엄마, 나 배고파요. 아빠가 밥 해주라고 했는데…"

앞뒤 분간 못 하는 초롱이는 아빠 명령의 효력이 사그라지기 전에 새 엄마가 이를 즉시 행동에 옮겨야 한다고 생각하고 사뭇 용기를 내어 말을 꺼냈다. 옆에 있던 예라는 동생의 행동에 깜짝 놀라며 초롱이의 옆구리를 쿡 찔렀다. 마귀선은 팔짱을 낀 채 두 남매를 내려다보았다.

"그래, 차려줄게."

의외로 담담한 마귀선은 아이들에게 식탁에 앉으라 하고 밥통 속에서 벌써 며칠 묵은 밥을 두 공기 퍼왔다. 그리고는 냉장고를 열어보았다. 열어보니 먹을 것이라고는 아무것도 없었다. 반찬은 당장 쉬어 빠진 김치 하나밖에 없었다.

"여기 있던 상추는 죄다 어디로 갔어?"

마귀선은 며칠 전 삼겹살을 먹을 때 남겨두었던 상추가 안 보이자 신경질적으로 내뱉으며 김치통을 꺼냈다.

'탕.'

그녀는 김치통을 식탁 위에 내던졌다.

"먹어."

마귀선의 명령에 예라는 얼른 숟가락을 들고 밥을 한술 먹었다. 그러나 오래된 밥에서 냄새가 풀풀 나는지라 도저히 목으로 넘길 수가 없었다. 그래도 억지로 밥을 삼켰다. 예라는 맞은편에 앉은 초롱이를 바라보았다. 예라는 눈빛으로 계속 동생에게 '초롱아, 어서 먹어. 그래야 새엄마한테 안 맞아.' 하고 애원하고 있었다.

그제야 초롱이는 누나의 뜻을 알아차렸는지 밥을 입속으로 조금 넣었다. 초롱이 역시 냄새나는 밥을 바로 토해내고 싶었지만 누나도 밥을 삼킨 터라 어쩔 수 없이 씹지 않고 꿀꺽 삼켰다. 그리고 김치 한 조각을 입에 넣었다. 순간 초롱이는 김치를 토해내고 싶었다. 김치는 쉬어 빠져서 도저히 목으로 넘길 수가 없었기 때문이다.

"우웩."

결국 초롱이는 참지 못하고 입에 있던 김치를 식탁 위에 내뱉었다. 순간 겁이 더럭 난 초롱이는 새엄마를 올려다보았다. 마귀선은 깊은 산속 어느 사찰에 있는 목조 사천대왕상보다 더 무시무시한 눈으로 초롱이를 노려보았다.

"뱉은 것 다시 먹어."

그녀는 낮은 목소리로 경고하였다. 그러자 초롱이는 하는 수 없이 자신이 뱉은 김치를 다시 손가락으로 집어 입에 넣고 우물거렸다. 그 김치가 얼마나 짜고 쉬었던지 초롱이는 온갖 인상을 다 썼다.

"짜지?"

마귀선이 묻자 초롱이는 고개를 끄덕였다. 그러자 그녀는 말없이 일어나 싱크대에 있던 빈 콜라 페트병을 들고 거기다 수돗물을 가득 채웠다. 페트병에 물이 가득 차차 그녀는 그것을 식탁으로 들고 와 초롱이에게 내밀었다.

"다 마셔."

그녀의 말에 초롱이와 예라는 놀란 토끼 눈을 하였다.

"이걸… 다요?"

초롱이는 겁먹은 얼굴로 조심스럽게 물었다.

"짜다며? 그러니까 마셔. 안 마시면 어떻게 되는지 알지?"

마귀선의 말에 초롱이는 두 손으로 커다란 페트병을 들고 물을 꿀꺽꿀꺽 마시기 시작했다. 초롱이는 서너 모금 마시다가 숨이 찼는지 페트병을 털썩 내려놓고 가쁜 숨을 내쉬었다.

"헉, 배불러서 더 못 마시겠어요."

초롱이가 울먹이며 말했다. 그러자 마귀선은 싱크대에서 식칼을 들고 오더니 엷은 미소를 띠며 초롱이를 바라보았다.

"다 안 마시면 예쁜 엄마가 이 칼로 널 어떻게 할 것 같아? 한번 알아맞혀볼래?"

마귀선의 말이 떨어지기가 무섭게 초롱이는 다시 페트병을 들고 죽을 힘을 다해 물을 마셨다. 그의 작은 배가 마치 올챙이배처럼 금방 부풀어 올랐다. 그래도 초롱이는 입에서 페트병을 떼지 않고 계속 마시고 있었다. 초롱이의 눈에서 눈물이 주르르 흘렀다. 작은 아이의 몸속에 그 많은 물이 찰대로 차 결국 눈으로 튀어나오는 것만 같았다. 그 모습을 보고 있던 예라가 마음을 졸이더니 자리에서 벌떡 일어섰다.

"엄마, 제가 나머지 다 마실게요."

예라는 얼른 동생의 손에서 페트병을 빼앗았다. 그러자 초롱이는 팔을 식탁으로 떨어트리고 고개를 숙인 채 물을 한 바가지 토해냈다. 그리고는 얼마나 고통스러웠는지 꺽꺽 하고 계속 신음 소리를 냈다.

"네가 마시겠다고? 어쨌든 누가 마셔도 상관없으니 다 비워야 해. 그리고 예라. 너 냉장고에 있는 상추 먹었니?"

마귀선은 취조하듯이 예라를 다그쳤다. 예라는 '상추'라는 말에 잠시 머뭇거리다 작은 목소리로 대답했다.

"네, 제가 상추를 좋아하거든요. 그래서 냉장고에 있는 상추 제가 먹었어요."

예라의 대답에 그녀는 어이없다는 표정을 지었다.

"상추에는 수면제 성분이 들어있는데 왜? 그거 먹고 죽으려고? 상추 먹고 자살하려면 저 냉장고에 꽉 찰 만큼의 상추를 먹어야 할 텐데 그걸로 되겠어? 어서 그 물이나 다 마셔."

예라는 선 채로 페트병에 2/3쯤 남아 있는 물을 어렵게 들이켰다. 숨이 차오고 토하고 싶은 심정이었지만 안 마셨다가는 동생 초롱이가 새엄마의 칼에 목이 베일 수도 있기 때문에 사력을 다해 끝까지 물을 마셨다.

그날 밤 아빠 하수왕은 술로 배를 채우고 집으로 들어왔고 아이들은 물로 배를 채웠다. 그는 아내 마귀선이 맛있는 것을 해줘 아이들이 배부르게 먹고 자는 줄로만 알고 매우 흡족해했다.

"아이들에게 맛있는 것 많이 해준 모양이군. 그래야지."

하수왕은 마귀선에게 칭찬을 해주자 그녀는 또다시 요염한 자태로 하수왕에게 간절히 그것을 원해 둘은 오랜만에 뜨거운 밤을 보냈다.

김정아가 아이들과 헤어진 이후, 아이들이 엄마를 보고 싶어 하는 것과는 비교도 안 될 만큼 그녀는 아이들이 사무치도록 보고 싶었다. 그녀는 이혼 직후 친정에 기거하며 한동안 식음을 전폐하고 두문불출하였으나, 친정엄마의 간곡한 만류로 조금씩 정상적인 생활을 되찾아갔다.

그녀가 다시 힘을 낼 수 있었던 것은 아이들에게 눈곱만큼의 관심도 없는 하수왕 곁에서 언젠가는 반드시 두 아이를 다시 데리고 와 같이 행복하게 살아야겠다는 강한 의지 때문이었다. 그렇기 위해서 김정아는 무엇보다 돈을 벌어야 했다.

엄마가 경제적으로 성공해 있어야 나중에 아이들도 엄마 곁으로 와 같이 잘살 수 있을 것이다. 그러지 않고서는 아빠 밑에서 사나, 엄마 밑에서 사나 어렵긴 마찬가지다. 김정아는 사표를 냈던 출판사에 사정 이야기를 하여 중국어 번역작업을 재개하였고, 다른 한편으로는 대학 시절 동호회 평요우의 옛 친구들에게 한 가지 부탁을 해놓았다. 평요우의 친구들은 졸업 후 괜찮은 회사에 취직하여 중국으로 파견근무를 나간 경우가 많았다. 김정아가 그들에게 부탁한 것은 자기도 중국에 나가 근무를 하고 싶다는 것이다. 이제 혼자 몸이니 외국에 나간다고 해도 문제 될 것이 없었다. 중국에서 근무하면 해외수당이 있어 국내 급여보다 훨씬 많이 받고, 또한 중국 물가가 저렴하여 씀씀이도 최소한으로 줄일 수 있으니 파견근무만 나간다면 분명 적지 않은 돈을 모을 수 있을 것이라고 판단했다.

이렇게 몇몇 친구들에게 이야기해놓았지만 정작 영향력이 가장 큰 중국인 친구 쉬펑에게는 그런 이야기를 하지 않았다. 왜냐하면 쉬펑은 자신의 전남편 하수왕을 취직시켜준 장본인이었기 때문이다. 그렇게 하수왕에게 좋은 일자리를 마련해 주었는데도 불구하고 지금 둘은 이혼하여 남남이 되었으니 무슨 면목으로 또다시 그를 찾아가 취직 부탁을 하겠는가.

쉬펑의 집은 북경이고 지금은 소주에서 한국기업체 ONC 지사장으로 근무하고 있었다. 사실 쉬펑은 누구보다도 김정아를 잘 도와줄 사람이다. 하지만 김정아는 자신의 자존심이 허락하지 않아 그에게는 연락하지 않았다. 그녀가 그렇게 친구들을 통하여 수소문을 해놓은 지 얼마 되지 않아, 우리나라의 교육 관련 중견기업체에서 북경사무소 경력사원을 뽑고 있었는데 그 자리에 채용되게 되었다. 김정아는 그녀의 번역 실력을 인정받아 북경사무소 교재 편집팀으로 들어가게 된 것이다. 이 회사는 김정아가 대학교 졸업 직전 입사원서를 낸 적이 있었는데 그때는 취업하지 못하였고 이제야 운 좋게 입사하게 되었다. 김정아는 하수왕과 떨어져 있으니 오히려 운이 풀리는 느낌이었다.

김정아가 단신으로 북경생활을 시작한 지 얼마 안 되어 한 남자로부터 전화를 받게 되었다. 다름 아닌 쉬펑이었다. 쉬펑은 다른 친구로부터 김정아가 이혼을 하고 지금 북경에서 근무하고 있다는 소식을 듣고 그녀에게 바로 전화를 한 것이다. 그가 있는 곳은 강소성 소주시였고 김정아가 있는 곳은 수도 북경이었다. 거리상으로는 수천 km가 떨어진 먼 거리이지만 쉬펑은 김정아를 만나러 단숨에 달려왔다.

그들은 북경에서 한국 사람들이 가장 많이 거주하는'왕징(望京)'에서 만났다. 김정아의 사무실도 왕징에 있었고, 쉬펑의 본가도 왕징에 있었다. 왕징은 서울의 강남구같이 북경에서 가장 잘사는 사람들이 모여 사는 부자동네다. 쉬펑의 어머니는 왕징이 속한 조양(朝陽)구 세무국장이고, 아버지는 현대자동차 북경공장이 자리 잡고 있는 북경 북쪽 순이(順義)구 세무국장이다.

물론 좋은 현상은 아니지만 중국에서 고위직 공무원을 하고 있다는 것은 곧 적잖은 재산이 있다는 의미이다. 중국과 같은 사회주의 국가에서 부모님 모두 고위직 공무원, 그것도 북경시의 세무국장이라고 하면 쉬펑 집이 어느 정도 재산을 가지고 있는지 가히 짐작이 가고도 남는다.

북경 조양구 왕징 광순북대가에 자리 잡은 커피 전문점 '상도커피(上島咖啡)'.

두 사람은 정말 오랜만에 만났다. 쉬펑은 한국 유학 시절 평요우에서 김정아를 그토록 짝사랑했지만 당시 멋진 하수왕이 늘 그녀 곁에 있는 바람에 감히 말도 한 번 제대로 못 붙여보았다. 김정아는 쉬펑의 계속되는 질문에 그의 궁금증을 풀어 주기 위하여 커피를 한 모금 마시고 하수왕이 ONC에 취직하고 난 후의 일들을 숨김없이 이야기해주었다.

쉬펑은 그녀의 이야기를 들으면서 하수왕의 파렴치한 행동에 분노가 끓어올랐다. 김정아의 이야기가 다 끝나자 쉬펑은 테이블을 내리쳤다.

"이 나쁜 자식. 내가 정아를 보고 하수왕을 우리 회사에 취직시켜줬는데…. 내가 가만히 있지 않을 거야. 지금 당장 사장에게 이야기해서 그 못된 녀석 바로 해고시키라고 할 거야. 하수왕 하고는 일 때문에 엊그제도 통화했는데 어쩜 그렇게 뻔뻔하게…."

"쉬펑, 그러지 마."

김정아는 흥분한 쉬펑을 말렸다. 쉬펑은 측은한 눈으로 그녀를 바라보았다. 김정아의 눈에 눈물이 맺혀 있었다. 불쌍한 그녀를 바라보니 학창시절부터 마음속에 지녔던 사랑의 감정보다는 하수왕이란 못된 남자에게 버림받은 가엾은 여인의 모습만 눈에 아른거렸다.

'이 여자를 어떻게 도와주지?'

쉬펑의 마음속에는 그 생각뿐이었다. 쉬펑은 문득 김정아가 요리를 무척 잘한다는 것이 생각났다. 펑요우 동아리에서 MT를 간 적이 있었는데 그때 그녀가 만든 김치찌개, 잡채, 파전은 쉬펑이 지금까지도 기억할 정도로 환상적인 맛이었다. 얼마나 맛있었으면 쉬펑은 이따금 한국음식을 좋아하는 부모님을 모시고 왕징에 있는 한국 식당을 찾아 그 음식들을 주문하곤 하였다. 하지만 지금까지 그 어느 식당에서도 김정아가 만든 음식만큼 맛있는 음식은 없었다.

"정아야, 너 왕징에서 한국 식당 한번 해볼래?"

"식… 당?"

쉬펑의 느닷없는 제의에 김정아는 깜짝 놀라 뭐라고 대답할 수가 없었다.

그러나 쉬펑의 김정아를 위한 사업 추진력은 가히 활화산과도 같은 폭발력을 지녔다. 그로부터 불과 몇 개월 후, 재정적으로 막강하고 관할 관공서를 꽉 잡고 있는 쉬펑 부모님의 적극적인 도움을 받아 쉬펑은 왕징에 '한라산'이라는 한국 식당을 오픈하였고 그것을 김정아에게 맡겼다.

"나는 정아 너를 고용한 거야. 여기서 얻어지는 수익금은 50대 50으로 나누는 거야. 이제 2008년 북경올림픽이 얼마 안 남았기 때문에 앞으로 왕징에 관광객들이 굉장히 많이 몰려올 거야. 김정아 사장님, 잘해봅시다. 찌아요우(加油, 파이팅)!"

쉬펑이 환하게 웃으면 두 손을 번쩍 들었다.

"찌아요유!"

김정아도 두 손을 들고 그와 하이파이브를 했다. 그녀는 눈물이 울컥 쏟아질 것만 같았다.

'하나님 감사합니다. 제가 그렇게 간절히 기도했더니 저에게 이런 천사를 보내주시는군요. 정말 열심히 일해서 우리 예라, 초롱이 앞에 정말 떳떳하게 나타나겠습니다.'

그녀는 눈에서 눈물이 주르르 흐르자 쉬펑이 볼까 봐 고개를 창밖으로 돌렸다. 초겨울이지만 정말 화창한 날씨에 거리가 너무나도 눈부셨다. 거리에는 시정부에서 내건 커다란 현수막이 눈에 띄었다.

'성공 완성 2008년 북경올림픽!'

쉬펑은 김정아로부터 하수왕에 대한 이야기를 듣고 극심한 배신감을 느꼈다. 하지만 회사에다 말하지 말아 달라는 김정아와의 약속 때문에 이를 참다 참다 결국 한국 본사 사장에게 하수왕 사건의 전말을 낱낱이 보고하고 말았다.

사장은 쉬펑으로부터 그러한 보고를 받고는 하수왕의 파렴치한 행동에 대해 몹시 화가 났다. 당장 그자를 내치고 싶었지만 이혼이라는 것이 매우 사적인 일이고 하수왕이 그래도 머리는 괜찮은 직원이라 그를 별로 할 일 없는 국내사업부로 발령 내어 버렸다.

한동안 중국 출장을 잘 다니던 하수왕은 왜 갑자기 자신이 국내사업부로 발령이 났는지 도무지 알 수가 없었지만, 어차피 조만간 마귀선의 영화사에서 사장을 할 것을 생각하니 그런 보직변경에 대해 크게 괘념치 않았다. 그래도 그 일이 있은 후 자존심은 크게 상하여 마귀선을 닦달하기 시작했다.

"언제쯤 당신 회사로 가서 사장하는 거야?"

하지만 마귀선은 애당초 그런 사업체도 없었고, 없는 사업체에 그를 사장으로 모셔 온다는 것은 말도 안 되는 이야기였다. 마귀선의 머릿속에는 오로지 그녀가 세계적인 뮤지컬 배우로 대성해야겠다는 야망밖에 없었다. 그녀 주위에 있는 모든 것들은 단지 그녀의 꿈을 이루기 위해 존재하는 부속품에 불과했다.

"아직 미국에 계시는 아버지의 사업이 잘 안 풀려서 그래. 조바심내지 말고 좀 차분히 기다려 봐. 오늘 우리 식구들 기분 전환하러 나갈까? 토요일인데 영화 보러 가는 게 어때?"

화제를 다른 곳으로 돌리기 위해 내놓은 마귀선의 제안에 하수왕은 시큰둥하며 억지로 따라나섰다. 아이들도 친엄마와 헤어진 이후 처음 가보는 극장인지라 은근히 좋아하는 표정이었다.

극장 안으로 들어서 하수왕 가족은 나란히 앉았다. 하수왕, 마귀선, 하초롱, 하예라 순으로 자리를 잡았다. 막상 영화가 시작하자 아이들에게는 그다지 재미없는 내용이었는지 초롱이는 스크린에서 눈을 떼고 극장 이쪽저쪽을 둘러보았다. 그런데 가만히 보니 앉은 자리 뒤에서 스크린 쪽으로 영사기 불빛이 비추고 있었다. 불빛이 자기 머리 위를 지나가는 것이 신기했는지 초롱이는 몸을 뒤로 돌려서 불빛 속에 자기 손을 넣어 보았다. 그랬더니 영사기에서 나온 불빛이 손등에 비추면서 커다란 스크린 하단에 초롱이 손이 그림자로 조그맣게 나타났다. 그것이 신기했던 초롱이는 속삭이듯 누나를 불렀다.

"누나."

예라는 고개를 돌려 동생이 하는 짓을 보더니 신기해하며 똑같이 자기도 손을 뻗어 따라해 보았다. 그러자 스크린 하단에 두 남매의 손이 조그맣게 나타난 것이었다. 둘은 서로 웃으며 재미있어 할 때 마귀선이 스크린에서 눈을 떼고 아이들을 째려보았다. 그들이 좌석 뒤쪽으로 손을 내밀고 좋아하고 있자 마귀선은 뒷좌석을 힐끗 쳐다보았다. 거기에는 아주머니 한 분이 앉아 있었다.

"저 아줌마 아는 사람이야?"

마귀선이 나지막한 목소리로 예라에게 물었다. 예라가 아니라고 고개를 저었다. 하지만 마귀선은 그때부터 영화가 끝나는 내내 기분이 몹시 안 좋은 얼굴이었다.

집으로 돌아오자 하수왕은 피곤하다며 사우나를 갔다 오겠다고 하자 마귀선이 초롱이도 데리고 가라고 했다.

"가서 잘 건데 애를 어떻게 봐?"

하수왕은 귀찮다는 듯 내뱉었다.

"그래? 잘됐네."

마귀선은 무엇이 잘된 것인지 그렇게 대답했다. 하수왕은 마귀선이 무슨 말을 하건 말건 혼자 횅하니 사우나로 가버렸다. 하수왕이 집을 나가자마자 마귀선은 아이들을 거실로 집합시켰다. 예라는 뭔가 분위기가 심상치 않은 것을 눈치채고 바구니를 들고 나갔다. 예라는 목사님이 주신 그 바구니가 옆에 있으면 마음이 한결 편안해 지고 왠지 큰 힘을 얻는 느낌이어서 불안함을 느낄 때마다 바구니를 분신처럼 끼고 다녔다.

마귀선은 아이들을 일렬로 세우고 소파에 앉아 그들을 물끄러미 바라보았다.

"아까 극장에서 뒤에 앉은 아줌마 누구냐? 옛날 엄마 친구지?"

그녀의 칼날처럼 예리하게 쏘아대는 질문에 예라는 강하게 고개를 저었다.

"정말 모르는 사람이에요. 우리는 불빛에 손을 넣고 장난치고 있었어요."

예라는 그때의 상황을 설명하였다.

"거짓말."

마귀선은 단호하게 잘라 말했다.

"어머니, 거짓말 아닌데요. 정말인데요."

예라가 목멘 목소리로 하소연하였다. 그러자 마귀선은 독기 어린 눈으로 아이들을 노려보았다.

"어머니? 내가 어머니라고 하지 말랬는데 그게 그렇게 안 돼? 너희들은 지금 나한테 거짓말을 하고 있는 거야. 뒤에 앉아 있던 아줌마하고 너희들이 이야기하는 것 내가 다 봤어. 그 아줌마한테 내 욕했지? 그 아줌마 너희 못생기고 돼지처럼 뚱뚱한 옛날 엄마 친구잖아? 내가 모를 줄 알고. 너희 그런 식으로 나 몰래 옛날 엄마에게 내가 너희들 구박하고 있다고 다 일러바쳤지? 내가 그렇다고 너희들 못 때릴 줄 알아? 이것들이 감히 누구 앞에서 거짓말을 해!"

마귀선은 눈에 쌍심지를 켜고 아이들을 몰아 세웠다. 초롱이는 우두커니 서서 마귀선의 꾸중을 가만히 듣고 있었다. 그리고 옛날 엄마가 돼지였던가를 곰곰이 생각해 보았다. 하지만 예라는 들고나온 바구니를 꼭 끌어안고 눈을 감고 기도하였다.

'하나님, 우리 정말 억울해요. 그냥 장난을 쳤을 뿐인데 새엄마는 우리가 모르는 아줌마에게 자기 욕을 했다고 자꾸 그래요. 하나님, 제발 도와주세요.'

마귀선은 계속 큰소리로 아이들을 야단치고 있었으나 예라는 그 이야기를 듣지 않고 마음속으로 간절히 기도하고 있었다.

"야, 너 지금 무슨 생각하니? 엄마가 너희 사람 되라고 좋은 이야기하는데 눈감고 뭐하는 거야? 그리고 매번 그 바구니를 왜 들고 다니는 거야? 그 안에 뭐가 들었는데 어딜 가나 그걸 들고 다녀? 이리 줘봐. 그 속에 대체 뭐가 들은 거야?"

마귀선은 소파에서 일어나 예라가 들고 있던 바구니를 빼앗으려 했다.

"싫어요!"

예라가 강한 목소리로 소리치자 마귀선은 깜짝 놀라며 한걸음 뒤로 물러섰다. 그리고는 예라의 반응에 어이가 없다는 표정을 지었다.

"네년이 감히 엄마한테 대들어? 이제 보니 요년이 싹수가 노랗구나. 될성부른 나무는 떡잎부터 알아본다고 네년처럼 못된 것들은 지금부터 버르장머리를 싹 고쳐놔야 해. 너 오늘 나한테 아주 잘 걸렸다."

마귀선은 소매를 걷어붙이고 그 강한 팔로 예라의 머리채를 움켜쥐었다. 그러더니 옆에 있던 초롱이를 노려보며 소리쳤다.

"너도 이리 와."

마귀선은 다른 손으로는 초롱이의 머리채도 같이 휘어잡았다.

"아야!"

초롱이는 견딜 수 없을 정도로 아파했다. 머리카락이 통째로 빠질 것 같은 통증이었다. 마귀선은 한 손에는 예라의 머리를 잡고 다른 한 손에는 초롱이의 머리를 잡고 온 거실을 미친 듯이 뛰어다니기 시작했다.

"으악, 엄마 잘못했어요. 살려주세요!"

"아야, 잘못했어요!"

남매는 필사적으로 살려달라고 애원했으나 새엄마 마귀선은 미친 여자처럼 두 아이의 머리채를 양손으로 휘어잡고 온 집안을 뛰어다니며 난리가 났다. 히스테리 그 자체였다.

"이것들이 예쁘다고 가만히 놔뒀더니 어디 버르장머리 없이 엄마에게 거짓말을 해. 오늘 그 아줌마에게 엄마 욕한 것 다 말해 봐. 무슨 욕했어?"

마귀선은 지칠 줄 모르고 두 남매의 머리카락을 강하게 움켜쥐고 머리털을 다 뽑아놓을 기세로 세차게 흔들어댔다. 그래도 예라는 품 안에서 바구니를 놓치지 않으려고 필사적으로 끌어안았고 초롱이는 새엄마의 발걸음을 못 따라가 넘어졌다, 일어섰다를 반복하면서 개장수 손에 끌려가는 개처럼 질질 끌려다녔다.

그때였다.

'삐리리.'

거실의 인터폰이 울렸다. 마귀선은 인터폰 소리를 무시한 채 계속 아이들을 끌고 다니다 인터폰이 신경질이라도 내듯 계속해서 울리자 그제야 아이들의 머리채를 놓고 수화기를 들어 올렸다. 아니나 다를까 경비실이었다. 마귀선 주위 세대에서 709호에서 비명 소리가 들린다며 빨리 경찰에 신고하라고 해서 확인 차 전화를 한 것이다.

마귀선은 경비아저씨의 말이 끝나자마자 긴 한숨을 내쉬었다.

"아저씨. 우리 집 아이가 정신병이 있어서 그래요. 아무 문제없으니까요, 또 누가 전화 오면 그러세요. 병원비 대줄 거냐고요? 대주지 못할 거라면 신경 끄라고 하세요."

마귀선은 수화기를 내려놓고 아이들을 돌아보았다. 예라와 초롱이는 모두 사자 머리가 되어 마룻바닥에 꿇어앉은 채 훌쩍거리고 있었다.

"엄마, 제가 잘못했어요. 우리 누나 혼내지 마세요. 아까 극장에서 제가 장난친 거예요. 뒤에 있던 아줌마 옛날 엄마 친군지 모르고 그랬어요. 다시는 안 그럴게요. 제발 용서해…"

초롱이가 말을 다 잇지 못하고 눈물을 펑펑 흘리며 고사리 같은 두 손으로 마귀선을 향해 싹싹 빌었다. 예라는 초롱이 옆에서 꿇어앉은 채 고개를 숙이고 있었다. 하지만 그 순간에도 바구니는 품 안에서 절대 놓지 않았다. 마귀선은 그제야 화가 좀 풀렸는지 더 이상 아이들에게 뭐라고 하지 않았다. 남매는 새엄마의 별도의 명이 없었기 때문에 그 자리에 계속 그렇게 꿇어앉아 있었고 마귀선은 냉장고로 갔다. 그녀는 냉장고에서 캔 맥주 하나를 꺼내어 식탁 의자에 걸터앉아 맥주 한 모금을 쭉 들이켰다. 그리고는 부동자세로 꼼짝 않고 있는 아이들을 빤히 바라보았다.

"오늘 있었던 일 아빠에게 말하면 알지? 꼴도 보기 싫으니까 세수하고 들어가 자."

마귀선은 자기도 힘들었는지 씩씩거리며 아이들에게 쏘아붙였다. 예라와 초롱에게 그제야 계엄령이 해제되었다. 예라는 초롱이의 손을 잡고 화장실로 들어갔다. 얼굴을 씻고 방으로 들어온 남매는 같이 이불을 깔았다. 그때 초롱이가 예라와 같이 들고 있던 이불을 갑자기 놓으며 허리를 숙여 바닥에서 무엇인가를 줍고 있었다.

"뭐해?"

예라가 물었다. 초롱이는 대답은 않고 이불 위에 떨어진 무엇인가를 계속 줍더니 그것을 예라 앞으로 가지고 왔다.

"누나, 이거 봐. 되게 많지?"

그것은 초롱이 머리카락이었다. 마귀선이 얼마나 머리채를 잡고 뒤흔들었는지 초롱이가 머리를 조금만 흔들어도 머리카락이 후드득 떨어지는 것이었다. 남매는 거울 앞에 섰다. 둘은 서로의 머리카락을 손가락으로 당겨 보았다. 그랬더니 방금 전 받은 충격으로 머리카락이 한 움큼씩 빠졌다.

"누나, 나 봐. 이만큼이나 빠졌어."

초롱이는 방금 전의 악몽 같은 고문을 벌써 잊었는지 천진난만한 눈망울로 한 움큼씩이나 빠진 머리카락을 예라에게 보여주었다. 예라도 손으로 자기 머리를 훑어보았다. 그랬더니 초롱이보다 더 많은 머리카락이 빠졌다.

"누나, 이거 봐."

초롱이는 머리카락이 계속 빠지는 것이 신기하다는 듯 계속 머리를 훑어 머리카락을 뽑고 있었다.

"그만해."

예라가 글썽이는 눈으로 초롱이를 타일렀다. 예라는 거울에 비친 자기의 얼굴을 들여다보았다. 예전에 엄마랑 있을 때보다 형편없이 거무튀튀해지고 허연 버짐도 정말 많이 생겼다. 웃음기라고는 어느 곳을 찾아보아도 찾을 수가 없었다.

새엄마는 너무나도 폭력적이었다. 예라가 그것을 막아내기에 새엄마는 너무나도 힘이 세고 무서웠다. 자기 혼자라면 어떻게든 이러한 상황을 견뎌내겠는데 동생 초롱이를 보호해야 한다는 책임감 때문에 마음이 너무나 무거웠다. 앞으로 같이 살아갈 날이 창창한데 대체 이를 어떡하란 말인가. 예라는 보이지 않는 미래가 암담하기만 했다. 예라는 동생의 손을 잡았다.

"우리 기도하자."

예라는 이런 어려운 일을 이겨낼 수 있는 방법은 오직 하나님께 기도

하는 것밖에 없다고 생각했다. 남매는 불을 끄고 이불 위에 앉았다. 초롱이가 누나 바구니를 보면서 말했다.

"누나, 저 바구니 한 번 봐도 돼?"

"그래."

예라가 흔쾌히 허락하자 초롱이는 책상 서랍에서 손전등을 가지고 왔다. 둘은 이불에 누워 바구니 천을 살짝 들추고 속을 비추었다. 그러자 초롱이 얼굴에 금세 웃음꽃이 피었다. 동생의 웃는 얼굴을 보자 예라도 잠시 근심을 잊은 듯 입가에 엷은 미소가 흘렀다. 그리고 남매는 두 손을 꼭 잡고 기도했다. 새엄마가 우리를 예뻐하게 해주시고 우리가 학교에 잘 다닐 수 있도록 해달라고 기도했다.

하수왕과 마귀선이 결혼한 이후 예라와 초롱이는 그전에 잘 다니던 교회 주일학교를 한 번도 가지 못했다. 주일학교에는 예라와 초롱이의 친구들이 많았다. 주일날 친구들을 만나면 서로 장난도 치고 놀이도 같이할 수 있었는데 마귀선이 온 이후 그 이유는 알 수 없지만 그녀는 아이들을 절대로 교회에 못 가게 했다.

새엄마에게 머리카락이 한 움큼씩 뽑힌 다음 날, 일요일인 이날 예라는 무슨 일이 있어도 동생과 같이 꼭 주일학교에 가겠다고 마음먹었다. 주일학교는 일요일 오전 10시 30분에 시작하여 12시 정도에 끝나는데 아침을 먹고 버스를 타고 갔다 오면 시간이 딱 맞았다.

교회는 군포아파트단지에서 약간 외곽에 있었는데, 공교롭게도 그곳은 지난번 예라에게 큰 도움을 주었던 견의리 아저씨의 '한국맹견훈련소' 바로 옆에 있었다.

예라는 동생에게 10시쯤 교회에 갈 것을 약속하고 교통카드를 챙겨넣었다. 일요일 아침 역시 여느 때와 마찬가지로 콘플레이크에 우유를 타서 먹었다. 새엄마 마귀선과 같이 산 이후 예라와 초롱이는 매일 아침 식탁 위에 놓여 있는 쌀 포대만 한 커다란 봉지의 콘플레이크를 밥공기에 담아 우유와 같이 먹었다. 남매는 이것이 그전에는 먹어보지 못한 음식이라 처음에는 초코맛이 나는 콘플레이크를 한 번에 두 그릇씩 먹곤 하였다. 하지만 신기한 것도 하루 이틀이지 몇 달을 콘플레이크만 먹으려니 더는 지겨워서 다른 것 좀 먹었으면 하는 마음이 굴뚝같았다.

매주 일요일 아침, 마귀선과 하수왕은 언제나 늘어지게 잠을 잔다. 거의 12시쯤 일어나 아침 겸 점심을 먹으면서 그들의 일요일이 시작된다. 그래서 일요일 오전은 예라와 초롱이에게 있어서 하늘이 내려준 진정한 자유 시간이었다. 하지만 새엄마가 무서워 지금까지 단 한 번도 교회를 가보지 못했는데 예라는 어젯밤에 결심한 것처럼 기도를 많이 하여 새엄마가 자기들을 좋아하게 만들고 싶었다. 10시쯤 되자 예라와 초롱이는 옷을 입고 주일학교에 갈 채비를 했다. 처음에는 무서운 새엄마에게 말하지 않고 그냥 갔다 오려 했으나 또 그랬다가는 무슨 후환이 있을지 모를 일이었다.

예라는 용기를 내어 굳게 걸어 잠겨 있는 안방 문을 두드렸다.

'똑똑똑.'

아무런 인기척이 없었다. 아빠의 드르렁드르렁 코고는 소리만 줄기차게 들려왔다. 예라와 초롱이는 아무 말 없이 서로를 바라보다 예라가 다시 한 번 용기를 내어 노크를 했다. 그랬더니 갑자기 방문이 확 열리면서 잠옷을 느슨하게 걸쳐 입은 마귀선이 나타났다.

"뭐야?"

"저… 저희들 밖에서 좀 놀다 오면 안 돼요?"

예라가 겁먹은 목소리로 물었다.

"밖에 나가서 놀겠다고? 대신 집 청소하고 나가. 나중에 검사하겠어. 12시까지 들어와."

마귀선은 거실 벽에 걸려있는 시계를 바라보며 냉랭하게 쏘아붙였다. 그리고는 문을 세차게 닫고 방으로 들어갔다. 예라와 초롱이는 서로 바라보며 소리 없이 만세를 불렀다. 둘은 열심히 청소했다. 청소기를 돌렸다가는 새엄마에게 또 꾸중을 들을 것 같아 남매는 걸레를 빨아 열심히 걸레질을 하였다. 예라와 초롱이는 정말 오랜만에 주일학교에 가서 친구들을 만날 생각을 하니 신이 나서 부지런히 청소를 끝내고 밖으로 나갔다. 예라와 초롱이는 마을버스를 타고 대야미로 향했다. 버스 안에서 예라는 초롱이에게 새로운 비밀 하나를 알려 주었다.

"누나가 세상에서 가장 무서운 개 보여줄까?"

"개?"

"그래, 진짜 무섭게 생겼거든. 두 마리인데 이름이 천하와 무적이야."

"천하? 무적? 합치면 천하무적이네? 와, 진짜 엄청 세겠다."

"천하와 무적이 무지 무섭게 생겼다. 그런데 개네들이 나를 무지하게 좋아한다."

"뻥 치시네. 무서운 개들은 여자 안 좋아하거든."

"진짜야. 이따가 보면 깜짝 놀랄걸?"

누나의 말에 초롱이는 호기심이 발동하여 주일학교고 뭐고 바고 그곳으로 가고 싶었지만 누나는 반드시 주일학교에 가서 기도를 해야 한다고 타일렀다. 마귀선은 늘어지게 자고 거의 12시가 다 되어 거실로 나왔다. 하수왕은 여전히 침대에 누워 코를 골고 있었다. 마귀선은 나오자마자 주위를 살펴보았다. 아이들의 청소 상태를 확인하기 위해서였다. 그녀는 손가락으로 탁자 위를 싹 그어보았다. 먼지가 그대로 묻어나자 마귀선은 양미간을 찌푸렸다.

"이것들이 진짜…."

마귀선은 이쪽저쪽을 검사하다가 화장실 앞에서 그만 미끄러져 엉덩방아를 찧고 말았다. 그녀는 얼마나 아팠던지 그 자세로 잠시 동안 꼼짝을 할 수 없었다. 마귀선은 바닥을 내려다보았다. 화장실 앞 장판에 물이 흥건하였다. 예라와 초롱이가 서둘러 청소를 끝내기 위해 걸레를 제대로 짜지도 않고 사용하다가 걸레에서 떨어진 물이 화장실 앞에 많이 떨어져 있었다. 마귀선은 축축해진 바지를 털어내며 욕을 쏟아부었다.

"이 버르장머리 없는 새끼들 들어오기만 해봐라. 이것들을 그냥…."

그녀는 시계를 바라보았다. 벌써 12시가 넘었다. 마귀선은 화가 단단히 났다. 청소도 엉망으로 해놓은 데다 귀가시간마저 어겼으니 화가 날수밖에 없었다. 마귀선은 남매가 집으로 돌아오면 반드시 주리를 틀어놓으려고 마음을 단단히 먹었다.

하지만 지금까지 마귀선은 하수왕이 집에 있을 때만큼은 남매에게 손찌검을 해본 적이 없었다. 바꿔 말해 하수왕은 이제까지 마귀선이 남매에게 그토록 폭력을 휘두르고 있었다는 사실을 전혀 눈치채지 못하고 있었다. 마귀선은 잠시 고민에 빠졌다. 자기를 엉덩방아 찧게 만든 남매에게 반드시 앙갚음을 하고 싶었지만 하수왕이 집에 버티고 있으니 때릴 수도 없는 일이어서 참으로 난감했다.

그때였다. 집 전화기가 요란하게 울렸다. 마귀선은 전화를 받아보니 뜬금없이 상대 쪽에서 교회라고 하였다. 오늘 오랜만에 예라와 초롱이가 주일학교에 올 수 있게 해주시어 감사한데 예라가 깜박하고 교통카드를 놔두고 갔으니 빨리 와서 찾아가라는 것이었다.

"교회요? 걔네들이 교회를 갔단 말이죠? 거기가 어디죠?"

주일학교 교사로부터 위치를 확인한 마귀선은 퉁명스럽게 전화를 끊었다. 그녀는 정말 화가 날대로 났다. 아이들이 교회를 간 문제는 청소를 엉망으로 하거나 귀가시간을 어기는 문제하고는 본질적으로 달랐다. 이것은 마귀선이 두 남매에게 평소 교회에는 절대로 가지 말라고 경고를 했는데도 불구하고 아이들이 거짓말을 하면서까지 교회를 갔기 때문이다.

이 일은 마귀선으로서는 절대로 묵과할 수 없는 일이었다.

마귀선은 집에 하수왕이 있어 두 남매를 혼낼 수도 없는 상황이었는데 마침 잘됐다 싶어 부리나케 옷을 갈아입고 집을 나섰다.

그 시각 예라와 초롱이는 시간 가는 줄 모르고 한국맹견훈련소에서 그 무시무시하게 생긴 천하와 무적이랑 같이 놀고 있었다. 한국맹견훈련소는 남매가 다니던 '은혜교회' 바로 옆에 있어서 남매는 주일학교 끝나기가 무섭게 이곳으로 달려왔다. 얼핏 보기에 중학생만 한 키의 사나운 맹견과 초등학교 꼬마들과는 절대로 어울릴 수 없을 것 같았지만 이들이 노는 것을 보면 정말 신기할 정도였다.

천하와 무적은 두 남매를 보자마자 마치 그들과 어렸을 때부터 같이 뛰놀았던 개처럼 어떤 경계심도 없이 천진난만하게 장난을 치고 있었다. 맹견훈련 20년 경력을 보유하고 있는 견의리 소장도 이 광경을 보고 눈이 휘둥그레졌다.

"어째 저렇게들 친할 수 있을까? 허, 대단한 일이야."

그는 감탄사를 연발했다.

견의리는 그렇게 짧은 시간 안에 맹견과 어린아이들이 한데 엉키어 뒹굴 수 있다는 것은 정말 불가사의한 일이라고 생각했다. 그는 처음에 개가 아이들을 해칠까 봐 천하와 무적이를 우리에 가둬두고 남매에게 보여주기만 했는데 천하, 무적이 꼬리를 흔들며 남매를 너무나도 좋아하는 것 같아 결국 우리 문을 열어주었다. 그랬더니 천하와 무적이는 도베르만 핀셔의 그 무시무시한 사나움은 어디로 갔는지 남매에게 달라붙어 혓바닥으로 얼굴을 핥는 등 그 큰 덩치로 온갖 애교를 다 부리고 난리가 났다.

마귀선은 대야미로 들어와 '은혜교회'를 찾기 위해서 차를 타고 이쪽저쪽을 살펴보았다. 건물도 없고 대부분이 밭이라 쉽게 찾을 줄 알았는데 찾는 것이 그리 만만치 않았다.

"대체 어디에 있는 거야?"

마귀선은 신경질적으로 내뱉었다. 그녀는 예라의 교통카드를 빨리 찾아줘야겠다는 그런 말도 안 되는 생각보다는 남매를 만나 어떡하면 색다르게 그놈들을 짓밟아 놓을까 하는 고민에 머리가 복잡했다.

'삐리릭.' 그때 마귀선의 핸드폰이 울렸다. 그녀는 전화번호를 확인하더니 이내 얼굴이 굳어졌다. 그녀는 곧바로 차를 갓길에 세우고 전화를 받았다.

"일요일인데도 전화하셨네요?"

그녀는 냉랭하게 말했다. 그리고 한참 동안 아무런 대꾸도 없이 상대방의 이야기만 듣고 있었다.

"네, 알겠어요. 거의 다 됐으니 조금만 기다리라니까요."

마귀선은 신경질적으로 전화를 끊었다. 그리고는 창문을 열고 짧고 깊은 한숨을 내쉬었다. 초겨울의 쌀쌀한 바람이 그녀를 더욱 냉랭하게 만들었다.

예라와 초롱이는 자기보다도 더 큰 키의 천하와 무적이와 신나게 노느라 시간 가는 줄 몰랐다. 견의리는 시종일관 그들의 노는 모습을 신기한 듯 바라볼 뿐이었다. 그들 사이에 무엇이 있기에 저토록 잘 통하는 것일까? 전생에 인연이라도 있는 것일까? 어쨌든 두 남매는 천하와 무적이의 순간순간 튀어나오는 야성적 행동에 깜짝 놀라면서도 계속 천진난만하게 장난을 쳤다. 그런 모습을 진지하게 바라보던 견의리 소장이 갑자기 무엇인가 깨달은 듯 예라에게 다가갔다.

"예라야, 이 개들은 도베르만 핀셔라고 세상에서 가장 무서운 개야. 그런데 이 무서운 개들이 너희들과 이렇게도 재미나게 장난치는 것을 보고 나도 깜짝 놀랐다."

"그렇죠? 아저씨, 솔직히 저도 무섭거든요. 그런데 쟤네들 우릴 너무 좋아하는 것 같아요."

"저렇게 무서운 도베르만 핀셔가 어떻게 너희들하고 같이 놀 수 있는 줄 아니?"

견의리가 자상한 목소리로 물었다.

"모르겠는데요. 정말 어떻게 저렇게 얌전하죠?"

예라도 생각해보니 그 무서운 맹견들이 어떻게 저토록 자기들의 말을 잘 듣는지 정말 궁금했다.

"그건 사랑 때문이란다. 저놈들을 교육시킬 때는 굉장히 무섭게 하지. 하지만 무서울 때 무섭게 하더라도 항상 사랑을 표시하고 칭찬을 많이 해주면 아주 착하고 똑똑하고 용맹스러운 개로 성장하게 된단다. 천하와 무적이는 사람들의 단어를 100개나 알아들어."

"100개나요?"

"응, 놀랍지? 어떤 개든지 사랑하고 칭찬하면 온순하고 머리도 좋아지고 이 세상에서 가장 강한 경비견으로 키울 수 있지."

견의리의 의미심장한 말에 예라는 잠시 생각에 잠겼다.

'칭찬이라는 것이 그렇게 큰 힘을 발휘할 수 있는 건가? 만약 그 말이 맞다면 지금 우리를 괴롭히는 새엄마에게 내가 먼저 칭찬을 해드리면 어떨까?'

예라는 어쩌면 자신의 칭찬에 새엄마가 변할지도 모른다는 한줄기 희망을 갖게 되었다. 좀 겁은 났지만 언젠가 새엄마에게 이를 시도해 보리라 마음먹었다. 그때였다.

"아야. 아프잖아! 아저씨, 얘가 나 막 물어요."

초롱이가 괴성을 질렀다. 초롱이가 무적이와 장난을 치다가 무적이가 초롱이의 팔을 살짝 물었는데 초롱이는 아프다고 야단이었다.

그때였다. 훈련소 정문 쪽에서 누군가 그들을 향하여 씩씩거리며 다가오고 있었다. 마귀선이었다. 그녀는 차창을 열고 차를 몰다가 얼핏 초롱이의 목소리가 들리는 것 같아 그곳을 찾아온 것이다.

마귀선은 뜬금없이 개훈련소에서 나뒹굴고 있는 두 남매를 발견하고는 기가 막히다는 표정을 짓더니 이내 쌀쌀맞은 눈으로 그들을 흘겨보았다.

"너희들 지금 여기서 대체 뭐하는 거니? 집 청소하라고 했더니 몰래 교회를 가?"

마귀선은 차가운 목소리로 쏘아붙였다. 예라와 초롱이의 즐거웠던 시간은 장마철 먹구름에 햇빛 가리듯 순식간에 사라져 버렸다. 그녀는 성큼성큼 예라에게 다가가더니 예라의 따귀를 사정없이 휘갈겼다.

'찰싹.' 예라는 강한 힘에 못 이겨 바닥에 내동댕이쳐졌고 견의리는 그 광경을 보고 깜짝 놀라 자리에서 벌떡 일어섰다.

"이년이 내 말이 말 같지 않아?"

마귀선은 쓰러진 예라의 머리채를 낚아채려 할 때 옆에 서 있던 견의
리가 노여움에 찬 눈으로 마귀선을 바라보았다. 마귀선은 잠시 멈칫하
다가 예라의 팔을 확 끌어당겼다. 그리고는 천하와 무적과 같이 있던 초
롱이에게도 버럭 소리를 질렀다.

"이 새끼야, 뭘 보고 있어. 너도 빨리 와!"

그런데 그때 마귀선의 째질 듯한 카랑카랑한 목소리를 들은 천하와
무적은 방금 남매와 놀 때와는 전혀 딴판으로 돌변하더니 무섭게 으르
렁거리기 시작했다. 그들은 마치 야생에서 먹이를 발견한 늑대가 사냥
감을 향하여 공격하기 직전 몸을 바짝 낮추듯 자세를 낮추며 마귀선을
향하여 덤벼들 기세였다.

두 맹견의 눈빛에서 살기가 등등했다. 천하와 무적이는 이빨 사이로
침을 질질 흘리며 천천히 그녀에게 다가갔다. 그들의 눈에서 흐르는 살
기에 마귀선은 오금이 저려 제자리에서 꼼짝할 수가 없었다. 순간 천하
와 무적은 마귀선은 향하여 번개같이 하늘로 날아올랐다. 이것은 훈련
받은 도베르만 핀서가 적대감을 느끼는 낯선 이에 대한 본능적인 행동
이었다.

"멈춰!"

순간 견의리가 천하와 무적이를 향하여 소리쳤다. 오랜 시간 철저히
훈련받은 천하와 무적은 주인의 호령에 그대로 멈춰 섰다. 명령에 대한
즉각적인 반응이었다.

이들은 마귀선의 눈앞에서 딱 멈춰 서서 으르렁거리며 그녀를 노려보
았다. 마치 마귀선과 맹견 사이에 겨우 10여 센티미터의 유리벽이 있는
듯 그들은 마귀선을 코앞에 두고 더 이상 공격을 하지 않았다. 마귀선
은 온몸에 식은땀이 주르륵 흘렀다. 견의리는 민첩하게 다가가 천하와

무적의 목에 줄을 채웠다.

"이곳은 매우 위험한 곳이라 이렇게 무단으로 들어오시면 안 됩니다."

견의리가 경고조로 말했다. 마귀선은 순간 얼마나 긴장했던지 얼굴뿐만 아니라 온몸이 땀으로 흥건했다. 죽을 고비를 넘긴 마귀선은 매서운 눈빛으로 견의리를 노려보았다.

"당신은 혹시 지난번에 예라를 데리고 우리 집에 온 사람 아닌가요?"

"네, 맞습니다. 또 뵙게 됐군요."

"그런데 어떻게 우리 애들이 왜 또 당신과 같이 있죠? 그렇게 위험하다면서 애들은 왜 들어오게 했나요?"

마귀선은 날카로운 목소리로 따졌다.

"아이들이 원래 개를 좋아하잖아요. 그래서 놀러 온 건데요."

"개? 흥, 개 같은 소리하고 있네. 이게 사람 잡아먹는 늑대지 어디 이게 개에요? 별 미친 사람 다보겠네. 야, 이 새끼들아, 어서 가자. 너희들 집에 가서 나하고 이야기 좀 하자."

마귀선은 남매들의 등을 떠밀며 정문으로 향했다. 견의리는 더 이상 아무런 대꾸도 하지 않고 천하와 무적이를 우리에 넣었다. 천하와 무적이는 우리로 들어가자 멀리 사라지는 마귀선을 향하여 미친 듯이 짖어대기 시작했다.

동물들은 인간이 볼 수 없는 그 무엇을 볼 수 있는 것일까? 가령 영계나 비물질계에서 움직이는 천사나 악마와 같은 인간 눈에는 보이지 않는 무엇인가를 보고 그렇게 행동하는지도 모를 일이었다.

회사에서 국내사업부로 발령받은 하수왕은 그 후로 중국과는 인연이 끊어졌지만 국내 출장은 자주 다니게 되었다. 그러다 보니 하수왕이 집을 비우는 경우도 잦았다.

하수왕이 부산으로 출장을 가게 된 어느 날이었다. 그날 마귀선은 뮤지컬 기획사 유앤컴퍼니의 기획부장과 저녁을 같이하게 되었다. 마귀선은 그 뮤지컬의 공개오디션을 통해 주연 자리를 따내 보려고 혈안이 되어있었다. 뮤지컬에서 흥행을 좌지우지하는 여주인공 자리를 신인에게 준다는 것은 공연기획사로서는 대단한 모험이다. 이런 결정은 뮤지컬계의 핫이슈가 되어 연일 신문 문화면에는 뮤지컬 '시카고'의 신데렐라는 과연 누가 될 것인가 떠들어대고 있었다. 이것만으로도 유앤컴퍼니는 자신들의 뮤지컬을 대중들에게 적지 않게 홍보한 셈이었다.

이 소식을 접한 마귀선은 이것이야말로 뮤지컬 배우로서 성공할 수 있는 절호의 기회라고 판단하고 어떡해서든 유앤컴퍼니 사장을 만나보려고 혈안이 되었다. 결국 마귀선은 아는 사람 두어 명을 거쳐 유앤컴퍼니 기획부장과 저녁 식사 자리를 갖게 되었다. 이것은 기획부장 입장에서 공정성에 문제가 생길 수 있는 매우 민감한 자리였지만 기획부장 역시 늘씬한 몸매의 미녀를 마다할 리가 없었다.

어느 일식집 조용한 방, 마귀선을 만난 기획부장은 그녀와 그저 식사만 하려 했지만 잘빠진 몸매의 미녀를 옆에 끼고 술 한잔 안 할 수가 없었다. 마귀선이야말로 천신만고 끝에 잡은 이 기회를 절대로 놓치지 않으려고 기획부장에게 술을 계속 따라 주었다. 기획부장은 마귀선의 요염한 자태에 금방 취기가 올랐다. 그는 얼큰하게 술에 취하자 마귀선에게 속내를 드러냈다.

"마귀선 씨, 제가 이번 테스트에서 주연을 따내는 비법을 알려 드릴까요?"

마귀선은 주연이라는 말에 눈이 번쩍 뜨였다.

"네? 주연이라고요? 부장님 그게 뭐죠? 제발 좀 알려 주세요."

마귀선은 반대편에 앉아 있던 기획부장에게로 얼른 다가가 어리광이라도 부리듯 그의 팔에 매달렸다.

"그게 말이지…"

"뭔데요? 뜸 들이지 말고 얼른 말해주세요."

"이거! 이걸 준비하세요."

기획부장은 손가락으로 동그랗게 돈 표시를 하였다.

"돈이요?"

"그래요. 우리 사장님께 한 2억만 갖다 주세요. 그러면 주연은 떼 놓은 당상입니다. 연결하는 것은 내가 다 해줄 테니까, 하하."

마귀선은 그 이야기를 듣는 순간 가슴이 콩닥콩닥 뛰기 시작했다. 2억 원이라면 매우 큰돈이지만 정말 그 돈을 줘서 주인공 자리를 따낸다면 그것은 장차 유명 배우가 되어 20억 원이 되어 돌아오게 될 마중물이 될 것이라고 확신했다.

마귀선은 잠시 아무 말 없이 무엇인가를 골똘히 생각하다가 자신에 찬 눈빛으로 기획부장에게 바짝 다가갔다.

"좋아요. 제가 그 돈을 마련해서 드릴 테니 저를 반드시 주인공으로 발탁해주셔야 해요. 저는 기획부장님만 믿을 테니까요."

"대신 오디션 때 노래는 다른 경쟁자들만큼은 불러줘야 해."

"여부가 있겠어요."

"그럼 우리 귀선 씨 노래 솜씨도 들어 볼 겸 둘이서 노래방이나 가볼까? 하하."

기획부장은 술에 취해 벌그스름한 눈으로 그녀의 젖가슴을 바라보며 말했다. 그랬더니 마귀선은 한술 더 떴다.

"노래방은 너무 시끄러워요. 우리 조용한 데로 가서 이야기나 좀 더 해요."

마귀선은 야릇한 미소를 지으며 말했다. 두 사람은 즉시 방에서 나갔고 마귀선은 카운터에서 계산을 했다. 그녀가 계산할 때 기획부장은 카운터에 있던 사탕을 하나 꺼내 먹고, 또 하나를 마귀선의 호주머니에 넣어 주었다.

"어머, 자상도 하시지."

마귀선은 다정하게 그의 팔짱을 끼고 일식집 문을 나섰다. 그리고는 바로 그 옆에 있는 모텔로 두 사람은 아주 오래된 연인처럼 자연스럽게 들어갔다.

마귀선은 다음 날 아침 일찍 집으로 돌아왔다. 하수왕도 출장 가고 없는데 집으로 일찍 들어온 이유는 예라와 초롱이의 아침밥을 챙겨주기 위해서가 아니라 그저 옷을 갈아입고 출근하기 위해서였다. 아이들은 늘 하던 식대로 콘플레이크에 우유를 말아먹고 학교에 가면 된다.

마귀선이 집에 도착했을 때 남매는 아직 일어나지 않았다. 그녀는 피곤한 몸을 소파에 털썩 누이고 상의를 벗으려다 호주머니에 손을 넣었다. 호주머니 속에 어제 기획부장이 챙겨준 사탕이 있었다. 마귀선은 아직 술이 덜 깬 눈으로 사탕을 내려다보며 피식 웃음을 지었다.

"호호, 자상도 하시지."

그녀는 사탕을 까먹더니 껍질을 바닥에 휙 던졌다. 웃옷도 홀러덩 벗더니 거실 바닥에 집어 던졌다. 그때였다. 누군가 방문을 활짝 열고 뛰쳐나오는 것이었다. 초롱이였다. 초롱이는 내복바지도 안 입고 고추 끝을 잡은 채 화장실로 뛰어가는 중이었다. 내복바지를 안 입은 초롱이를 보고 의아하게 생각한 마귀선은 초롱이를 불러 세웠다.

"너 지금 뭐하는 거니?"

"오, 오줌 마려워서요."

초롱이는 고추 끝을 잡고 몸을 비비 꼬기 시작했다.

"그런데 바지는 왜 안 입었어?"

"저 오줌 먼저 누면 안 될까요? 너무 마려운데…"

초롱이는 오줌을 싸기 일보 직전이었다.

"가서 먼저 내복 입고 와. 어디서 못 배운 티 내고 있어."

마귀선이 꾸짖자 초롱이는 내복이고 뭐고 그 자리에서 오줌을 쭉 싸고 말았다. 그 모습을 본 마귀선은 하도 어이가 없어 입을 딱 벌리고 자리에서 일어나 초롱이에게로 다가갔다.

"너… 지금 바닥에다 오줌 쌌냐?"

"…"

새엄마의 입에서 튀어나오는 얼음장보다 차가운 말에 초롱이는 아무말도 못 하고 고개를 숙였다.

"예라! 이리 나와 봐!"

마귀선은 째지는 소리로 예라를 불렀다. 예라는 새엄마의 큰 목소리에 자다 말고 부스스한 눈을 비비며 거실로 뛰어나갔다.

"너는 동생 내복바지 어디에다 삶아 먹은 거냐? 애가 왜 아랫도리도 안 입고 미친놈처럼 고추를 다 내놓고 다니는 거야?"

마귀선은 예라를 다그쳤다. 예라는 눈을 비비며 초롱이를 쳐다보았다. 초롱이는 위에는 내복 상의를 입었는데 아래는 아무것도 입고 있지 않았다.

"초롱이 내복바지는 두 개인데요, 하나는 빨았고요, 다른 하나는 무릎에 구멍이 나서 안 입겠대요."

"그렇다고 발가벗고 다니니? 구멍 난 것 꿰매서 입혀야 할 것 아니야?"

"어제 제가 꿰매준다고 했는데 초롱이가 안 입겠대요."

그 말에 마귀선은 초롱이를 노려보았다.

"뭐? 안 입어?"

"전… 빵구 난 것 싫어요. 새것으로… 입고 싶어요."

초롱이가 사뭇 용기를 내어 말했다. 그때 예라는 갑자기 얼마 전 한국맹견훈련소의 견의리 아저씨가 한 이야기가 머리를 스쳤다. 무서운 개들도 사랑해주고 칭찬해주면 아주 착하게 변한다는 말이 생각났다. 예라는 용기를 내어 마귀선을 향해 방긋 웃었다.

"엄마, 밖에서 우리를 위해서 돈 버시느라고 얼마나 힘드시겠어요? 초롱이 내복 새것으로 안 사주셔도 돼요. 제가 예쁘게 꿰매어 입히면 돼요. 그리고 그 돈 아끼셨다가 엄마 화장품 사셔서 더 예쁘게 하고 다니세요. 엄마는 정말 미인이시니까 화장하면 미스코리아 같을 거예요."

예라의 말에 마귀선은 어이가 없다는 표정이었다. 야단칠 때마다 고개를 숙이고 눈물만 찔찔 짜거나 바구니를 뺏는다고 반항하던 예라가 웬일로 자기를 칭찬하다니 마귀선은 놀라지 않을 수가 없었다.

"헐, 이년이 밤새 미쳤나? 야, 너 돌았나?"

마귀선이 빈정거리는 투로 쏘아붙였다.

"아뇨, 엄마는 정말 예쁘십니다."

예라는 차렷 자세로 반듯하게 서서 환한 미소를 띠고 말도 예쁘게 했다. 사실 예라도 속으로는 무지하게 떨고 있었고 이런 폭력적인 상황이 빨리 지나가기를 바랄 뿐이었지만 견의리 아저씨의 말을 믿고 용기를 내어 실행에 옮긴 것이었다. 사실 마귀선도 그 말이 싫지는 않은 얼굴이었다. 그는 아침부터 마루에 오줌을 갈긴 초롱이 때문에 두 남매를 세트로 체벌하려 했으나 마음을 바꿨다.

"예라 네가 초롱이 내복 꿰맨다고?"

"네, 잘 꿰맬 수 있습니다."

"이게 말끝마다 습니다, 습니다야? 어쨌든 지금 바늘과 실 가지고 와서 거기서 내복 꿰매. 그사이 난 이 못된 새끼 벌을 주고 있겠다. 네년이 다 꿰맬 때까지 동생 벌을 줄 테니 알아서 해. 너는 안 그러는데 이 새끼는 누굴 닮아서 이렇게 제멋대로고 말도 안 듣냐? 옛날 뚱댕이 제 엄마 닮았나 보지? 반짇고리통에서 제일 굵은 실 좀 가지고 와."

마귀선의 명령에 예라는 민첩하게 반짇고리통을 가지고 와 새엄마에게 가장 굵은 실을 건네주고 자기는 실과 바늘을 꺼내어 내복바지를 꿰맬 준비를 하였다. 하지만 예라는 속으로 걱정이 태산 같았다. 지금까지 바느질이라고는 학교에서 두어 번 배운 것이 다인데 어느 세월에 초롱이 내복을 다 꿰맬 수 있단 말인가? 제대로나 꿰맬 수 있을지 걱정이었다. 하지만 예라는 굳은 결심을 하고 마음속으로 강하게 기도하였다.

'하나님, 저는 해낼 수 있어요. 저는 동생을 위해서 바느질을 빨리할 수 있어요. 저에게 힘을 주세요. 그런데 대체 엄마는 내 동생에게 무슨 벌을 주시려고 실을 달라고 하신 거지?'

예라는 걱정스러운 마음으로 내복을 꿰맬 채비를 하였다. 그때 마귀선은 술이 덜 깬 목소리로 초롱이를 불렀다.

"초롱이, 고추 앞으로."

고추라는 말에 예라는 깜짝 놀랐고 장본인인 초롱이는 더더욱 놀라며 손으로 고추를 가리고 주뼛거렸다.

"이리 내놓으라니까!"

마귀선은 강압적으로 초롱이의 고추를 당겨 고추 앞을 실로 칭칭 감으면 강하게 동여맸다. 그리고는 개 줄을 묶은 강아지 끌고 다니듯 거실을 빙빙 도는 것이 아닌가. 초롱이는 고추가 당겨 아프다고 난리가 아니었다.

"아야, 아야! 엄마, 아파요!"

하지만 마귀선은 초롱이의 괴성에도 아랑곳하지 않고 만면에 미소를 지으며 예라를 보고 말했다.

"동생 고추에서 끈 풀어주는 것은 네 손에 달렸다. 빨리 꿰매라. 자, 그럼 우리 달려볼까? 칙칙폭폭…."

마귀선은 기차 소리를 내면서 속력을 내어 달리기 시작했다. 끌려오는 초롱이는 고추가 아프다며 살려달라고 절규하였다. 급하게 된 것은 예라였다. 동생을 저 상황에서 구출하려면 자기가 바느질을 빨리해야 하는데 안 해본 바느질이라 도저히 속도를 낼 수가 없었다.

마음이 급해진 예라는 어떻게서든 빨리 꿰매보려고 필사적으로 손을 놀렸다.

"아얏!"

급히 서두르다 결국 뾰족한 바늘 끝에 손가락을 깊숙이 찔리고 말았다. 새빨간 피가 솟구쳐 올랐다. 눈물이 날 정도로 아팠지만 이대로 멈출 수는 없었다. 그랬다가는 동생 고추가 잘려 나갈 판이었다. 예라는 더욱 속력을 내어 바느질을 했다. 바느질은 갈수록 엉망이 되었고 이제는 예라의 손 수십 군데에서 핏방울이 솟구쳐 올랐다. 마귀선은 그것을 아는지 모르는지 아직도 술이 덜 깬 목소리로 노래까지 부르며 초롱이를 끌고 다녔다.

"기찻길 옆 오막살이 아기 아기 잘도 잔다. 칙폭 칙칙폭폭…."

뒤따라오는 초롱이는 쭉 늘어난 고추가 너무나 아파 눈물을 펑펑 쏟

지옥문으로 들어선 아이들

아내며 다리를 벌리고 엉금엉금 게걸음으로 쫓아가고 있었다. 예라는 마음은 급한데 손은 온통 피투성이가 되었고 동생은 아프다고 울고불고 예라는 정말 머리가 돌아 버릴 지경이었다.

'주님! 제발 저 좀 도와주세요. 제발요!'

예라는 마음속으로 목 놓아 울부짖었다. 그러자 갑자기 마귀선이 그 미친 짓거리를 딱 멈추는 것이었다. 그러더니 그녀는 고개를 확 돌려 살기등등한 눈으로 예라를 노려보는 것이었다. 예라는 겁이 덜컥 났다. 마음속으로 기도한 것뿐인데 설마 새엄마가 이를 눈치챈 것일까? 마귀선은 초롱이를 끌고 다니던 실을 놓더니 예라를 향하여 걸어왔다.

"너, 내가 미스코리아 같다고?"

"…네."

예라는 기어들어가는 목소리로 간신히 대답했다.

'찰싹.' 마귀선은 예라의 뺨을 힘껏 내리쳤다. 예라는 눈에서 눈물이 핑 돌더니 귀에서는 쨍하는 소리가 째질 듯이 울려 퍼졌다. 정신이 하나도 없었다.

"거짓말쟁이. 어떡하면 그 순간만을 모면하려고 나에게 아부한 거지? 내가 네년의 그 뻔한 마음을 모를 줄 아나? 다 꿰맸으면 빨리 동생 옷 입혀. 그리고 오줌 싼 것 냄새 하나 안 나도록 싹싹 닦아."

마귀선은 갑자기 배가 아팠는지 배를 만지며 황급히 화장실로 들어갔다.

방으로 들어온 예라는 초롱이에게 다 떨어진 내복을 입혔다. 내복바지는 예라 손에서 나온 피로 피투성이가 되어 버렸다. 그래도 새엄마에게 혼나지 않으려면 입어야 했다. 초롱이는 바지를 올리지 못했다. 고추가 너무나 아팠기 때문이다. 벌겋게 부어오른 초롱이의 고추를 어떻게

마녀가 된 우리엄마

해야 할지 몰라 예라는 새엄마가 화장실을 나와 방으로 들어간 틈을 이용해 수건을 찬물에 적셔와 초롱이 고추에 찜질을 해주었다.

"누나, 이제 좀 살 것 같아. 누나는 나 때문에 피 많이 났지? 어젯밤에 입으라고 할 때 입을 걸 그랬어. 미안해, 누나."

초롱이는 누나의 얼굴을 만져주며 울었다.

"왜 너가 미안해? 아니야. 누나는 괜찮아. 그리고 이거 입어. 누나 피가 묻어서 지저분하지만 이것밖에 없으니까 입고 학교가. 이다음에 누나가 돈 많이 벌면 제일 좋은 내복 사줄게."

"누나, 고마워."

예라는 초롱이의 옷을 입혀 주었다. 예라는 얼른 초롱이가 싼 오줌을 하나도 남김없이 깔끔하게 닦고 방으로 들어와 곰곰이 생각해 보았다.

'참 이상한 일이야. 아까 속으로 그렇게 기도했는데 새엄마가 그것을 어떻게 알아차렸지?'

예라는 방금 전 마루에서 새엄마가 초롱이를 괴롭힐 때 마음속으로 기도했던 일이 너무나도 신기하였다. 하지만 고민스럽게 만든 것은 견의리 아저씨가 한 이야기가 과연 맞는 것인가 하는 문제였다. 아무리 무서운 개라도 사랑을 베풀고 칭찬을 해주면 착해진다고 해서 용기를 내어 새엄마에게 그렇게 한 것인데 도리어 아부하는 거짓말쟁이라고 따귀만 맞았기 때문이다. 예라는 아직까지 무엇이 옳은지 알 수가 없었다. 그래도 천하, 무적을 생각하면 견의리 아저씨의 말이 결코 틀린 말은 아닐 것이라 생각했다.

아침에 벌거벗고 다닌다고 새엄마로부터 극도의 수치심과 육체적 고통을 당한 초롱이는 하교 후 힘없는 발걸음으로 집으로 돌아왔다.

새엄마가 무서워 집으로 들어가고 싶지 않았지만 이 조그만 초등학생한테 집 말고 갈 때가 또 어디에 있겠는가. 그래도 초롱이는 이 시간에 집에 있는 것이 아침과 저녁보다는 나았다. 왜냐하면 집에 새엄마가 없기 때문이었다.

초롱이는 현관문을 열고 집으로 들어갔다. 집에는 아무도 없었다. 아빠와 새엄마는 회사에서 저녁 늦게 돌아오고 누나는 학교에서 급식을 먹고 오후 2, 3시경에 집으로 돌아온다. 보통 초롱이는 학교에서 급식을 먹고 오는 데 급식이 없는 날 점심은 누나가 돌아와서 라면을 끓여주면 거기에 밥을 말아 먹곤 하였다. 식탁 위에 늘 놓여 있는 콘플레이크는 정말 보기만 해도 끔찍했다. 새엄마와 같이 생활한 초기에는 콘플레이크를 신선한 우유에다 말아 먹었는데 매번 우유 사오는 것이 귀찮은 마귀선은 언제부터인가 유통기간이 6개월이 넘는 두유를 갖다놓고 아이들더러 아침 식사로 먹으라고 하였다. 하지만 두유에다 콘플레이크를 말아 먹는 것은 정말 맛이 없어 예라와 초롱이는 아침을 거의 거르다시피 했다.

급식이 없던 이날 따라 초롱이는 더욱 허기를 느꼈다. 아침에 새엄마에게 호되게 당해서 더 그런지도 모른다. 초롱이는 냉장고를 열어보았다. 먹을 것이라고는 두유밖에 없었다.

"두유 싫어."

초롱이는 냉장고 문을 닫고 이번에는 싱크대를 뒤져보았다. 라면이 있었다. 초롱이는 회심의 미소를 지으며 라면 하나를 꺼냈다.

"뿌셔뿌셔 해 먹어야지."

역시 사내아이는 사내아이다. 이날 아침 그렇게 새엄마에게 극심한 폭행을 당하고도 어느새 그런 기억들은 다 잊어버렸는지 웃는 얼굴로 허기를 달래려 라면을 뜯고 있으니 말이다.

초롱이는 라면을 가슴에 대고 주먹으로 라면을 부수기 시작했다. '뿌셔뿌셔'라고 하는 잘게 부서진 생라면을 먹기 위해서였다. 라면을 다 부순 초롱이는 라면 봉투를 뜯었다. 봉투가 잘 안 뜯어지자 힘을 세게 주다가 봉투가 한 번에 뜯기면서 바닥에 라면 부스러기가 우수수 떨어지고 말았다.

"헉! 엄마가 알면 큰일인데…."

초롱이는 새엄마에게 또 혼나는 것이 두려워 얼른 쪼그리고 앉아 떨어진 라면 부스러기를 주워 입으로 넣거나 봉지에 담기 시작했다. 나름대로 깔끔하게 치웠다고 생각한 초롱이는 봉투에 들어있는 라면에다 스프를 뿌려 매콤짭짤한 뿌셔뿌셔를 맛있게 먹었다. 생라면 한 봉지를 먹고 나니 그런대로 배가 불렀다.

그것으로 점심을 해결한 초롱이는 방으로 들어가 컴퓨터 게임을 시작하였다. 새엄마가 오고 나서 초롱이에게 좋아진 점이 있다면 그것은 게임을 원도 한도 없이 할 수 있다는 점이다.

게임을 하루 종일 하건 말건 새엄마는 초롱이에게 전혀 관심이 없었기 때문에 언제든지 게임은 100% 가능하였다. 예전에 친엄마랑 있을 때는 상상도 할 수 없는 이야기다. 학교 갔다 오면 수학학원, 미술학원, 피아노학원 등등 적잖은 학원에 가야 하기 때문에 게임을 실컷 한다는 것은 당시로써는 엄두도 못 낼 일이었지만 이제는 상황이 달라졌다.

초롱이는 생라면 하나를 먹고 난 후 그때부터 계속 컴퓨터 게임을 했다. 오후 늦게 누나가 들어온 지도 모르고 계속 게임을 하고 있었다.

"또 게임이야?"

예라는 공부도 안 하고 게임에만 열중하는 초롱이에게 뭐라고 타이르고 싶었지만 오늘 새엄마에게 죽도록 혼난 초롱이를 생각하면 마음이 아파 자기도 모르게 눈물이 주르륵 흘렀다.

"점심 차려줄게."

"나 먹었어. 안 차려줘도 돼."

"뭐 먹었어?"

"뿌셔뿌셔."

"그래? 그럼 저녁밥 먹을 때까지 게임 그만하고 숙제해."

"어, 누나."

누나의 말에 초롱이는 뒤도 안 돌아보고 대답만 한 채 계속 게임에 열중했다. 초롱이가 한참 게임에 심취하여 있을 때 밖에서 현관문 열리는 소리가 났다. 시계를 바라보니 벌써 7시였다. 남매는 부리나케 자리에서 일어나 거실로 나갔다. 새엄마가 퇴근하여 돌아올 때 인사를 안했다가는 또 가차 없이 주먹세례가 날아오기 때문에 두 남매는 반사적으로 벌떡 일어나 거실로 튀어나갔다.

"안녕히 다녀오셨어요."

남매는 나란히 서서 공손하게 인사했다. 그러나 마귀선은 무슨 심각한 일이 있는지 인상을 잔뜩 쓰고 아이들이 하는 인사를 받아 주지도 않았다. 마귀선은 핸드백을 소파에 집어 던지고 털썩 주저앉았다. 그녀는 잠시 무엇인가를 생각하다가 마룻바닥에 사탕 껍질이 떨어져 있는 것을 발견했다. 마귀선은 양미간을 찌푸리고 두 남매를 째려보았다.

"어떤 새끼가 마루에다 사탕 껍질 버렸어?"

예라와 초롱이는 아무 대답 없이 묵묵히 서 있었다.

"너희들 오늘 아침에 혼이 덜 난 모양이구나. 이거 어떤 놈이 버렸냐니까?"

마귀선은 소리를 버럭 질렀다.

"그거… 아침에 엄마가 버린 건데요."

초롱이가 작은 목소리로 대답하였다.

"뭐? 내가?"

"네, 아침에 저기서 엄마한테 혼날 때 엄마 옆에 떨어져 있는 걸 봤어요."

초롱이는 마치 사진을 보고 설명하듯이 이쪽저쪽 손가락을 가리키며 똑똑하게 설명하였다. 마귀선은 그 말을 듣고 보니 아침에 자기가 사탕을 먹고 껍질을 바닥에 버린 사실이 떠올랐다.

"야 새끼야, 엄마 옆에 떨어져 있다고 엄마가 버린 거야?"

마귀선은 자기가 버려놓고 되레 남매에게 신경질을 퍼부었다.

"어서 치우고 방에 들어가 처박혀있어."

마귀선의 불호령에 예라는 얼른 사탕 껍질을 주워 초롱이와 같이 서둘러서 방으로 들어갔다. 옷을 갈아입고 저녁 식사를 하기 위해 부엌으로 들어간 마귀선은 부엌 바닥을 보고는 참을 수 없을 정도로 화가 났다. 싱크대 밑으로 라면 부스러기가 이곳저곳에 널브러져 있었기 때문이다. 마귀선은 아이들 방을 향하여 고개를 휙 돌리더니 째질 듯한 목소리로 소리쳤다.

"이 새끼들, 이리 나와! 어서!"

가뜩이나 주눅 들어 숨소리조차도 못 내고 있던 남매는 새엄마의 불호령에 가슴이 철렁 내려앉았다. 남매는 겁먹은 얼굴로 서로를 바라보았다.

"초롱아, 너 또 뭐 잘못한 것 있니?"

"아니, 없는데…"

둘은 자기들이 또 무엇을 잘못하여 새엄마가 저토록 화가 났나 싶어 겁에 질려 있었다.

"이것들이 안 나와?"

마귀선이 집안이 떠나가라 소리치자 남매는 부리나케 뛰어나갔다. 그들은 싱크대 앞에서 팔짱을 끼고 커다란 동상처럼 서 있는 마귀선 앞으로 갔다. 그녀는 두 남매를 노려보더니 손가락으로 싱크대 바닥을 가리켰다. 거기에는 라면 부스러기가 몇 군데 떨어져 있었다. 점심때 초롱이가 흘린 라면 부스러기였다. 초롱이는 제 딴에 흘린 부스러기를 치운다고 치웠는데 여덟 살짜리 청소가 그렇지 어디 그것이 어른의 마음에 들 정도로 깨끗하겠는가.

"이거 누가 그랬어?"

예라는 초롱이를 바라보고 초롱이는 잠시 난감한 표정을 짓더니 입을 열었다.

"아까 제가 분명히 다 치웠는데…."

"네가 먹은 것 맞지?"

마귀선은 소리를 버럭 지르며 초롱이를 윽박질렀다. 그러자 초롱이는 울상이 되어 고개를 끄덕거렸다.

"생라면 먹었어?"

마귀선이 또 다그치자 초롱이는 닭똥 같은 눈물을 흘리며 고개를 끄덕였다.

"라면 끓일 줄 몰라? 생라면은 왜 먹어, 이 맹꽁아!"

마귀선은 그 억센 주먹으로 초롱이 머리에 세차게 알밤을 먹였다.

"너도!"

이번에는 옆에 있던 예라에게도 '딱' 소리가 날 정도로 세찬 알밤을 먹였다.

"넌 누나가 돼서 동생 가스 쓰는 법도 안 가르쳐줬어? 이 등신아!"

마귀선이 머리를 얼마나 세게 때렸는지 예라는 머리를 부여잡고 한동 안 아파서 꼼짝할 수 없었다.

"너 이리와 봐."

마귀선은 초롱이를 불러 가스레인지 옆에 붙어 서게 하고 가스 켜는 방법을 알려주었다.

"바짝 붙어서, 이 새끼야."

마귀선은 초롱이의 머리채를 쥐어 잡더니 머리를 초롱이 키 높이만 한 가스레인지에 갖다 붙였다. 초롱이는 놀란 얼굴로 눈을 돌리니 바로 눈앞에 가스가 나오는 노즐이 보였다. 마귀선의 손아귀 힘이 어찌나 세 던지 초롱이는 머리를 뒤로 빼려고 해도 꼼짝할 수가 없었다. 그녀는 초 롱이를 꼼짝 못 하게 하고 그런 자세로 가스레인지 스위치를 돌렸다.

"엄마야!"

순간 놀란 초롱이는 불이 얼굴에 붙을까 봐 반사적으로 머리를 빼려 했으나 마귀선은 더욱 힘을 주며 소리쳤다.

"이 새끼야! 가까이서 똑바로 봐야 가스 켜는 법을 배울 것 아니야?"

'탁. 타닥. 탁.'

마귀선이 몇 번 스위치를 돌리자 노즐에서 파란색 불꽃이 확 피어올 랐다. 가스 불의 열기가 초롱이에게 그대로 전달되어 초롱이는 몸을 뒤 로 빼려고 안간힘을 썼다. 그러자 마귀선은 후끈 달아오른 가스 불 쪽으 로 초롱이의 머리를 더 가까이 대려고 두 손으로 디밀었다.

"어, 엄마, 잘못했어요! 잘못했어요! 다시는 라면 안 먹을게요. 용서해 주세요. 엉엉…"

초롱이는 필사적으로 용서를 빌었다.

"이제 라면 부스러기 흘릴 거야, 안 흘릴 거야?"

"안 흘릴 거예요."

"이제 가스 불에 라면 끓일 수 있겠어, 없겠어?"

"있어요."

초롱이는 울면서 애원했다. 그제야 마귀선은 초롱이의 머리를 놔줬다. 초롱이는 뒤로 물러서면서 눈물을 닦고 머리를 만져 보았다. 이미 머리카락 몇 가닥이 가스 불에 그슬려 퀴퀴한 오징어 굽는 냄새가 진동했다.

"켤 줄 안다고 했으니 이제 너가 이리 와서 한번 켜 봐."

마귀선은 초롱이를 불러 세워 가스 불을 켜보게 하였다. 초롱이는 몇 번 시도해 보았으나 어린아이의 누르는 힘이 약해서 불이 켜지지 않았다. 마귀선이 몇 번을 윽박지르자 결국 초롱이는 두 손을 사용하여 어렵게 가스 불을 혼자 켰다.

마귀선은 정말 오랜만에 남매를 향하여 환한 미소를 지었다. 아마도 이들이 처음 만났을 때 억지웃음을 보인 이후 처음인 것 같았다.

"거봐. 엄마가 이런 것 가르쳐 주니까 얼마나 좋니? 너희들도 좋지?"

새엄마의 처음 보는 부드러운 미소와 말투에 남매는 어떻게 대답해야 할지 몰라 혼란스러웠다. 언제는 기분이 좋았다가 언제는 기분이 나빴다가 도무지 새엄마의 행동을 종잡을 수가 없었다. 그때 예라의 머릿속에 다시 한 번 견의리 아저씨의 말이 떠올랐다. 사랑과 칭찬. 예라는 새엄마가 이처럼 기분 좋을 때 다시 한 번 용기를 내어 칭찬을 해보기로 했다.

"엄마는 내 동생에게 가스 불 켜는 법도 알려 주시고 참 좋으신 엄마예요."

"그치? 옛날 엄마는 이런 것도 안 가르쳐 줬지? 그럼 예라는 옛날에 그 못생기고 뚱뚱한 엄마가 좋아, 내가 좋아?"

마귀선은 만면에 미소를 지으며 물었다.

"지금 엄마요."

예라는 반사적으로 그렇게 대답하였다. 그러자 마귀선은 미소를 지으며 남매를 방으로 보내주고 처음으로 그들에게 공부하라는 말을 했다.

"너희들 공부하고 자라. 숙제 안 한 것 있으면 다 해놓고 자."

그런 의외의 반응에 남매는 어리둥절하여 인사를 하고 방으로 들어갔다.

방으로 들어온 예라는 얼굴에 환한 미소를 지었다. 과연 견의리 아저씨 말대로 사랑과 칭찬을 사용하니 그렇게 무시무시한 새엄마의 마음도 바꾸어 놓을 수 있었기 때문이다. 예라는 앞으로 이 방법을 계속 사용하면 새엄마가 예전 친엄마처럼 아주 착해져서 자기들을 사랑하고 예뻐해주실 거라고 확신했다.

"초롱아, 너도 엄마를 칭찬해줘. 그럼 너도 예뻐해줄 거야."

새로운 진리를 동생에게 전도라도 하듯 예라는 초롱이를 붙들고 흥분한 목소리로 말했다.

"난 새엄마 싫어. 옛날 엄마 못생기지도 않고 뚱뚱하지도 않은데 계속 뚱댕이라고 하잖아. 그리고 나 조금 전에 가스 불에 태워 죽이려 했잖아. 이거 봐. 다 탔잖아."

초롱이는 타버린 머리카락을 만지면서 불만을 토로했다. 하지만 예라는 사랑과 칭찬만이 새엄마를 착한 사람으로 변화시킬 수 있는 유일한 방법이라고 믿고 동생의 손을 붙잡았다.

"초롱아, 우리 하나님께 기도하자. 나하고 너하고 같이 합심하여 새엄마를 사랑하는 마음으로 칭찬 기도하는 거야. 그럼 내일부터 당장 새엄마가 우리를 엄청 예뻐해주실 거야. 우리 그렇게 한번 해보자. 누가 먼저 할까?"

예라는 초롱이를 설득했다. 하지만 초롱이는 잔뜩 입을 내밀고 누나의 말에 전혀 동조하지 않았다.

"씨이, 내가 먼저 기도할게. 그 대신 내 기도는 내 마음대로 할 거야."

초롱이는 뾰로통하게 대답하고 먼저 기도를 시작했다.

"하나님, 저를 파워레인저로 만들어 주세요. 그래서 저와 누나를 맨날 때리는 새엄마를 주먹으로 꽉 때려서 우주 끝까지 날아가게 해주세요. 저는 오늘 불에 타 죽을 뻔했다고요. 그리고 옛날 엄마도 정말 보고 싶고요… 에이씨…."

초롱이가 기도를 하다말고 갑자기 눈물을 왈칵 쏟았다. 그 어린것도 밀려오는 설움을 참을 수가 없었던 모양이다. 예라는 동생을 끌어안았다.

"초롱아, 너 옛날 엄마 기억나니?"

예라는 혹시 새엄마가 문밖에서 두 남매가 친엄마에 대해 이야기하는 것을 엿들을까 봐 불안한 마음으로 조심스럽게 말을 꺼냈다.

"그럼 나지, 안 나?"

초롱이가 아무렇지도 않게 대답하자 예라는 초롱이에게 작은 목소리로 말했다.

"초롱아, 옛날 엄마 기억나도 앞으로 절대 옛날 엄마 이야기하면 안 돼."

"왜 안 돼?"

"새엄마가 싫어하니까. 그러니까 절대 하면 안 돼. 누나하고 약속해."

"알았어."

예라는 착한 동생 초롱이를 끌어안은 채 예전 친엄마의 다정한 손길로 동생의 등을 토닥거려 주었다. 그리고 예라는 속으로 기도했다.

'초롱아, 너는 몰라. 옛날 엄마는 이제 돌아오지 않아. 우리가 저 무서운 새엄마 밑에서 살아남으려면 미워도 새엄마를 사랑해 줘야 해.'

한 달 후, 유앤컴퍼니에서 뮤지컬 '시카고'의 여주인공 록시하트 역 신인 여배우 선발을 위한 공개오디션이 열렸다. 이날 참가자는 무려 100명에 가까웠고 이 중 1명만 뽑는 대단한 경쟁률을 보였다. 그동안 마귀선은 이 배역을 따내기 위하여 그동안 무단한 노력을 기울여 왔었다.

오디션 경합은 매우 치열했다. 참가자들 대부분이 뮤지컬계에서는 장래가 촉망되는 신인들로 모두들 자신이 이 배역을 따내어 하루아침에 신데렐라가 되려고 꿈꾸고 있었다. 거기에 비하면 마귀선의 경력은 그들과 비할 것이 못되었다. 하지만 실력은 없어도 언제나 자신만만한 그녀였다. 마지막 번호인 마귀선의 차례가 돌아오자 그녀는 지정곡인 '록시'를 혼신의 힘을 다하여 불렀다.

끝내주는 쇼를 준비했지.
그래 남자 무용수 한 명 있으면….

심사위원석 중앙에는 유앤컴퍼니 사장이 앉아 그녀의 노래를 경청하고 있었다. 물론 심사위원석에는 이미 마귀선과 정분을 쌓은 기획부장도 있었다. 사장은 마귀선의 노래를 다 듣고 그런대로 만족해하였다. 하지만 최종적으로 누구를 뽑아야 할지 결정을 내리기는 그리 쉬운 문제가 아니었다. 참가자 노래를 다 들은 사장은 앉은 자리에서 심사위원들과 잠시 이야기를 나누었다.

"결론은 두 사람으로 압축된 것 같군. 한 사람은 이미 뮤지컬계에서 무서운 신인으로 인정받고 있는 김재인이고 또 다른 한 명은 마지막에 부른 마귀선! 김재인은 가창력이 뛰어나고 가사 전달이 완벽하지만, 외모면에서 관능미와 섹시함이 떨어져. 하지만 마귀선은 그 반대야. 가창력과 감정이입은 별로지만, 록시하트 이미지에 아주 딱 맞아 떨어져. 타고난 몸매에다가 뭔가 악녀 같은 분위기를 풍기는 같지 않아? 방금 자기 남편이라도 죽이고 온 것 같잖아? 진짜 록시하트처럼 말이야. 하하하!"

사장이 마귀선을 선발 후보로 언급하자 모두들 웅성거렸다. 물론 그녀에게는 남자들의 시선을 사로잡을 만한 관능미가 흘러넘쳤지만 지금까지 뮤지컬 무대에 단 한 번도 서보지 못한 정말 풋내기 아마추어에다 그 정도 노래를 부르는 참가자는 수도 없이 많았기 때문이다. 모두들 마귀선에 대하여 왈가왈부하고 있을 때 기획부장은 미소를 지으며 사장을 바라보았다. 사장은 그것이 무슨 의미인지 알고 있어 입가에 엷은 미소를 띠며 고개를 끄덕였다.

'탕탕.'

사장은 책상을 치더니 잡다하게 떠드는 지방방송을 중단시켰다.

"어쨌든 내 마음은 굳혀졌고 조만간에 둘 중 한 사람을 결정하겠어. 뭐 다른 할 이야기 없으면 이것으로 끝냅시다."

사장은 오디션장을 빠져나갔다. 다른 심사위원들도 자리를 뜨자 오디션장에는 기획부장 혼자 남았고 그는 바로 마귀선에게 전화로 이 사실을 알려 주었다.

문제는 돈이었다. 돈만 있으면 이제 그녀의 꿈이 현실로 이루어지는 것은 시간문제였다. 기획부장으로부터 소식을 듣고 마귀선은 구름 위를 걷는 기분이었다. 하지만 빠른 시일 안에 2억 원이라는 돈을 마련하여 유앤컴퍼니 사장 손에 쥐여줘야 하기 때문에 마음이 조급해졌다. 남편 하수왕이 10년 만에 부모님을 처음 만난 자리에서 땅 이야기만 안 꺼냈어도 일이 착착 잘 진행되어 지금쯤 편찮으신 아버님께서 양평이나 제주도 땅 중 일부를 그들에게 미리 줬을 수도 있는 일이다.

하지만 언제나 자기밖에 모르는 성미 급한 하수왕이 산통을 다 깨는 바람에 아버지와 새어머니가 마음의 문을 완전히 닫은 터라 2억 원이란 돈을 마련하는 일은 아주 난감하게 되어 버렸다.

마귀선은 그런 남편 하수왕을 생각하면 울화가 치밀어 올랐다. 마귀선은 자신의 출셋길을 가로막는 자는 아무리 사랑하는 자라도 용서할 수가 없었다. 그렇다고 은행에서 대출을 받을 수도 없는 입장이었다. 마귀선은 이미 많은 돈을 대출받아 지금의 집과 자동차를 마련하였기 때문이다. 하수왕 역시 예전에 영화사업을 할 때 생긴 부채가 아직까지도 혹처럼 따라다녀 은행 대출은 애당초 꿈도 꾸지 못하고 있었다.

마귀선의 머릿속에는 오로지 어떻게 2억 원을 마련하느냐 하는 생각밖에 없었다.

그녀는 머리가 찌근찌근 아파 왔다. 그때 마귀선의 핸드폰이 울렸다. 번호를 확인해보니 또 그 번호였다.

"네."

마귀선은 아무 말 없이 가만히 상대편의 이야기를 듣기만 했다. 그때였다. 마귀선의 머릿속에 무엇인가 번뜩였다.

'혹시…'

마귀선은 혹시나 하는 마음에 한번 상대방에게 돈 이야기를 꺼내보기로 했다.

"저 혹시… 2억 원만 빌려주실 수 있을까요?"

그러자 저쪽에서 뭐라고 한참을 이야기하는 것 같았다. 마귀선의 얼굴에서 이내 희망의 빛이 사라졌다.

"알았어요. 제가 괜한 이야기를 했네요."

마귀선은 전화를 끊었다. 이제 그녀에게 남아 있는 방법은 오직 하수왕을 닦달하여 아버지로부터 유산 일부라도 미리 상속받는 방법밖에는 없었다.

먼저 집으로 들어온 마귀선은 하수왕이 빨리 귀가하기를 기다렸다. 하지만 하수왕은 퇴근 후 밖에서 한잔 걸치고 느지막이 들어왔다. 이제는 하수왕에게 중국 출장 건수도 없는 데다 새로 맞은 아내 마귀선이 호언장담했던 영화사 사장이 되는 일은 전혀 진행이 안 되고 있으니 하루하루가 죽을 맛이었다. 그래서 하수왕은 허구한 날 술타령이었다.

예민해질 때로 예민해진 마귀선은 이날도 여느 때처럼 얼큰하게 취한 채 집으로 돌아온 하수왕을 보자마자 오랫동안 굶주렸던 늑대가 먹잇감을 덮치듯이 그가 현관문을 들어서자마자 삿대질을 하며 따지기 시작했다.

"당신! 아버님 집에 마지막으로 간 게 언제야?"

"왜 또? 한 달 됐나? 왜?"

"그러다가 아버님이 그 많은 땅 새어머니 다 주면 어떡하려고 그래? 당신 정말 정신이 있는 사람이야, 없는 사람이야?"

"에이씨, 자꾸 나만 갖고 닦달이야? 그 새엄마가 서슬 퍼렇게 살아있는데 달란다고 덥석 땅덩이를 떼어줄 사람이 어디 있어?"

하수왕도 지지 않고 대들었다.

"그러니까 당신은 등신이야. 내일이라도 당장 가서 아버님 안마도 해드리고 새어머니 비유도 맞춰서 한 달 내로 땅 받아 와. 알았어?"

마귀선은 명령조로 일갈했다.

하수왕은 소파에 앉으려다 말고 자리에서 벌떡 일어서더니 마귀선을 향하여 소리쳤다.

"이 사람이 이제 누구에게 명령이야? 그럼 당신은? 왜 날 아직도 영화사 사장으로 안 만들어 주는 거야? 지금까지 날 속이고 있었잖아?"

하수왕은 버럭 성을 냈다. 마귀선은 살기등등한 눈빛으로 노려보았다.

"정확히 두 달 주겠어. 두 달 내로 땅 팔아서 돈 가지고 와."

"당신 완전히 미쳤군."

마귀선의 경고에 하수왕은 혀를 내둘렀다. 그리고는 옷을 챙겨서 집을 나가버렸다. 그때 예라는 자기 방 문고리를 잡고 거실로 나갈까, 말까 망설이고 있었다. 내일까지 반드시 학교에 불우이웃돕기 성금을 내야 하기 때문이다. 일주일 전부터 학교에서 불우이웃 성금을 걷고 있었는데 예라 학급에서 유일하게 예라 혼자만 성금을 못 내고 있었다. 담임선생님이 이것 때문에 예라를 몇 번 불러 다그친 상태여서 내일은 무슨 일이 있어도 꼭 성금을 가지고 가야만 했다.

내일 학교에서 성금을 정리하여 시청에 전달한다고 했기 때문이다. 며칠 전서부터 예라는 새엄마의 동정을 살펴보며 불우이웃돕기 성금을 말하려 했지만 매번 상황이 여의치 않아 차일피일 미루고 있었는데 일이 이 지경이 된 것이다. 아무리 아빠와 새엄마의 상황이 심각하다 해도 예라 입장에서는 학교에 성금을 내는 것이 더 심각한 일이었다. 이럴 때는 차라리 아빠한테 돈을 받으면 딱 좋으련만 학교에 들어가는 돈은 모두 엄마에게 받아가라는 아빠의 엄명이 있었기에 이러지도 저러지도 못하는 상황이었다.

예라는 용기를 내어 문을 열고 새엄마에게로 다가갔다. 마귀선은 하수왕과 싸운 감정이 아직 풀리지 않아 화난 얼굴을 하고 있었다.

예라는 그런 새엄마의 얼굴을 보자마자 쥐구멍에라도 들어가고 싶은 심정이었지만 다시 방으로 들어갈 수도 없는 일이었다. 예라는 이미 엎질러진 물이라고 생각하고 용기를 내어 가까스로 입을 열었다.

"엄마… 저 내일까지 학교에… 불우이웃돕기 성금… 5,000원 갖다 내야 하는데요."

예라의 풀죽도 못 먹은 다 기어들어가는 소리에 마귀선은 양미간을 찡그리며 눈을 감았다. 그녀는 안 그래도 돈 문제 때문에 하수왕과 대판 말다툼을 하고 난 후였는데 이번에는 그 딸이 찾아와 눈치도 없이 5,000원을 내놓으라고 하니 하도 어이가 없어 눈을 감았다.

"들어가라."

마귀선은 구걸하는 길거리 거지 대하듯 매우 귀찮다는 목소리로 내뱉었다. 새엄마의 한마디에 예라는 어깨를 축 늘어뜨리고 뒤돌아 방으로 들어가다가 걱정스러운 목소리로 혼잣말을 했다.

"오늘 받아야 하는데…"

순간 마귀선은 예라의 중얼거리는 소리를 듣고 자리에서 벌떡 일어나 방으로 들어가려는 예라의 머리채를 그대로 낚아챘다. 그리고는 멍청한 남편에 대한 모든 불만을 예라에게 쏟아붓 듯 따귀 세례로 퍼붓기 시작하였다.

'찰싹 찰싹 찰싹…'

왼쪽, 오른쪽, 다시 왼쪽, 오른쪽….

숨 돌릴 틈조차 없이 퍼부어대는 마귀선의 구타에 예라는 정신을 차릴 수가 없었다. 그렇게 맞기를 수십 차례를 맞고 나니 예라는 다리에 힘이 풀려 그 자리에 푹 주저앉고 말았다.

"어… 엄마. 잘못했어요. 제발 때리지 마세요. 제가 잘못했어요…"

두 눈에서 눈물이 펑펑 쏟아지는 예라는 손이 발이 되도록 빌었다.

"잘못하긴 뭘 잘못해?"

무표정한 마귀선은 예라의 멱살을 잡고 그 어린것을 벌떡 일으켜 세우더니 다시 따귀를 때리기 시작했다. 이러다가는 이제 겨우 초등학교 3학년밖에 안 된 예라는 맞아 죽을지도 모른다. 만약 죽지 않는다면 최소 양쪽 고막이 터져 귀머거리가 되고 말 것이다. 그 정도로 마귀선은 예라에게 살인적인 구타를 퍼부었다. 그렇게 10여 분 정도의 극악무도한 고문의 시간이 흐르자 마귀선은 어느 정도 스트레스가 풀렸는지 그제야 손을 놓았다.

그리고는 예라를 노려보았다. 예라는 실신하기 직전까지 얻어맞아 정신이 혼미한 상태에서 더 이상 눈물 흘릴 힘조차 없었다. 예라의 두 뺨은 얼굴 형체를 알아볼 수 없을 정도로 달구어진 쇳덩어리처럼 벌겋게 부어올랐고 얼굴 이쪽저쪽에 손가락 자국이 문신이라도 새겨 놓은 듯 선명하게 남아 있었다. 그리고 귓전에서는 아직도 달리는 지하철 쇠바퀴 소리가 쩌렁쩌렁 울렸다. '찌이잉.'

마귀선은 그렇게 집안을 발칵 뒤집어 놓더니 아무 일도 없던 것처럼 안방으로 향했다.

"들어가 뒤집어 자."

마귀선이 안방으로 들어갈 때까지 예라는 마루에 무릎을 꿇고 바닥에 눈물을 뚝뚝 흘리고 있었다. 예라는 돈도 못 받고 따귀만 실컷 얻어맞았지만 마음속으로는 이렇게 생각했다.

'하나님. 그래도 저는 새엄마에게 좋은 말을 해줄 거예요. 저를 이렇게 아프게 해도 꼭 좋은 말을 해줄 거예요. 하나님. 새엄마가 좋은 사람

이 될 수 있도록 많이 많이 도와주세요.'

다음 날 아침, 하수왕이 일어나기 전에 마귀선은 일찌감치 남매의 방에 들어가 웅크리고 자고 있던 예라를 흔들어 깨웠다.

"야, 일어나. 어서 일어나."

예라는 새엄마의 목소리에 거의 반사적으로 벌떡 일어났다. 아침에 본 예라의 얼굴은 형체를 알아보지 못할 정도였다. 얼굴 전체가 퉁퉁 부어 있었고 밤새 울었는지 눈은 눈동자가 보이지 않을 정도였다.

"야, 이거 바르자."

마귀선은 아무 말 없이 그녀의 손가락 자국이 선명하게 나 있는 예라의 얼굴에 안티프라민을 잔뜩 발라주었다.

"아빠 일어나기 전에 빨리 학교에 가. 그리고 이거 가져가. 그리고 너… 누가 때린 거냐고 물어보면… 동네 깡패한테 맞았다고 해."

마귀선은 예라에게 5,000원을 건네주었다. 예라는 새엄마가 어젯밤에 자기를 그토록 모질게 때렸지만 아침에 일어나 약을 발라주고 성금 5,000원까지 챙겨주는 것을 보니 약간은 마음을 놓을 수 있었다. 한동안은 또 다른 폭력에 시달리지 않겠다는 안도감 때문이었다.

'아, 하나님이 나의 기도를 들어주셨구나.'

예라는 보기만 해도 무서운 새엄마 앞이었지만 내심 기뻤다. 왜냐하면 아무리 서슬 퍼런 새엄마라 해도 사랑을 표시하고 칭찬의 말을 하니 이렇게 변화를 가져왔기 때문이다.

"엄마, 약 발라줘서 고마워요. 빨리 학교 갈게요."

예라는 새엄마가 시키는 대로 얼른 옷을 갈아입고 새벽부터 학교로 향했다.

학교에 가자 친구들과 담임선생님은 예라의 얼굴을 보자마자 난리가 났다. 모두들 예라의 퉁퉁 부어오른 얼굴을 보고 경악을 금치 못했다. 얼굴에 손가락 자국이 너무나도 선명한 것이 누가 봐도 한눈에 따귀를 흠씬 두들겨 맞은 것임을 알 수 있었다.

"예라야, 누가 너에게 이렇게 했니?"

선생님은 휘둥그레진 눈으로 예라의 얼굴을 보듬으며 물었다. 40대 중반의 담임선생님은 학생들에게 언제나 다정하게 대해 주었다.

"동네 깡패 언니들에게 맞았어요."

"깡패 언니?"

예라는 밝게 웃으며 대답했다. 자기 얼굴에 생긴 따귀 자국은 어젯밤 동네 슈퍼에 심부름을 가다가 골목길에서 불량 여중생들을 만나 돈을 안 뺏기려다 맞은 것이라고 둘러댔다.

"그럴 때는 얼른 돈을 주고 도망가야지. 왜 맞을 때까지 버티고 있었어, 바보처럼, 쯧쯧…."

담임선생님은 예라의 뺨을 만져주며 앞으로 밤길은 어른과 같이 다니거나 가급적 다니지 말라고 타일러 주었다. 하지만 담임선생님은 예라가 지금 거짓말을 하고 있음을 짐작했다. 아무리 불량 청소년이 초등학생의 돈을 뺏는다고 하더라도 저렇게까지 심하게 때린 적은 지금까지 한 번도 본 적이 없었기 때문이다. 이날 아침 등교할 때만 하더라도 반 친구들이 예라의 얼굴을 보고 너무나도 놀라며 왜 이렇게 됐는지에 대해 온갖 질문을 퍼부었다.

"이제부터 예라 얼굴에 대하여 물어보거나 쳐다보는 학생은 선생님한테 혼날 줄 알아."

예라가 난처한 상황이 된 것을 알고 담임선생님은 학생들에게 엄중히 경고했다. 그러고 나서 학생들은 더 이상 예라를 호기심 어린 눈으로 바라보지 않았다.

예라는 자신의 그런 모습이 친구들의 관심사에서 조금 멀어지자 그 제야 숨통이 트이는 것 같았다. 예라는 하교할 때까지도 얼굴이 벌게져 있었지만 그렇다고 가리고 다닐 수도 없는 노릇이었다. 오히려 예라는 평소보다 더 씩씩하고 발랄하게 반 아이들과 함께 집으로 돌아갔다.

"내가 집까지 같이 가줄까?"

다정하게 챙겨주는 단짝친구도 있었고,

"너 때린 놈 나한테 걸리면 다 죽었어. 옛날에 내가 중학생하고 싸워 서 이겼거든."

이렇게 예라에게 보디가드를 해주겠다는 남학생도 있었다.

예라는 이런 친구들이 있다는 것만으로도 집에서의 우울함을 벗어던 질 수 있었다. 만약 이런 학교 친구들마저 없었다면 예라는 그 누구한 테도 위로를 받지 못했을 것이다. 헤어진 엄마가 위로해줄까? 절대 그럴 수는 없을 것이다. 이미 친엄마는 예라와 초롱이로부터 멀어져 지금은 어디에서 뭘 하고 계시는지조차 모르고 있었다. 설령 안다손 치더라도 과연 마음 편하게 연락할 수 있었을까? 그 사실을 새엄마가 안다면 절 대로 가만히 놔두지 않을 것이다.

예라는 이런저런 생각을 하며 고개를 가로저었다. 미워도 지금 같이 사는 새엄마하고 잘 지내는 것이 자기와 동생에게 주어진 운명이라고 생각했다.

'아, 산다는 것이 이렇게 힘든 거구나.'

예라는 하늘을 올려다보며 나오려는 눈물을 꾹 참았다. 그리고 교문 을 나서려고 할 때 누군가 예라를 불러 세웠다.

"예라야."

마녀가 된 우리엄마

예라는 고개를 돌려보았다. 거기에는 웬 낯선 아주머니 한 분이 서 계셨다. 예라는 그 아줌마가 대체 누구인지 알 수가 없어 고개를 갸우뚱하며 자세히 바라보자 아줌마는 예라 가까이 다가왔다.

"예라야, 나 누군지 모르겠니? 나 엄마 친구 정희 아줌마잖아?"

아줌마의 말에 예라는 그제야 그분이 옛날 엄마 친구라는 것이 생각났다. 하지만 예라는 아줌마를 만난 반가움보다는 겁부터 덜컥 났다.

"안… 녕하세요."

예라는 웃음기 없는 얼굴로 인사를 했다. 그리고 주위를 두리번거렸다. 혹시 새엄마나 새엄마 아는 사람이 보고 있는 것이 아닌가 싶어 불안한 마음이 들었다. 정희 아줌마는 오랜만에 만난 예라를 보고 반갑게 웃다가 예라 뺨에 선명하게 나 있는 따귀 자국을 보더니 소스라치게 놀랐다.

"어머 어머! 이게 웬일이니?"

아줌마는 따귀 자국을 보더니 그것이 누구의 소행인지 짐작이 가고도 남았다. 그 따귀 자국은 예라가 그동안 얼마나 힘든 생활을 해 왔는지를 대변해주고 있었다. 순간 아줌마는 눈물을 흘리며 몸을 숙여 예라의 뺨을 두 손으로 감싸주었다.

"예라야. 엄마가 너 어떻게 지내나 한번 보고 오라고 해서 아줌마가 대신 학교에 온 거야. 너 그동안 고생 많았구나. 아이고 이 어린 것이…. 엄마 보고 싶지?"

아줌마는 눈물을 글썽거렸다. 하지만 예라는 냉담했다.

"저… 그런 사람 몰라요."

예라는 아줌마의 물음에 매몰차게 대답을 하고 그 자리를 쏜살같이 도망갔다. 예라의 뜻밖의 행동에 깜짝 놀란 아줌마는 예라를 붙잡지 못

하고 도망가는 예라의 뒷모습을 멍하니 바라보았다.

"쟤가… 정말 엄마를 잊은 거야? 아니야, 분명 무슨 일이 있는 게 틀림없어."

아줌마는 예라의 모습이 사라진 골목을 바라보며 중얼거렸다.

예라는 도망가는 내내 불안한 마음을 떨쳐버릴 수 없었다.

'내가 저 아줌마 만나고 있을 때 누가 본 건 아니겠지? 만약 누가 새엄마한테 이르면 난 끝장이야.'

예라는 온갖 불안한 마음이 밀려왔다. 게다가 예라가 절대로 비밀로 하고 누구에게도 말하지 않은 부모님 이혼 사실을 누군가 알고 있다는 그 자체가 너무나도 창피한 일이었다.

결국 예라에게 있어서 정말 잘 보여야 할 사람은 바로 새엄마였다. 그러니 부모가 이혼한 가정의 아이들이 새엄마로부터 온갖 학대를 받아도 새엄마의 말에 순종하는 것은 그 나이에 스스로 독립할 수 없기 때문에 자기의 인생에 가장 압도적이고 독재적인 영향력을 끼치는 새엄마의 말을 따르는 것이 가장 현명한 방법이라고 판단하기 때문이다. 이것이 바로 스톡홀름 현상이라는 것이다. 못된 부모가 아이들에게 가혹한 학대를 하더라도 단 한 번 따뜻한 말 한마디를 해주면 아이들은 그 백 번의 매질도 다 자기를 잘되게 하려는 사랑의 매로 받아들이고 그 부모를 따르게 된다는 현상이다.

예라는 자신의 과거사를 다 알고 있는 아줌마가 자기를 쫓아오기 전에 전력을 다하여 그곳을 벗어났다. 얼마나 빨리 뛰었던지 예라는 단숨에 군포아파트단지 입구에까지 이르렀다. 예라는 가쁜 숨을 내쉬며 주위를 둘러보았다. 혹시 그 아줌마가 쫓아오는 것이 아닌가 싶어 보고 또 봤다. 동네는 지나가는 고양이 한 마리 없이 조용하였고 다만 자동차 몇 대만 관심도 없는 동네를 빠른 속도로 지나치고 있었다.

예라는 안도의 한숨을 내쉬고 천천히 걷기 시작했다. 여기서부터는 새엄마의 영역이었기 때문에 차라리 이 영역에 들어와 있는 것이 한결 마음이 편했다. 예라가 아파트 입구에 들어서려 하자 택시 한 대가 빠른 속도로 미끄러져 다가오고 있었다. 예라는 물끄러미 택시를 바라보았다. 그런데 택시 안에는 새엄마가 타고 있는 것이 아닌가! 예라는 새엄마를 발견한 순간 겁이 더럭 났다.

'내가 아줌마와 만나는 것을 보고 쫓아오신 것 아니야?'

마귀선은 택시 뒷자리에서 차비를 치르고 내리려 할 때 밖에 있는 예라를 발견하고 그를 쳐다보았다. 예라는 잔뜩 겁먹은 얼굴로 새엄마를 바라보았다. 서로 바라만 보고 있는 묘한 분위기를 감지한 택시기사는 피식하고 쓴웃음을 지어 보였다.

'쾅.'

마귀선은 세차게 택시 문을 닫고 성큼성큼 현관으로 걸어왔다.

"엄마를 봤으면 뛰어와야지. 택시기사가 이상하게 쳐다보잖아!"

마귀선은 쌀쌀맞은 목소리로 예라를 꾸짖었다. 예라는 고개를 숙이고 아무 말 없이 새엄마를 따라 아파트 안으로 들어갔다.

그 시각 일찍 집에 돌아온 초롱이는 혼자 부엌에서 무엇인가 한다고 정신이 팔렸었다. 그것은 얼마 전 새엄마의 억센 손에 붙들려 머리카락을 다 태워가며 배웠던 가스 불 켜기였다.

'탁 탁 탁.'

초롱이는 몇 번 가스레인지 스위치를 돌려 보았으나 '쉬익' 하고 가스 나오는 소리만 났지 불이 켜지지 않았다. 그렇게 몇 번을 시도하다 결국 가스 불이 켜졌다.

"켰다!"

초롱이는 만면의 미소를 지으며 활활 타오르는 가스 불을 바라보고 성취감에 두 팔을 힘껏 치켜들었다. 그리고는 일회용 나무젓가락을 가져와 가스 불에 갔다 댔다. 그랬더니 나무젓가락 끝에 금세 불이 옮겨 붙었다. 초롱이는 불붙은 나무젓가락을 들어 올리고는 마치 그것이 칼인 양 이리저리 휘둘렀다.

"치, 새엄마 그때 이 가스 불로 나를 태우려 했잖아? 새엄마 나빠!"

초롱이는 중얼거리며 나무젓가락을 더 크고 힘차게 휘둘렀다.

"얏, 죽어라. 얏!"

초롱이는 새엄마를 생각하는 것인지 전쟁터를 상상하는 것인지 여하튼 불 칼을 들고 신나게 칼싸움을 하고 있었다. 그때 현관문이 활짝 열리면서 마귀선과 예라가 들어왔다. 초롱이는 새엄마를 보더니 화들짝 놀라서 손에 불붙은 나무젓가락을 든 채 그대로 얼어붙었다. 그 시간에는 분명 누나만 하교하고 돌아와야 하는데 느닷없이 새엄마가 집으로 돌아오니 초롱이는 놀라지 않을 수 없었다.

나름 새엄마가 돌아올 시간을 다 계산하고 장난을 친 것인데 전혀 예상치 못한 일이 벌어졌다. 게다가 불장난 현장에서 딱 걸렸으니 사태는 자못 심각했다. 누나 예라도 놀라긴 마찬가지였다.

"너 지금 뭐하는 거야? 불장난했어?"

마귀선은 아무도 없는 집에서 초롱이 혼자 가스 불을 켜고 불장난을 하고 있는 모습을 보고 입이 다물어지지 않았다. 한쪽 가스레인지에서는 가스 불이 활활 타오르고 있고 초롱이 손에는 불붙은 나무젓가락이 들려 있고 집안 전체에는 나무 타는 냄새로 가득했으니 마귀선을 화나게 할 모든 요소들을 초롱이가 종합세트로 만들어 놓은 셈이었다.

마귀선은 머리끝까지 화가 났다. 자칫 잘못했다가는 자신의 아파트가 초롱이의 불장난으로 홀라당 날릴 뻔한 것을 생각하니 온몸에 소름이 돋았다.

"너 정말 안 되겠구나."

마귀선은 핸드백을 집어 던지고 초롱이에게로 성큼성큼 다가갔다. 그리고는 가스 불을 끄고 밸브를 잠근 후, 초롱이 손에 있던 불 젓가락을 빼앗아 싱크대에 던지고 수돗물을 틀었다.

'치익.'

순간 불 젓가락 친구는 하얀 연기로 변신하여 초롱이만 남겨둔 채 유유히 사라졌다.

"야 새끼야! 이 집 다 태워 먹으려고 작정했어? 네놈이 오늘 제대로 맛 좀 봐야지 정신 차리겠구나."

"엄마, 잘못했어요. 다시는 안 그럴게요."

초롱이는 울상이 되어 두 손을 싹싹 빌었다. 하지만 이미 이성을 잃은 마귀선은 집안을 정신없이 돌아다니나가 현관에 놓인 등산 스틱을 들고 왔다.

"너 이 새끼, 이리 와 봐."

마귀선은 독사 같은 눈으로 등산 스틱을 높이 쳐들었다. 그때였다. 누군가 현관문을 열고 들어오는 것이었다. 하수왕이었다.

사실 이들 부부는 이날 일찍 집으로 와 같이 어디 가기로 약속이 되어있었다. 물론 그것은 마귀선의 뮤지컬 주역 발탁 문제 때문이었고, 하수왕은 마귀선의 강요에 못 이겨 이날 오전에 이미 아버지 집에 들렀다가 오는 길이었다. 하수왕은 마귀선이 등산 스틱을 쳐들고 초롱이를 내리치려는 장면을 목격하고는 깜짝 놀랐다.

그도 그럴 것이 마귀선이 비록 새엄마지만 그간 친엄마 못지않게 아이들에게 무척 자상하게 잘해준 것으로 알고 있었는데, 지금 눈앞에 펼쳐진 광경은 지금까지 자신이 알고 있던 마귀선과는 전혀 다른 모습이었기 때문이다.

"무슨 일이야? 왜 그래? 초롱이가 뭐 잘못했어?"

하수왕은 마귀선을 다그치다 말고 코를 킁킁거렸다. 집 안에서 나무 탄 냄새가 진하게 풍겼기 때문이다.

"이건 또 무슨 냄새야?"

하수왕이 마치 형사처럼 무뚝뚝한 어조로 캐물었다.

"당신의 귀하신 아드님께서 이 집을 홀라당 태워 먹을 뻔했어요."

마귀선은 빈정대며 말했다. 그리고 자기와 예라가 집으로 들어왔을 때의 그 위험천만한 상황을 낱낱이 고해바쳤다. 채 이야기가 끝나기도 전에 하수왕은 얼굴이 벌게져서 몹시 화난 눈으로 초롱이를 바라보았다.

"초롱이, 사실이야?"

아빠의 근엄한 목소리에 초롱이는 눈물을 뚝뚝 흘리며 고개를 끄덕였다.

"예라, 동생이 정말 그랬어?"

하수왕은 예라에게까지 재차 확인하였다. 그러자 예라 역시 눈물을 글썽이며 고개를 끄덕였다. 하수왕은 단단히 각오라도 한 듯 양복 상의를 벗어 던지고 와이셔츠 소매를 걷어 올렸다.

"내가 다른 것은 다 참아도 불장난만은 용서 못 한다. 불장난이 얼마나 무서운 것인 줄 알기나 해? 그거 이리 내!"

하수왕은 마귀선으로부터 등산 스틱을 빼앗아 초롱이를 때릴 태세였다.

"종아리 걷어. 어서!"

아빠의 불호령이 떨어지자 초롱이는 소리 내어 울기 시작했다.

"아빠, 잘못했어요. 용서해 주세요. 다시는 안 그럴게요!"

하수왕은 초롱이의 종아리를 내리치려 팔을 들어 올렸다.

"잠깐!"

그때 마귀선이 그의 손을 잡았다.

"아이들 때리지 마. 저 나이에 불장난할 수도 있는 거지. 그 까짓것 가지고 때리면 아이들 가슴에 지울 수 없는 상처만 남잖아."

"아니야. 다른 것은 몰라도 불장난은 따끔히 혼내줘야 해. 까딱 잘못했다가 이 집뿐만 아니라 옆집, 윗집까지 불나면 누구 신세 망치려고!"

하수왕이 흥분하여 스틱을 휘두르며 소리치자 마귀선은 이를 결사적으로 말렸고 결국 초롱이는 아빠의 따끔한 훈계만 듣고 누나와 같이 방으로 들어갔다.

하수왕은 여간해서 흥분이 가라앉지 않는지 소파에 앉아 계속 씩씩거리고 있었다. 그도 그럴 것이 하수왕은 지금까지 예라와 초롱이를 단한 번도 때려본 적이 없었기 때문이다. 물론 전처 김정아에게는 자주 손찌검을 하며 분풀이를 하였지만 그렇다고 아이들까지 때리지는 않았다. 하수왕은 기본적으로 아이들에게 무관심하고 무뚝뚝하긴 했으나 그렇다고 그들을 분풀이의 대상으로 삼지는 않았다. 그런데 오늘 하수왕이 몹시 화가 나 초롱이를 때리려 한 것은 아이가 불장난한 것도 원인이지만, 그를 더 화나가 만든 것은 그 집이 마귀선 소유라는 이유 때문이었다. 두 사람이 결혼하면서 하수왕이 가지고 온 것이라고는 달랑 아이 둘밖에 없는데 그 애들이 마귀선의 집을 태워 먹는다면 자신의 앞길이 더욱 꼬이게 될 것은 불을 보듯 뻔했다.

"오늘 아버님 댁에 간 일은 어떻게 됐어요?"

마귀선은 초롱이의 불장난 소동은 대충 일단락 짓고 아버님 댁에 간 일이 궁금하였다. 마귀선은 뮤지컬 주역 발탁 문제로 당장 2억 원이 시급한 시기였다. 그래서 그녀는 하수왕을 재촉하여 아버지를 찾아가게 한 것이다. 아버지, 새어머니와 싸움을 했든 어찌 됐든 이번에 다시 찾아가 어차피 상속해야 할 땅이라면 미리 일부를 상속해 주든지, 아니면 가평이나 제주도 땅을 담보로 은행에서 2억 원만 융자해 달라고 간절히 부탁해 보라는 것이었다. 결국 하수왕은 등 떠밀려 아버지에게 가서 마귀선이 시키는 대로 했으나 뜻밖의 소식을 듣고 허탈한 마음으로 집으로 돌아왔다.

"오늘 가서 이야기 들어봤더니… 아, 글쎄 결국 새엄마가 그사이 가평하고 제주도 땅 명의를 본인 명의로 홀라당 바꿔놨데. 참 네, 아버지는 바보같이 그 여자가 그걸 그렇게 하게 왜 가만 놔둔 거야?"

하수왕의 청천벽력 같은 소식에 마귀선은 눈앞이 캄캄해졌다.

"그럼… 이제 다 끝난 거네?"

"뭐… 일단은 그렇지."

"으악!"

마귀선은 미친 듯이 소리쳤다. 목소리가 갈라질 때까지 집이 떠나가라 악을 썼다. 그도 그럴 것이 그녀의 평생소원인 뮤지컬 주연배우가 되는 것이 이것으로 물거품이 되게 생겼으니 그 히스테릭한 여자가 발작을 하고도 모자랄 지경이었다.

이 소원을 이루기 위하여 지금까지 얼마나 많은 공을 들여왔는데, 남편이라는 작자가 아버지 하나 제대로 설득하지 못해 자신이 꿈을 여기서 포기해야 할 것을 생각하니 도저히 참을 수가 없었다.

사실 이날 마귀선은 하수왕이 아버지로부터 무슨 일이 있어도 확답을 얻어 올 것이라고 확신하고 있었다. 왜냐하면 두 내외는 그동안 자주 홍은동을 들락거리면서 성의도 보였고 설마하니 하나밖에 없는 아들인데 땅을 100% 상속하지는 않더라도 단 얼마라도 떼주거나 은행 대출 정도는 해줄 것이라고 기대하고 있었기 때문이다. 그래서 그런 확답을 받아오면 하수왕과 같이 바로 유앤컴퍼니를 찾아가 기획부장을 만나려 하였다. 하지만 하수왕이 가지고 온 절망뿐인 소식에 이젠 그럴 필요가 없게 되었다.

몇 번씩 악을 쓰며 히스테리를 부린 마귀선은 정신병원에 갇힌 미친 여자처럼 한참 동안 멍하니 거실 벽면만 바라보고 있었다. 하수왕도 아무 말 없이 마귀선의 눈치만 살펴보았다.

예라와 초롱이는 쥐죽은 듯 마루 한구석에 서 있었다.

"여보, 우리 애들 내보냅시다."

마귀선은 뜬금없이 그렇게 이야기하였다.

"뭐? 아이들은 갑자기 왜?"

"오늘 초롱이가 이 집 불낼 뻔했어. 이 집 내 집이야. 나 저런 애들하고는 더는 같이 못 살겠어. 당장 대야미 시골에 있는 허름한 집 하나 사서 아이들 그곳으로 이사시켜. 당장 그렇게 해요."

"그래도 그건 좀…."

"당장 그렇게 하라면 해!"

마귀선은 또다시 미친 듯이 소리쳤다. 하수왕은 하는 수 없이 그녀의 말에 동의했다. 그리고 마귀선은 더 이상 말을 꺼내지 않고 옷을 갈아입은 후 혼자 유앤컴퍼니 기획부장을 만나러 나갔다.

며칠 후, 마귀선은 시간을 지체하지 않고 군포시에서 조금 떨어진 대야미 시골에 집 한 채를 구입하였다. 그런데 어린아이 둘이 살기에는 터무니없이 큰 집이었다. 부동산에 급매로 나와 있던 단층짜리 단독주택인데 방 세 개, 부엌 그리고 큰 마루가 있는 상당히 큰 낡은 집이었다. 게다가 전기, 수도는 들어오지만 도시가스는 연결이 안 되어있었다. 그 집은 노부부가 사시다 부인이 죽는 바람에 그 아들이 아버지를 모시고 가면서 급하게 처리하려고 내놓은 집이었다. 그런데 그 집은 공교롭게도 예라와 초롱이가 다니던 교회 근처에 있었고 교회 근처에는 한국맹견훈련소도 있었다.

아이들을 내보내기 며칠 전 마귀선은 출근 직전 남매를 불렀다.

"너희들, 오늘 저녁에 잠깐 얘기 좀 하자."

마귀선은 이렇다저렇다 말도 없이 그렇게 한마디 던져놓고 현관문을 나가버렸다. 초롱이의 불장난 사건 이후 아빠와 새엄마의 움직임에 뭔가 불길함을 느끼고 있던 예라와 초롱이는 새엄마의 말에 직감적으로 가슴이 덜컥 내려앉았다.

"누나, 며칠 전에 아빠하고 엄마하고 이야기하는 것 들어 보니까 우리 어디로 보낼 건가 봐."

"어디로?"

"그건 나도 몰라. 고아원으로 보내는 것 아니야?"

"바보야, 우리는 아빠, 엄마가 살아 계신데 어떻게 고아원으로 가?"

"누나, 나 고아원 가기 싫어. 새엄마가 무서워도 여기에 있는 게 훨씬 좋아."

초롱이는 말을 잇다 말고 눈물을 찔끔 흘리자 예라가 동생의 어깨를 감싸 주었다.

저녁때가 되어 새엄마가 퇴근하기를 조마조마하게 기다리고 있던 두 남매는 마귀선이 집으로 돌아오자 그녀 앞에 나란히 섰다. 하수왕은 아직까지 집으로 돌아오지 않았고 마귀선은 지금까지와는 달리 쌀쌀맞고 무서운 인상은 어디론가 사라지고 예라와 초롱이를 매우 다정한 얼굴로 대하였다.

"너희들, 그동안 무럭무럭 잘 자랐구나."

마귀선은 매일 자신의 폭정과 폭력에 시달려 전혀 크지도 못한 아이들에게 무슨 말을 그렇게 태연스럽게 하는지 철면피가 따로 없었다. 예라와 초롱이는 새엄마가 무슨 말을 꺼내려고 저러는지 그저 가슴이 조마조마할 뿐이었다.

"다리 아플 텐데 서 있지 말고 저기 앉아라."

마귀선은 소파 한쪽을 가리키며 다정스럽게 말했다. 남매는 새엄마의 친절한 태도가 더욱 불안할 따름이었다.

"옛날 같으면 예라나 초롱이 나이면 시집, 장가갈 나이야. 알아? 다 컸네, 다 컸어. 이제 너희도 너희 스스로 살아갈 줄 알아야 해. 미국 같은 나라에서는 예라 너 나이면 식당이나 주차장에서 아르바이트하면서 자기 용돈은 자기가 벌어 써. 나처럼 착한 엄마가 너희더러 나가서 돈 벌어 오라는 소리는 안 해. 하지만 너희도 이젠 독립해서 살아야 할 것 같다 이 말이야. 그래서 아빠하고 엄마가 이미 너희들 공부 잘 할 수 있는 곳에 집을 하나 마련해 놨다. 며칠 후부터 너희들은 거기서 따로 살도록 해라. 아주 좋은 집이란다."

마귀선의 청천벽력 같은 소리에 두 남매는 얼굴이 파래졌다.

그곳이 이들이 예상했던 고아원은 아니었지만 이 어린 꼬마들이 둘이서 어떻게 살라고 독립하라는 것인가! 설령 새엄마 밑에서 구박을 받더라도 이 아파트에 같이 있는 것이 예라와 초롱이에게는 험악한 바깥세상으로부터 최소한의 울타리였다. 지옥 같은 거실에서 심한 구타를 당하더라도 자기 방으로 들어가 문을 닫고 서로 부둥켜안고 있으면 그 또한 그들만의 천국이 아닐 수 없었다. 예라는 어른도 없는 다른 집에서 자기와 초롱이 단둘이 살 것을 생각하니 또 다른 막연한 공포감이 엄습해 왔다. 마귀선의 이야기가 끝나기가 무섭게 예라가 울음을 터뜨렸다. 옆에 있던 초롱이는 누나의 울음을 기다렸다는 듯 같이 목 놓아 울었다.

"어머니! 저희가 잘못했어요. 제발 집에서 내쫓지만 마세요."

"어머니! 저도요."

예라가 소파에서 일어나 바닥에 무릎 꿇고 애원하자 초롱이도 누나를 따라 앉아 손이 발이 되도록 싹싹 빌기 시작했다.

"헐. 이것들은 불리면 어머니래. 야, 그 어머니 소리 듣기 싫으니까 고만 좀 해. 어쨌든 이 일은 엊그제 초롱이가 불장난해서 이렇게 된 거야. 그 집으로 이사해서 반성들하고 똑바로 살아!"

"네에? 불장난요? 제가 정말 잘못했어요. 다시는 안 그럴게요."

불장난이라는 말에 초롱이는 죄책감에 못 이겨 통곡을 했다. 한순간의 불장난으로 누나와 자기가 이런 날벼락을 맞아야 하는 것을 생각하니 그 어린 가슴이 찢어질 것만 같았다. 예라는 큰 소리로 울면서 새엄마의 다리에 매달렸다.

"엄마, 한 번만 용서해 주세요. 제가 다시는 초롱이 불장난하지 못하도록 야단 칠 테니까 한 번만 용서해 주세요."

예라는 있는 힘껏 마귀선의 다리를 부둥켜안았다.

"야, 이년아. 이거 안 놔? 이미 엎질러진 물이야. 교회 가지 말라고 했는데도 말 안 듣고 교회 가고, 가스 불 못 켠다고 켜는 법 가르쳐 줬더니 집이나 홀라당 태워 먹으려 하고, 그런 너희를 어느 부모가 좋다고 데리고 살겠니? 그리고 너희가 이사할 집 옆에 너희가 그렇게 좋아하는 교회랑 개 키우는 데 있으니까 너희들 그곳으로 이사 가서 개새끼를 만나든 소새끼를 만나든 니들 마음대로 하고 살아! 난 이제 상관 안 할 테니까."

마귀선은 끈질기게 매달리는 예라를 발로 걷어차고 방으로 들어갔다.

예라는 동생을 끌어안고 거실에 남아 하염없이 울었다.

'이제 우리는 어떻게 살아가야 하지? 우리 둘만 산다는 것은 사람이 많은 고아원에 들어가는 것보다 더 무서운 일인데… 하나님, 이제 우리는 어떡하면 좋아요?'

예라와 초롱이는 그렇게 울고불고 매달려 봐도 이미 결심을 굳힌 마귀선의 마음을 바꾸어 놓을 수는 없었다. 하수왕 역시 그녀의 마음을 돌려놓을 수 없었다. 하수왕이 마지막으로 아버지 집을 찾아가 부동산이 모두 새어머니 앞으로 명의이전되었다는 소식을 듣고 온 이후, 마귀선은 하수왕에 대한 태도가 180도 바뀌었고 자기 집에 얹혀사는 그를 마치 종 다루듯 하였다.

집에서 쫓겨나다

이사하는 날 예라와 초롱이는 아빠가 운전하는 차에 타고 먼저 대야 미로 갔고 마귀선은 집에 남아 이삿짐센터 일군들에게 옮겨 가야 할 남매들의 짐을 알려 주었다. 이삿짐을 정리하던 중 마귀선은 예라가 신줏단지 모시듯 매일같이 들고 다녔던 바구니를 발견하였다. 마귀선은 그것을 보자 호기심이 발동하였다.

"저 안에 무엇이 들어있기에 예라가 밤낮 저것만 들고 다닌 거야?"

마귀선은 중얼거리며 바구니를 들었다.

"대체 뭐야?"

마귀선은 바구니에 곱게 덮혀 있던 흰 천을 조심스레 들춰 보려 했다. 그때였다.

"말씀하신 것 다 실었는데 이제 더 없나요?"

이삿짐센터 일군이 그녀의 등 뒤에서 숨을 헐떡이며 물었다.

"없어요. 빨리 출발하세요."

마귀선은 힐끗 고개를 돌려 귀찮은 듯 대답했다. 그리고 다시 바구니의 흰 천을 천천히 들춰 그 안에 있는 것을 보고 깜짝 놀랐다.

"헐… 대체 이게 뭐야?"

마귀선은 인상을 찌푸렸다.

바구니 안에는 달팽이가 있었다. 정확히 말해 애완용 명주달팽이였다. 목사님이 처음 예라에게 바구니를 주셨을 때, 목사님은 예라와 초롱이가 동물을 무척 좋아한다는 것을 알고 예라에게 명주달팽이 네 마리를 선물로 준 것이다. 목사님은 이미 그때 김정아 집안에 부부간의 갈등이 극에 달한 것을 아시고 예라가 달팽이를 키우면서 그런 집안의 우울함을 잊고 위안을 주려 했다. 달팽이는 큰 것 2마리, 작은 것 2마리가 있었는데 예라는 그것을 헤어진 친엄마 그리고 아빠, 초롱이, 예라 자신이라고 생각하고 지극정성으로 돌보았다. 명주달팽이는 일반 달팽이보다는 훨씬 커 큰놈은 예라 주먹 반만 하였다. 그러니 식욕도 왕성하여 이들의 주식인 상추도 계속 공급해 주어야 했다.

"난 또 뭐 대단한 게 들어있었다고. 별 쓰레기 같은 걸 다 키우고 있어. 어쩐지 냉장고에 있던 그 많던 상추가 계속 없어진다 했더니 결국 이놈들 먹이로 줬군. 하여튼 쓰레기 같은 놈들은 쓰레기 같은 것만 갖고 논다니까."

마귀선은 바구니의 천을 다시 덮으려 하다가 그 속에 또 다른 물건이 하나 더 있는 것을 발견하였다. 그것은 다름 아닌 초롱이가 덤으로 넣어두었던 동그란 철제 사진케이스였다.

마귀선은 사진케이스를 열어보았다. 그 안에는 김정아와 두 남매가 어깨동무를 하고 환하게 웃고 있는 사진이 들어있었다.

"미친년."

마귀선은 사진케이스를 바구니 속에 쑤셔 넣고 그것을 베란다 화분 위에 팽개쳐 버렸다.

하수왕은 차에 아이들을 태우고 대야미로 달리고 있었다. 그는 아이들에게 한마디 했다.

"집에서 멀지 않으니까 무슨 일 있으면 연락해."

하지만 예라는 아무런 대답도 하지 않았다. 아빠의 말이 전혀 귀에 들어오지가 않았기 때문이다.

그때 예라는 마음속으로 굳은 결심을 하고 있었다. 새엄마로부터 집 나가라는 소리를 처음 들었을 때에는 하늘이 무너지는 것만 같았지만 그렇게 넋 놓고 있을 수만은 없었다. 어차피 내쫓겨서 단둘이 살아야 한다면 하루라도 빨리 마음을 잡아야 한다는 것을 깨달았다.

이사할 집이 점점 가까워지자 예라는 더욱 마음을 굳게 먹었다. 빨래하고, 밥하고, 청소하고, 동생 챙기는 것은 이미 새엄마 밑에서 해본 일이라 겁나지 않았다. 예라가 걱정하는 것은 낡은 집에서 어른 없이 달랑 남매 둘이서 산다는 것이 여전히 겁이 났다. 가난, 도둑 그리고 귀신 등 막연한 공포감이 아직도 예라의 굳은 의지를 뒤흔들고 있었다.

예라는 이사 가기 며칠 전서부터 이런 것들을 이겨내기 위해 열심히 기도하였다. 기도를 하다 보니 예라 마음속 어딘가에서 용기가 생기기 시작했다.

'나와 동생 단둘이 사는 것은 생각만큼 무섭지 않을 거야. 이제 더 이상 새엄마에게 맞지도 않고 눈치 볼 필요도 없잖아? 나는 잘 살 수 있어. 하나님 도와주세요. 그리고 이제 더 이상 새엄마를 위한 칭찬 기도 따위는 안 하겠어요. 그런 것은 이제 다 필요 없는 짓이에요.'

강하게 마음먹은 예라인지라 아무짝에도 힘을 못 쓰는 아빠의 말은 한낱 무의미한 바람 소리에 불과했다.

"생활비는 매달 마지막 날 엄마가 이곳으로 갖다 줄 거야."

"아빠가 주시면 안 돼요?"

"엄마가 예쁜 너희들 한 달에 한 번은 꼭 와서 봐야 한다고 하잖아."

예라는 혹시 새엄마가 생활비마저 떼어먹을까 봐 그렇게 이야기한 것인데 아빠는 딴소리만 하고 있었다.

하수왕은 아이들을 대야미 집에 남겨두고 이삿짐센터가 가지고 온 이삿짐이 채 정리가 끝나기도 전에 혼자 군포아파트로 돌아갔다. 큰 짐들은 이삿짐센터 아저씨들이 옮겨주었지만 소소한 정리는 예라와 초롱이 둘이서 해야 했다. 남매는 자신들의 책상, 옷, 이부자리, 부엌 식기류 등을 대충 정리하고 집안을 둘러보았다.

집안을 둘러본 예라는 고개를 갸우뚱했다. 방 3개, 부엌 그리고 마루가 있는 상당히 큰 집이었다. 물론 시골집이라 가격이 싸겠지만 자기와 동생 둘만 사는데 뭘 하러 그렇게 큰 집을 샀는지 예라는 도무지 이해를 할 수가 없었다.

예라는 이제 집을 관리하는 어른의 입장에서 집안을 꼼꼼히 살폈다. 전기와 수돗물은 들어오는데 별도의 난방시설이 없었다. 아무래도 한겨울에는 전기장판과 석유난로를 떼야 할 것 같았다. 그리고 취사용 가스는 LPG 프로판가스를 사용하고 있었다. 가스가 다 떨어지면 가스회사에 전화를 하여 가스통을 바꿔야 하는데 예라는 전화도 없는 집에서 그것을 어떻게 바꾸어야 할지 몰라 벌써부터 걱정이었다.

낡아 빠진 집이었지만 이사를 오니 그래도 좋은 점이 두 가지 있었다.

첫 번째, 그 집에 조그만 앞마당이 있다는 것이다. 거기서 남매가 같이 놀 수 있다는 것이 그나마 마음의 위안이 되었다.

그리고 두 번째, 교회와 한국맹견훈련소가 집에서 아주 가깝다는 것이다. 특히 천하와 무적이가 살고 있는 한국맹견훈련소는 남매의 집에서 불과 5분 거리에 있었다. 예라와 초롱이는 이러한 사실을 발견하고 마음의 큰 위로를 얻었다.

예라는 대충 이삿짐을 정리하고 집안을 천천히 둘러보다가 뭔가를 놓고 왔다는 생각이 들었다.

"참! 초롱아, 누나 바구니 안 가지고 왔다."

예라는 그제야 자신이 애지중지 여기던 바구니를 군포아파트에 놔두고 왔다는 사실을 깨달았다.

"에헤, 자알한다. 그럼 걔네들 다 죽잖아?"

초롱이는 어른처럼 누나를 나무랐다.

예라는 안 되겠다 싶어 당장 바구니를 가지러 새엄마 집으로 가야겠다고 마음먹었다. 사실 바구니는 예라에게 언제나 큰 힘을 주고 있었기 때문에 등교할 때만 빼놓고 단 한시도 떼어 놓을 수가 없었다.

"초롱아, 누나 금방 갔다 올 테니까 집에 가만히 있어."

"싫어. 나 무서워."

"그래? 그럼 같이 가자."

지금 막 이사 온 그 낡고 허름한 집에 어린 동생을 혼자 남겨놓고 간다는 것도 께름칙한 일이었다. 둘은 밖으로 나가 군포시를 향해 달리기 시작했다. 버스를 타고 다섯 정류장은 가야 도착하는 거리지만 마을버스도 자주 오지 않았고, 이제부터는 생활비를 한 푼이라도 아껴야 한다는 생각에 예라는 초롱이와 같이 뛰어가기로 했다.

"누나, 우리 바구니 챙겨서 돌아갈 때 천하와 무적이 보고 가면 안 될까?"

"좋은 생각이야."

초롱이의 제안에 예라는 흔쾌히 찬성했다.

둘은 그런 어려운 상황에서도 서로 의지하며 기분 좋은 일만 생각하기로 했다.

마귀선의 집 709호 앞에 선 예라는 바로 초인종을 누르지 못하고 잠시 머뭇거렸다. 이미 이삿짐을 다 보냈는데 또 뭘 찾겠다고 기어들어 왔냐고 윽박지르는 새엄마의 얼굴이 자꾸 머리에 떠올랐다. 하지만 반드시 찾아야 하는 바구니였기에 예라는 용기를 내어 초인종을 눌렀다.

'딩동.'

잠시 후 누군가 문을 열고 나왔다. 마귀선이었다. 마귀선은 양미간에 잔뜩 인상으로 쓰고 두 남매를 내려다보았다.

"엄마, 있잖아요. 제 바구니 아시죠? 그 바구니를 집에 놔두고 왔는데 그것 좀 가지고 가면 안 돼요?"

"바구니? 아까 내가 청소 다 했는데 그런 것 못 봤어. 가 봐."

"아니에요. 제가 확실히 기억하고 있어요. 아까 이사할 때 방에다 놔두고 왔어요."

예라는 확신에 찬 목소리로 말했다.

마귀선은 더욱 짜증 난 얼굴로 예라를 내려다보았다.

"이것이 엄마가 없다면 없는 줄 알지 끝까지 말대꾸야. 당장 네 집으로 꺼지지 못해?"

마귀선이 예라를 향하여 소리를 버럭 지르는 순간, 초롱이가 마치 키 작은 농구선수가 장신의 숲을 헤치고 적진을 돌파하듯 문틈 사이로 잽싸게 들어가며 소리쳤다.

"제가 찾아볼게요!"

그러더니 신발을 홀러덩 벗어 던지고는 방으로 뛰어들어갔다. 깜짝 놀란 마귀선은 뒤를 돌아보며 고래고래 소리를 질렀다.

"이 새끼, 너 지금 뭐하는 거야?"

그러나 잽싼 초롱이는 오늘 아침까지 누나와 같이 쓰던 방을 한 바퀴 휙 돌아보고 거실로 뛰어나와 이쪽저쪽을 두리번거리다 베란다 화분 위에 내팽개쳐져 있는 바구니를 발견했다.

"제가 찾았어요! 바로 저거예요. 저 잘 찾죠?"

초롱이는 탐험가가 대단한 무엇인가를 발견한 듯 큰 목소리로 외쳤다. 그 소리에 마귀선과 예라가 동시에 집안으로 뛰어들어갔다. 예라는 베란다에 아무렇게나 내팽개쳐져 뜨거운 햇볕을 잔뜩 받고 있는 바구니를 발견하고는 울상이 되었다.

"엄마, 저거 맞는데요."

예라가 베란다로 가려 하자 마귀선은 그대로 예라의 다리를 걸었다. 예라는 그 자리에 고꾸라지고 말았다. 같이 뛰어가려던 초롱이는 넘어진 누나를 바라보고 그 자리에 멈춰 섰다. 마귀선은 노기에 찬 얼굴로 초롱이에게 다가가서 발로 조그만 초롱이의 가슴을 그대로 걸어찼다.

'우당탕.'

초롱이는 육중한 볼링공에 맞은 볼링 핀처럼 세차게 나가떨어졌다.

"이 새끼야, 너 여기가 어디라고 생쥐처럼 함부로 휘젓고 다녀? 저 바구니가 누나 거라고? 저렇게 생긴 바구니가 한두 개냐? 저건 내 거야!"

마귀선은 쓰러져 있던 초롱이를 일으켜 세우더니 주먹으로 머리, 얼굴, 가슴 등 닥치는 대로 두들겨 팼다.

"어머니! 제 동생 때리지 마세요. 저희 그냥 갈 테니까요, 제발 때리지 마세요."

예라는 정신없이 맞고 있는 초롱이를 끌어안고 소리쳤다. 그래도 마귀선은 방금 전 초롱이의 무례한 행동에 화가 잔뜩 나 막무가내로 주먹

을 휘둘렀다. 마귀선은 동생을 몸으로 가리고 있던 예라에게도 주먹세
례를 날리면서 소리쳤다.

"너희 물건은 이제 이 집에 머리카락 한 올도 없다. 저런 바구니가 어
디 한두 개니? 저 안에는 너희들이 키웠던 더러운 달팽이 따위는 없단
말이야. 어서 썩 꺼져, 이 못된 것들! 다시는 내 눈앞에 나타나지 마. 잘
키워줘도 은혜도 모르는 배은망덕한 놈들!"

마귀선은 별것도 아닌 일로 크게 격분하여 초롱이를 흠씬 두들겨 팬
후 내쫓아 버렸다.

결국 예라와 초롱이는 바구니를 찾아오기는커녕 새엄마로부터 구타
만 당하고 대야미로 돌아올 수밖에 없었다. 마귀선이 얼마나 세차게 때
렸는지 초롱이의 얼굴, 가슴, 온몸에 시퍼런 멍이 들었고, 새엄마에게
발로 차였을 때 머리가 탁자 모서리에 부딪혀 피가 줄줄 흐르다 피딱지
가 되어 굳어 있었다.

대야미로 돌아온 예라는 집에 약이라고는 아무것도 없어 동생을 이
불에 누이고 약국으로 달려가 약을 사서 집으로 달려왔다. 집으로 돌
아왔더니 초롱이는 누워있지 않고 이불 위에 앉아서 마치 정신 나간 아
이처럼 누나를 보고 배시시 웃었다.

"초롱아?"

예라는 동생이 새엄마에게 너무 맞아 머리가 어떻게 된 것이 아닌가
하고 놀란 얼굴로 물었다.

"새엄마 진짜 나쁘다. 누나 기도하자. 내가 하나님한테 새엄마 진짜 혼
내달라고 기도할 거야. 나 조금 전에 꿈꿨는데 새엄마 죽는 꿈 꿨어. 그
래서 웃은 거야. 누나, 나 물 좀 줘."

예라는 얼른 부엌으로 가서 그릇에 수돗물을 담아 동생에게 갖다 주

었다. 초롱이는 그 많은 물을 벌컥벌컥 다 마시더니 소매로 입을 쓰윽 닦아냈다.

"아, 시원하다. 누나, 우리 빨리 기도하자, 어서."

예라는 방금 전까지만 해도 다 죽어가던 초롱이가 한숨 자고 일어나더니 아무렇지도 않은 듯 앉아 있는 것이 더 걱정스러웠다. 예라는 초롱이의 머리를 돌려 상처가 난 부위를 보았다. 피는 멎었지만 피딱지가 단단하게 굳어져 있었다. 그리고 초롱이의 뺨도 만져 보았다. 어린 녀석의 광대뼈 부위가 그 매서운 주먹에 맞아 파랗다 못해 검게 멍들어 있었다.

"초롱아, 누나 바구니 안 찾아도 되는데 왜 그랬어? 엄마한테 맞을 거 뻔히 알면서?"

예라가 안쓰러운 목소리로 물었다.

"바구니 찾는 것도 죄야? 씨이, 그거 누나 건데."

초롱이도 초롱이 나름대로 화가 잔뜩 나 있었다.

어쨌든 예라는 초롱이 얼굴과 온몸에 난 상처를 보고 마음속 깊은 곳으로부터 말로 표현할 수 없는 분노가 치밀었다. 초롱이 말처럼 바구니는 자기 것인데 말이다.

예라는 다음 날 아침 학교에 가서 담임선생님에게 이 모든 사실을 말씀드리기로 결심했다. 지난번 새엄마에게 심하게 구타를 당하고 학교에 갔을 때에도 담임선생님께는 깡패에게 맞았다고 거짓말을 했는데 그것도 사실대로 말씀드리고, 무엇보다도 지금 예라의 눈앞에서 일부러 아픔을 감추는 것인지, 정말 큰 충격으로 정신이 좀 이상이 생긴 것인지 동생 초롱이의 상태에 대해서도 담임선생님에게 낱낱이 말씀드리기로 결심하였다. 물론 그렇게 되면 어쩔 수 없이 아빠와 친엄마가 이혼한 사실도 담임선생님에게 말해야겠지만 그런 창피함을 무릅쓰고라도 꼭 이야기해야겠다고 마음먹었다.

예라는 초롱이가 그저 약을 먹고 푹 잤으면 좋겠는데 자꾸 기도하자고 조르는 통에 어쩔 수 없이 잠시 기도를 하고 자기로 했다. 둘은 이불 위에 앉아 서로 마주 보며 기도할 준비를 했다. 초롱이는 역시 예전에 심방 오신 목사님을 흉내 내어 양반다리를 하고 앉아 오뚝이처럼 엉덩이를 좌우로 흔들며 눈을 감았다. 예라는 조용히 기도를 시작했다.

"하나님, 오늘 저와 초롱이만 이 집으로 이사 왔습니다. 앞으로 우리를 꼭 지켜주세요. 우리가 이 집에서 살면서 무서워하지 않게 해주세요. 학교도 잘 다닐 수 있게 해주세요. 먹을 것이 떨어지지 않게 해주세요. 아빠와 새엄마가 마음이 바뀌어 우리를 다시 집으로 불러줬으면 좋겠어요. 새엄마가 우리를 때리는 것도 무섭지만 우리 둘만 여기에 있는 게 더 무서워요. 귀신 나오지 않게 해주세요. 그리고 초롱이는 잘 먹고 튼튼하고 공부 잘하게 하시고요. 아빠는 그렇게 되고 싶어 하는 사장이 되게 해주시고요. 새엄마는…"

예라는 말문이 딱 막혀 버렸다.

"죽게 해달라고 그래. 어서!"

예라가 머뭇거리자 가만히 듣고 있던 초롱이가 누나를 재촉했다. 예라는 깜짝 놀라 눈을 떴다.

"초롱아…"

그때였다. 어둠이 깔린 바깥에서 이상한 소리가 들렸다. 누군가 다 낡아빠진 나무 대문을 스윽스윽 긁어대는 소리가 들렸다.

"누, 누나, 저게 무슨 소리지?"

남매는 소스라치게 놀라 기도고 뭐고 다 때려치우고 얼른 이불 속으로 몸을 숨겼다. 그리고는 서로 꼭 끌어안았다. 그 이상한 소리는 점점 크게 들렸다. 마치 쇠갈고리로 나무 대문에 구멍이라도 낼 듯 미친 듯이 긁어대는 소리였다.

"누나, 귀신 아니야?"

"도둑 같은데?"

"도둑이면 경찰에 신고해야 하잖아?"

"우리 집에 전화가 없잖아."

예라와 초롱은 겁을 잔뜩 먹고 이불 속에서 벌벌 떨고 있었다. 이사 온 첫날부터 이 모양이니 예라는 동생을 데리고 앞으로 이 집에서 살아 갈 날이 막막하기만 하였다.

'멍멍. 웡웡.'

그때였다. 대문을 박박 긁어대는 소리 사이사이로 개 짖는 소리가 들렸다.

순간 초롱이는 이불을 박차고 일어났다.

"와, 저건 천하하고 무적이야!"

"그걸 네가 어떻게 알아?"

"분명하다니까. 나는 천하하고 무적이 소리만 들어도 알아. 나가봐 야지."

"초롱아, 나가지 마!"

누나의 만류에도 불구하고 초롱이는 번개처럼 밖으로 나갔다. 예라 또 한 가만히 있을 수 없어 동생을 따라 마루로 나왔다. 초롱이는 마루 창문 을 열고 대문을 향해 꼬마답지 않은 제법 우렁찬 목소리로 소리쳤다.

"천하야! 무적아!"

그러자 대문 밖에서 화답이라도 하듯 개 짖는 소리가 동네가 떠나갈

마녀가 된 **우리엄마**

듯 우렁차게 들렸다.

'웡웡.'

그 소리에 남매는 신이 나서 신발로 제대로 신지 않고 마당으로 뛰어나와 대문을 열어주었다. 그랬더니 대문 앞에는 정말로 천하와 무적이가 꼬리를 신나게 흔들며 그 큰 덩치로 남매에게 비비며 애교를 부리고 난리가 났다.

천하와 무적이는 주인의 허락도 안 받고 냅다 마당으로 뛰어들어오더니 신이 나서 이리저리 팔짝팔짝 뛰어다녔다. 그러더니 예라와 초롱이에게 달려들어 그들의 얼굴을 혀로 핥으며 장난을 치기 시작했다.

"으하하, 하지 마. 간지러워."

초롱이가 이리저리 피하면서 소리쳤다.

그때였다.

"천하야! 무적아!"

대문 밖 저쪽에서 누군가 천하, 무적이를 애타게 찾는 소리가 들렸다. 다름 아닌 한국맹견훈련소의 견의리 소장이었다. 예라는 아저씨의 목소리를 알아차리고 기쁜 마음으로 대문 밖으로 나가 아저씨를 불렀다.

"아저씨, 여기에요, 여기!"

멀리서 예라 목소리를 들은 견의리는 예라의 집으로 헐레벌떡 달려왔다.

"어? 너희들… 대체 어떻게 된 거니? 너희가 어떻게 여기에 있어?"

견의리는 휘둥그레진 눈으로 남매를 번갈아 보며 물었다. 예라는 항상 견의리 아저씨에 대한 고마운 마음을 간직하고 있었고 게다가 천하와 무적이를 키우고 계신 분이라 더욱 좋아했다. 이미 아저씨는 두 남매의 어려운 사정을 많이 알고 있는 터라 예라는 아저씨에게는 왜 자기들이 이곳에 오게 됐는지에 대하여는 솔직히 말씀드려도 괜찮겠다고 생각했다.

"아저씨, 저희가 여기로 이사 온 건요… 다 이유가 있어요."

예라는 용기를 내어 그간의 집안 사정을 솔직히 털어놓았다.

예라의 이야기를 듣고 난 견의리는 눈물을 글썽거리며 두 아이를 꼭 끌어안았다.

"너희들이 무슨 잘못이라고 어린 나이에 이 고생이니… 쯧쯧."

견의리는 남매에게 잠시 천하와 무적이와 같이 놀도록 하고 어디론가 나갔다. 그는 가까운 마트에 들려 아이들이 끼니를 거르지 않도록 라면과 짜파게티를 한 박스씩 사 가지고 왔다.

"너희들 이제부터 하교하는 길에 천하와 무적이 보고 싶으면 언제든지 들러라. 그리고 아저씨도 가끔씩 이놈들 데리고 산책을 나오면 꼭 너희 집에 들를게. 그러니 절대로 둘이 산다고 무서워하기 없다, 알았지?"

견의리는 힘겹게 사는 남매에게 용기를 불어넣어 주었다. 새엄마에게 쫓겨난 예라는 다 쓰러져가는 집에서 동생과 단둘이서 살아가야 할 일이 암담하기만 했는데 이렇게 이사 첫날부터 천하, 무적이를 만나게 된 것은 분명 하나님이 이들을 지켜주셨기 때문이라고 생각했다. 게다가 따뜻한 마음씨를 지닌 견의리 아저씨의 말 한마디가 얼어붙은 예라의 마음을 봄눈 녹듯 녹여주어 그나마 한 줄기 희망의 빛이 이들 남매에게로 다가온 것이었다.

다음 날 학교에 등교한 예라는 담임선생님에게 모든 집안 사정과 자기와 동생이 새엄마로부터 지금까지 수많은 폭력과 폭언에 시달려 왔다는 사실을 말씀드리려고 단단히 마음먹었다. 그러나 막상 선생님에게 말하려고 하니 도저히 용기가 나질 않았다. 하지만 초롱이에게는 하교하는 4교시가 끝나고 누나를 찾아오라고 했으니 어떻게 해야 할지 고민에 쌓였다. 예라는 오전 수업 내내 선생님의 말씀은 귀에 하나도 들어오질 않았다.

'딩동댕.'

벌써 4교시를 마치는 차임벨 소리가 들렸다.

모두들 점심을 먹으려고 준비할 때 초롱이가 누나 교실 앞문에서 손을 흔들며 나타났다.

"누나!"

누나를 찾는 초롱이의 목소리는 언제나 밝았다.

그 어려운 환경 속에서도 오직 누나 하나만을 믿고 밝게 자라는 초롱이를 생각하면 예라는 눈물이 쏟아질 것만 같았다. 초롱이의 큰 목소리에 반 친구들이 모두 초롱이를 바라보았다. 반 친구들은 초롱이를 예전부터 많이 봐왔기 때문에 그 아이가 예라의 동생이라는 것을 대번에 알아봤지만, 초롱이의 얼굴을 보고 모두들 놀라 눈을 동그랗게 떴다. 마귀선이 주먹세례를 퍼부어 초롱이 얼굴에는 이쪽저쪽 푸른 멍 자국들이 점박이 강아지처럼 박혀 있었기 때문이다.

"예라야, 네 동생 왜 저래?"

친구들은 모두들 의아하게 생각하여 저마다 한마디씩 물어보았다. 그런데 반 친구 중 한 명이 불쑥 이런 말을 했다.

"혹시 너희 집에서 아동학대 있는 거 아니야, 이거?"

그 한마디에 모두들 수군거림을 멈추더니 갑자기 교실 분위기가 싸늘해졌다. 그 소리를 듣자 예라는 자리에서 벌떡 일어났다.

"아니거든. 우리 집에 그런 것 없단 말이야!"

예라는 신경질적으로 쏘아대고 얼른 초롱이에게로 갔다.

"초롱아, 가자."

예라는 초롱이의 손을 낚아채고 교무실로 향했다. 예라는 4교시가 끝나기 전까지만 해도 초롱이를 먼저 집에 보내고 선생님에게 말씀드리는 것을 좀 더 두고 보려고 생각하였는데 방금 반 친구의 '아동학대'라는 말을 듣는 순간 예라는 자기도 모르게 마음속에 숨어 있던 억울함이 솟구쳐 오르면서 지금까지 있었던 모든 사실을 당장 담임선생님에게 고해바쳐야겠다고 마음먹었다.

예라는 초롱이의 손을 잡고 두근거리는 마음으로 조심스럽게 교무실 문을 열고 들어가 계인숙 담임선생님을 찾았다. 선생님들은 마침 점심 시간이라 삼삼오오 식당으로 빠져나가고 있었다. 예라는 고개를 기웃거리며 담임선생님 자리를 살펴보았으나 선생님은 자리에 안 계셨다. 예라는 하는 수 없이 교실로 돌아가려고 하다가 식당으로 가시는 선생님들을 바라보다 거기에 담임선생님이 계신 것을 발견하였다.

"선생님!"

예라는 초롱이의 손을 잡고 선생님에게로 달려갔다. 식당으로 가려던 선생님들은 예라의 '선생님'이라는 소리에 일제히 뒤를 돌아다보셨다. 담임선생님은 예라를 발견하고는 남매에게로 다가갔다. 온화한 미소로 다가오던 담임선생님은 초롱이의 얼굴의 멍 자국을 발견하는 순간 입을 다물지 못했다.

"세상에! 동생 얼굴이 왜 그래? 대체 무슨 일이니?"

담임선생님은 초롱이의 손을 붙들고 교무실로 갔다. 선생님은 온통 시퍼렇게 멍든 초롱이의 얼굴을 이쪽저쪽 만져 보셨다.

"아야."

통증을 느낀 초롱이는 닭똥 같은 눈물을 찔끔 흘리며 아픔을 호소했다.

"내가 오늘 1학년 선생님으로부터 한 학생이 밖에서 얻어맞고 학교로 왔다는 이야기를 들었는데 그게 예라 네 동생일 줄이야 꿈에도 몰랐다. 지난번에는 네가 동네 깡패들에게 맞고 오더니 오늘은 네 동생이 이렇게 되고 대체 무슨 일이 있었던 거니?"

담임선생님은 혀를 차며 남매를 바라보았다.

"선생님… 사실은요…."

예라는 새엄마 마귀선이 지금까지 자기들에게 해왔던 모든 구타와 가혹행위들을 담임선생님에게 말씀드려야 하는데 어디서부터 이야기를 꺼내야 할지 막막했다. 담임선생님은 점심 먹는 것도 포기한 채 대체 이 어린 남매에게 지금까지 무슨 일이 있었던 것인지 오늘은 반드시 그 이유를 알아내야겠다고 마음먹었다.

"예라야, 걱정하지 말고 차근차근 이야기해 봐라. 선생님은 항상 네 편이니까 마음 편하게 이야기해 봐. 자, 둘 다 이리 와서 앉아라."

선생님은 남매를 의자에 앉힌 후 예라로부터 이야기를 듣기 시작했다.

예라는 비밀스러운 집안 사정을 남에게 이야기한다는 것이 무척 창피하였지만 그래도 상담을 하시는 분이 다른 사람도 아닌 담임선생님이시고 게다가 오늘 이야기하지 않으면 앞으로 선생님에게 영영 자신들이 처한 참담한 상황을 알려 드릴 기회를 놓칠 것 같아 모든 사실을 낱낱이 말씀드렸다.

부모님이 이혼한 사실, 새엄마에 집에 얹혀살면서 매일같이 구박받고 죽도록 구타를 당했던 사실, 최근에는 두 남매만 따로 낡은 단독주택에서 살고 있다는 사실을 하나도 빠짐없이 상세히 말씀드렸다.

선생님은 예라의 이야기를 들으면서 흐르는 눈물을 주체할 수가 없었다. 예라의 이야기가 다 끝나자 선생님은 너무나도 눈물을 많이 흘려 손수건이 축축해질 정도였다.

"불쌍한 것들. 난 이제껏 그런 것도 모르고… 아버지는 대체 뭐하는 분이시기에 아이들을 이 지경까지 방치해뒀단 말이야."

선생님은 눈물을 훔치면서도 밀려오는 분노를 참을 수가 없었다. 그리고는 얼른 컴퓨터에서 인터넷 검색을 시작하셨다.

"안 되겠다. 내가 너희 남매에게 일어났던 일들을 경찰에 알려야겠다. 어떻게 새엄마라는 작자는 인간의 탈을 쓰고 이 어린 것들에게 그런 극악한 행동을 할 수 있는 거지?"

담임선생님은 흥분한 마음에 또 눈물이 왈칵 쏟아지려 했다.

그녀는 인터넷에서 '경기도아동학대예방센터' 연락처를 검색해 곧바로 담당자와 통화하였다. 담임선생님은 마치 자기 자식의 일처럼 적극적으로 나서서 예라에게 들은 이야기를 아동학대예방센터에 그대로 알려주었다. 이야기를 듣고 난 센터 측에서는 자세한 상황 파악이 필요하기 때문에 경찰관이 입회하여 피해자와 가해자와의 현장조사와 면담을 진행해야 한다고 했다. 담임선생님은 경찰이 집을 찾아와 새엄마와 남매를 대상으로 조사를 한다는 것이 꺼림칙하였으나 이 방법이 아니고는 두 남매가 일방적으로 폭력에 내몰려 있는 상황을 타파할 수 없을 것 같아 어쨌든 그렇게 해달라고 했다.

"네, 그럼 그렇게 하시죠."

담임선생님의 신고로 군포경찰서 담당 경관이 정해진 날짜에 마귀선 집을 방문하여 마귀선의 집안을 살펴보고 마귀선, 하수왕, 예라, 초롱이와 각각 면담을 진행하기로 했다.

군포경찰서로부터 느닷없는 방문 통보에 마귀선은 가슴이 철렁 내려앉았다. 잘못했다가는 지금까지 자기가 아이들에게 퍼부었던 악의 향연이 백일하에 낱낱이 드러나게 되고 그랬다가는 '아동학대죄'로 즉시 구속될 것이 불을 보듯 뻔했기 때문이었다.

마귀선은 뮤지컬 주역을 따내기 위해 인생의 모든 것을 걸고 있는 이 판국에 생각지도 않을 일로 큰일을 망칠 수는 없다고 생각하고 이제부터 치밀한 작전을 짜야겠다고 마음을 먹었다.

담당 경관이 집을 방문하기로 한 당일 아침, 마귀선은 발 빠르게 남매가 살고 있는 대야미 집을 먼저 찾았다. 이날은 토요일인지라 남매는 모두 집에 있었다. 남매의 집에는 TV도 없어서 재미난 만화영화 따위는 볼 엄두도 못 내고 다만 먼젓번 집에서 가지고 온 컴퓨터로 초롱이는 게임에 열중하고 있었다. 누나 예라는 일주일 동안 밀린 빨래를 모아 빨래를 하고 집 안 청소를 하고 있었다.

그때 마당에서 삐거덕하고 낡은 대문 열리는 소리가 들렸다.

"어? 천하랑 무적인가 본데?"

게임을 하던 초롱이는 고개를 휙 둘려 대문 쪽을 바라보며 말했다. 초롱이는 견의리 아저씨가 천하와 무적이를 데리고 온 것이라 생각하고 부리나케 마당으로 뛰어갔다.

"천하와 무적이 어서 와!"

초롱이는 마당을 향하여 소리치며 달려왔다. 청소를 하고 있던 예라 역시 천하와 무적이가 온 줄 알고 초롱이를 따라 나왔다. 그러나 마당 한가운데에는 듣기만 해도 오금이 저리는 새엄마가 떡하니 서 있었다.

"어… 머니."

예라는 너무 놀라 엄마라는 말도 나오지가 않았다. 초롱이는 달려오다 말고 북극 찬바람이라도 맞은 듯 그 자리에서 얼음 동상이 되어 꼼짝 않고 굳어 버렸다. 마귀선은 남매를 이런 시골집으로 보내놓고 한 달이 넘도록 찾아온 적이 없었다. 예라의 등에서 식은땀이 주르르 흘러내렸다.

'엄마 오셨어요.'라는 인사말이라도 해야 하는데 그녀의 얼굴을 보자 무서워서 도무지 말이 나오지가 않았다. 그도 그럴 것이 며칠 전 담임선생님을 통해 마귀선이 지금까지 남매에게 행한 일들을 '경기도아동학대예방센터'에 모두 고발하였고 이로 인해 이날 오후 2시에 경찰이 마귀선 집으로 찾아오기로 되어있는 터라 예라는 가슴이 조마조마했다. 혹시 새엄마가 자기들이 고발한 것에 대하여 지금 보복을 하러 온 것이 아닌가란 생각에 눈앞이 캄캄해졌다. 옆에 있던 초롱이 역시 새엄마를 보자 다리가 후들거릴 정도로 떨고 있었다.

"너희들, 잠깐 나 좀 보자. 이리 따라 들어와."

마귀선은 험상궂은 얼굴로 다짜고짜 방으로 들어갔다.

예라는 손에 들고 있던 걸레를 마루 한구석에 내려놓고 초롱이의 손을 잡고 새엄마를 따라 방으로 들어갔다. 마귀선은 방으로 들어가자 얼른 문을 걸어 잠갔다.

"이년이!"

그녀는 손을 높이 쳐들고 예라를 내리치려 했다. 예라는 반사적으로 두 손으로 머리를 가리며 몸을 숙였다. 하지만 마귀선은 여느 때와 다르게 예라를 때리지 않았다. 만약 예라의 얼굴에 따귀를 때려 손자국이라도 생긴다면 오후에 찾아올 경관에게 결정적인 증거를 남겨주는 꼴이 되기 때문이었다.

"어휴, 이 년을 그냥!"

마귀선은 터질 듯한 분노를 속으로 삭이느라 눈에 핏발이 섰다. .

"너희들 이제부터 내가 하는 말 잘 들어. 오늘 오후에 군포아파트에 경찰이 와서 너에게 엄마가 때린 적 있냐고 물어볼 거야. 그럼 너희는 엄마가 단 한 번도 때린 적 없다고 그렇게 말해야 돼. 그리고 초롱이 얼굴에 멍든 자국은 동네 깡패에게 맞아서 그렇게 됐다고 말해. 알아들었어? 만약 그렇게 안 하면 내가 너희들 이 식칼로 찔러 죽일 거야. 너희들 시체는 너희들 좋아하는 개새끼들 먹이로 줄 테니까 그렇게 알아. 내 말 무슨 말인지 알아듣겠어?"

마귀선은 핸드백 속에 숨겨온 식칼을 남매에게 디밀었다. 마귀선은 마치 지금까지 그녀의 몸속에 숨어 있었던 악마가 드디어 그 모습을 드러낸 것처럼 세상에서 가장 무서운 얼굴을 하고 남매에게 협박하였다. 새엄마의 으름장에 두 남매는 너무 무서워 덜덜 떨기만 하고 대답을 할 수가 없을 지경이었다.

"이것들이 대답 안 하지?"

"…네."

"…네, 알았습니다."

예라와 초롱이는 들릴 듯 말 듯 잔뜩 겁먹은 목소리로 대답하였다.

마귀선은 아이들의 다짐을 받고 다시 집으로 돌아갔다. 새엄마가 집을 나가자 예라는 그제야 맥없이 방바닥에 주저앉고 눈물을 주르륵 흘렸다. 그리고는 담임선생님에게 새엄마에 대해 이야기한 것을 후회하였다.

"괜히 말했어."

예라는 그렇게 앉아 한참을 흐느꼈다. 그러다가 예라는 자기와 동생이 그렇게 죽임을 당해 개 먹이가 될 수는 없다고 생각하고 미우나 고우나 새엄마가 시키는 대로 해야겠다고 생각했다.

이날 오후 마귀선 아파트에 하수왕, 마귀선, 예라, 초롱이 그리고 군포경찰서에서 담당 경찰이 찾아와 현장조사를 실시하였고 하수왕 가족에게 돌아가며 몇 가지 질문을 하였다.

담당 경찰은 토요일 오후인데도 현장까지 나와 이런 조사를 한다는 것이 매우 귀찮은 표정이었다. 토요일이 아니면 직장에 나가는 마귀선, 하수왕과 같이 현장조사를 할 수 없기 때문에 날짜를 이날로 잡은 것이다. 그는 뭔가를 잔뜩 기록한 수첩을 펼치고는 해당 페이지를 볼펜으로 탁탁 치면서 입맛을 다셨다.

"뭐 제가 이야기 쭉 들어 보니까 결론은 났네요. 어머님께서 아이들을 때린 정황은 없는 것 같고요, 신고 당사자인 예라와 초롱이도 어머님에게 맞은 적은 단 한 번도 없다고 본인들이 말했어요. 특히 초롱이 얼굴에 난 상처는 인근 불량 청소년들에게 맞은 것이라고 본인이 진술했습니다. 맞죠? 단지 따님 예라가 사춘기가 좀 빨리 찾아와 엄마한테 대들다가 이렇게 엉뚱한 신고를 하게 되었다. 이렇게 된 거죠, 맞죠?"

"네, 맞고말고요. 여부가 있겠어요. 모두 맞습니다."

마귀선은 행여 경찰이 마음이 바뀔까 봐 채 말이 끝나기도 전에 얼른 동의했다.

"네. 그럼 뭐… 더 이상 조사하고 말고 할 것도 없네요, 뭐."

경찰관은 수첩을 주머니에 넣으며 말했다.

"이렇게 잘 보고할 테니 걱정하지 마시고… 에헴, 그런데 거 뭐 시원한 것 있으면… 이거 너무 열심히 조사했더니 목이 타서 이거 원."

경찰관은 쌀쌀한 겨울인데 뭐가 그리 더운지 손부채질까지 해가며 딴청을 피웠다. 그러자 마귀선은 그것이 무슨 뜻인지 금방 눈치챘다. 그녀는 만면의 미소를 지으며 핸드백에서 무언가를 꺼내 들었다. 두툼한 봉투였다.

"쉬는 날인데도 이렇게 헛걸음치게 해서 죄송해요. 이거 변변치 않지만 집에 가시는 길에 시원한 맥주라도 한잔…."

마귀선은 봉투를 반강제적으로 경관의 손에 쥐여 주었다. 그러자 경관은 정색을 하고 뒤로 빼더니 그녀의 강압에 못 이기는 척 봉투를 바지 주머니로 얼른 쑤셔 넣었다.

"자, 그럼 염려들 마시고 화목한 가정 이루십시오. 요즘 애들이 워낙 사춘기가 빨리 와서 부모한테 대드는 것이 다반사예요. 이것이야말로 정말 큰 사회문제라니까요. 이놈들아, 엄마 말씀 잘 들어야 해! 알았지?"

경찰관은 장난기 섞인 목소리로 남매에게 호통을 치고 가벼운 발걸음으로 아파트를 나갔다.

결국 이날 경관은 수박 겉핥기식 조사로 예라와 초롱이가 새엄마로부터 그간 심한 구타와 폭행 속에서 살아왔다는 사실에 대해 단 하나의 단서도 찾지 못하고 헛걸음을 치고 돌아갔다.

마귀선은 경찰관이 돌아가자 안도의 한숨을 내쉬었다. 반면 예라는 비록 담임선생님의 의도대로 새엄마가 남매를 때린 정황은 찾아내지 못했지만 그래도 이번 일을 개기로 새엄마가 자신의 잘못을 조금이라도 깨달아 자기들을 더 이상 때리지 않기를 마음속으로 간절히 바라고 있었다.

또한 하수왕은 경찰관이 왜 자기 집에 왔다 갔는지 아직도 이해가 안 간다는 얼굴이었다. 다만 하수왕은 예라가 어린 동생과 단둘이 사는 것이 무서워 다시 아파트로 들어오고 싶어 담임선생님을 통하여 그런 일을 꾸민 것이라고 생각했다. 하지만 이 아파트는 마귀선의 아파트이고 얼마 전에 초롱이가 불을 낼 뻔한 사건이 있었기 때문에 마귀선에게 함부로 아이들을 다시 데리고 들어오자고 말도 못 꺼낼 형편이었다.

경찰이 마귀선 아파트를 방문하는 사건이 있고 난 이후 한동안 예라와 초롱이는 편안한 시간을 보낼 수 있었다. 물론 집은 군포아파트와는 비교도 안 될 만큼 낡은 시골집이었지만 마귀선의 폭정에서 벗어날 수 있게 되어 마음만은 편했다. 마귀선도 경찰이 무섭긴 무서웠던 모양이다.

하지만 문제는 월말이 지나고 나서였다. 마귀선은 매월 말, 남매가 살아갈 수 있도록 생활비를 갖다 준다고 해놓고 월말이 지났는데도 아이들 집에 그림자조차 비추지 않았다. 그즈음 남매의 집에는 먹을 것이라곤 눈을 씻고 찾아봐도 없었다.

예라는 쌀 봉투를 흔들어 보았다. 쌀 봉투 속에 몇 알 안 되는 쌀 알갱이들의 요란한 소리를 내며 예라의 마음을 더욱 불안하게 만들었다. 지난번 견의리 아저씨가 선물로 준 라면과 짜파게티는 거의 끼니마다 주식처럼 끓여 먹어 이미 동난 지 오래였다.

"누나, 나 내일 학교에 미술준비물 사가지고 가야 하는데 돈 있어?"

초롱이의 말에 예라는 대답도 못 하고 마음만 무거워졌다. 예라는 새엄마가 무섭더라도 군포아파트를 찾아가야겠다고 마음먹었다.

지금 예라의 수중에는 달랑 3,500원밖에 없었는데 이것 가지고는 동생 준비물은 고사하고 당장 라면 몇 개도 못 살 형편이었다. 예라는 저녁이 다 되어 동생 손을 잡고 새엄마 집을 찾아 나섰다. 더 늦게 가면 밤길이 무서운 데다 늦게 왔다고 새엄마로부터 매질을 당할 것이 뻔하기 때문에 예라는 초롱이와 같이 군포아파트를 향하여 그 먼 길을 걸어갔다.

새엄마 집에 도착하자 꽤 어두운 밤이 되었다. 709호 문 앞에서 예라와 초롱이는 굳게 닫힌 철문을 올려다보았다. 예라는 용기를 내어 벨을 눌렀다. 그리고 잠시 기다렸는데 아무런 인기척이 없었다. 다시 한 번 눌러 보았다. 그래도 반응이 없었다.

"아무도 안 계시나?"

예라는 점점 불안해지기 시작했다. 내일 동생 준비물도 사야 하고 쌀과 라면도 사야 하는데 이러다가 마트 문이라도 닫으면 낭패였다. 예라는 안 되겠다 싶어 벨을 여러 번 눌러댔다. 그러자 대문이 활짝 열리면서 누군가 튀어나왔다. 마귀선이었다.

"야 이년아, 한 번만 누르면 됐지 왜 여러 번 눌러?"

마귀선은 술 냄새를 풍기며 신경질적으로 내뱉었다. 마귀선은 예라가 자기를 경찰에 신고한 이후 더욱더 예라와 초롱이를 꼴 보기 싫어했다.

"안녕하세요."

남매는 고개를 숙여 새엄마에게 깍듯하게 인사를 했다.

"개뿔, 인사는. 무슨 일이야? 혹시 돈 달라고 온 건 아니겠지? 나 돈 없다. 네 아빠가 돈을 한 푼도 안 가지고 오는데 너희들 줄 돈이 어디 있니?"

"어허! 또 누군데 내 타령이야?"

그러자 집 안에서 하수왕의 투덜거리는 소리가 들렸다. 둘은 같이 앉아 와인 한잔하고 있던 참이었다.

"엄마, 생활비가 떨어졌어요. 엄마가 매달 말에 생활비를 갖다 주신다고 했는데 안 오셔서 이렇게 찾아왔어요. 초롱이는 내일 학교에 준비물도 가지고 가야 하는데 지금 저한테 3,500원밖에 없어요."

예라는 용기를 내어 주머니에서 돈을 꺼내 보여주었다. 그러자 마귀선은 벌게진 눈으로 그 돈을 내려다보더니 예라의 손을 세차게 후려쳤다. 그러자 1,000원짜리 지폐는 분위기로 모른 채 색종이처럼 허공에서 팔랑팔랑 춤을 췄고, 500원짜리 동전은 짤랑짤랑 소리를 내며 비상계단을 뛰어 내려갔다.

"야, 이 미친년아, 네년이 날 경찰에 신고해 놓고 무슨 낯짝으로 돈을 받으러 와? 네년이 길거리에 나가 구걸을 하든지 몸을 팔든지 네 돈은 네가 벌어서 써. 이 배은망덕한 년!"

마귀선은 냉혹한 독사처럼 내뱉었다. 현관에서 목소리가 커지자 그제야 하수왕이 얼큰히 취기가 오른 얼굴을 하고 현관으로 걸어왔다.

"여, 이게 누군가? 나의 사랑하는 딸내미하고 아들인가? 끄윽."

하수왕은 혀 꼬부라진 소리로 아이들을 반갑게 맞이하였다. 그가 맨정신으로 있을 때는 지금까지 단 한 번도 아이들에게 살갑게 해준 적도 없고 항상 무뚝뚝하게 대하였는데 이날은 왠지 태도가 달랐다. 이것은 며칠 전에 경찰이 집으로 찾아와 조사한 일에 대하여 하수왕 나름대로 그동안 곰곰이 생각을 해보았기 때문이다. 그의 결론은 마귀선이 아이들을 대하는데 필시 자기가 모르는 무슨 문제가 있었던 것이라고 생각했다.

하지만 하수왕은 허풍만 셌지 속은 유약하기 그지없는 인물이었다. 설령 그가 마귀선이 아이들에게 주먹을 휘두른 사실을 발견했다 하더라도 그녀의 잘못된 점에 대해 따끔하게 혼내거나 벌을 줄 수 있는 인물이 못되었다. 도리어 그는 점점 마귀선의 독재체제 속으로 빨려 들어가고 뿐이었다.

"제 새끼들이라고 엄청 좋아하시네. 언제부터 애들을 그렇게 챙겼어? 제네 절대로 돈 주지 마. 저년 분명히 집에 돈 숨겨놓고 저러는 거야. 당신이 알아서 내보내. 술맛 떨어지기 전에."

마귀선은 신경질을 내며 식탁으로 돌아갔다. 하수왕은 초췌하게 서 있는 아이들을 보더니 씩 하고 웃음을 지었다.

"가자."

하수왕은 운동화를 구겨 신고 밖으로 나갔다. 언제 챙겼는지 그는 호주머니에서 자동차 열쇠를 꺼냈다. 남매는 아무 말 없이 하수왕 뒤를 따랐다. 아파트 밖으로 나오자 하수왕은 기지개를 켜며 심호흡을 몇 번 하였다.

"아! 시원하다."

겨울이었지만 그다지 추운 날씨가 아니었다. 하수왕은 그제야 아이들을 내려다보았다. 그리고는 호주머니에서 무엇인가 꺼내 예라에게 내밀었다. 돈이었다.

"받아. 엄마에게 내가 줬다는 이야기는 안 하겠지?"

아빠의 말에 예라는 조심스럽게 손을 내밀었다. 5만 원이었다. 예라는 안도의 한숨을 내쉬었다. 이 정도 돈이면 일단 제일 작은 쌀 한 봉지하고 라면 그리고 초롱이 준비물 값은 줄 수 있다. 그리고 나머지는 비상금으로 챙겨 놓으면 될 것 같았다.

"아빠, 고맙습니다."

예라가 아빠를 올려다보았다.

"아빠, 고마워. 나 미술준비물 살 수 있게 해줘서."

옆에 있던 초롱이도 아빠를 올려다보며 말했다. 하수왕은 아무런 대꾸도 하지 않고 주차장으로 걸어갔다. 그리고는 아이들을 차에 태우고 시동을 걸었다.

"아빠, 어디 가?"

초롱이가 궁금해하며 물었다.

"너무 늦었잖아. 데려다줄게."

하수왕은 백미러를 맞추면서 대답했다.

"아빠 술 드셨는데 운전해도 괜찮아요?"

예라가 큰 애답게 걱정스러운 목소리로 물었다.

"뭐 이 정도 가지고. 가자."

하수왕은 쏜살같이 차를 몰아 아파트 정문을 빠져나갔다. 남매 집까지는 걸어서 가자면 꽤 먼 거리였지만 승용차를 타면 불과 10분도 안 되는 거리였다. 차를 타고 가는 동안 셋은 아무 말이 없었다. 예라와 초롱이는 뒷좌석에 앉아 말없이 창밖을 내다보았다. 어두운 밤거리에 신호등 불빛이 유난히 밝게 빛났다.

"우아, 계속 파란 불이야, 누나."

신호등이 계속 파란 불이 켜져 한 번도 안 막히고 거침없이 달리자 초롱이는 신기한 듯 감탄사를 자아냈다. 그런데 동승한 악마가 그 말을 들었는지 갑자기 차도 앞쪽에서 빨간 불빛이 번쩍번쩍거리며 바리케이드와 경찰차가 보이는 것이었다. 그것은 불시 음주운전 단속 현장이었다.

"이런 젠장!"

하수왕은 정신이 번쩍 들어 차를 옆으로 돌려 유턴을 해보려고 두리번거렸으나 왕복 2차선의 좁은 길이라 완전히 외통수에 걸려 빼도 박도 못하는 상황이었다.

"에이 씨. 내가 이럴 줄 알았어. 마귀선이 그냥 돈 줬으면 내가 애들 안 데려다줘도 되잖아! 에이 쌍. 재수 더럽게 없네."

하수왕은 욕설을 쏟아내며 신경질을 있는 대로 다 냈다. 예라와 초롱이는 마치 자기들 때문에 아빠가 곤경에 처하게 된 것이라고 생각하고 너무나도 미안해하는 표정이었다.

"아빠, 이제 어떡하죠?"

예라가 울먹이며 물었다.

"어떡하긴 뭘 어떡해? 그냥 걸리는 거지."

하수왕은 화를 버럭 냈다.

"아빠 감옥 가면 안 돼. 내가 경찰 아저씨에게 잘 이야기해 볼게."

"좀 조용히 좀 해!"

초롱이가 아빠를 위로한답시고 말하자 하수왕은 버럭 소리를 질렀다. 앞에 있던 차량들이 서서히 검문을 받고 빠져나가고 어느새 하수왕 차례가 되었다. 경찰이 옆에 서자 하수왕은 창문을 내렸다. 경찰은 하수왕에게 정중히 경례를 했다.

"잠시 음주 검문이 있겠습니다."

경찰은 음주단속기를 내미는 대신 붉은 색 수신호봉 플라스틱 앞부분을 내밀더니 거기에 숨을 내쉬라고 하였다. 하수왕은 하는 수 없이 시키는 대로 봉 속으로 숨을 내쉬었다. 그리고는 경찰은 봉 속에 코를 대고 냄새를 맡았다. 경찰은 고개를 갸우뚱하더니 하수왕에게 점잖게 말했다.

"약주가 좀 되신 것 같네요. 잠깐 내려오셔서 측정을 해봐야겠습니다. 차를 저쪽으로 대시고 내려주세요."

경찰은 길옆 상가주차장을 가리켰고 이쪽저쪽에서 '삐릭삐릭' 무전을 주고받는 신호음이 요란하게 들렸다. 하수왕은 시키는 대로 차를 옆에 대고 밖으로 나왔다. 그는 똥 씹은 얼굴을 하고 음주측정기를 들고 있는 나이 지긋한 경관 쪽으로 걸어갔다. 예라와 초롱이도 겁먹은 얼굴로 아빠의 뒤를 졸졸 쫓아갔다. 음주측정기를 들고 있던 경관은 하수왕의 바짝바짝 타들어 가는 마음을 아는지 모르는지 만면의 미소를 지으며 뒤쫓아 오던 예라와 초롱이를 바라보았다.

"아빠하고 저녁 먹고 왔구나."

경관은 인자하게 웃으면서 말했다. 예라는 경관이 야속하기만 했다. 저녁 먹고 온 것 알면 그냥 집에 보내 주면 될 것이지 검문은 검문대로 하고 농담은 농담대로 하는 경찰 아저씨가 너무나도 얄미웠다.

"누나, 우리 아빠가 경찰에 걸리지 않게 얼른 기도하자. 어서!"

갑자기 초롱이가 반짝거리는 눈빛으로 누나에게 말했다. 그러자 예라도 눈을 크게 뜨고 외쳤다.

"맞아! 기도하자. 우리가 같이 통성으로 기도하는 거야!"

둘은 합심하여 기도하기 시작했다. 두 손을 모아 기도자세를 하고 눈을 질끈 감고 큰 소리로 기도했다.

"사랑이 많으신 하나님 우리 아빠를 지금 빨리 좀 구해주세요…."

예라와 초롱이는 서로 경쟁이라도 하듯이 점점 더 큰 소리로 기도했다. 그 소리는 점점 커지고 점점 빨라졌다. 그러더니 초롱이가 갑자기 눈을 번쩍 뜨며 누나를 쳐다보았다.

"누나, 안 되겠어. 방언기도가 필요해!"

초롱이는 갑자기 알아듣지도 못할 이상한 말로 크게 기도하는 것이었다. 두 남매가 옆에서 미친 듯이 기도하자 경관은 어안이 벙벙하여 하수왕 음주검사를 하다말고 아이들을 바라보았다.

"너희 지금 뭐하냐?"

둘은 서로 마주 보고 맹렬히 기도하다가 경관의 물음에 초롱이가 눈을 번쩍 뜨며 대답했다.

"우리 아빠 안 걸리게 해달라고 기도하는 중이에요. 말 시키지 마세요!"

그리고는 다시 알아듣지 못할 말로 뭐라고들 열심히 기도하는 것이었다. 그 말을 들은 나이 지긋한 경관은 기가 막히다는 듯 아이들을 가만히 보더니 고개를 돌려 하수왕을 보면서 그냥 가라고 손짓하였다.

"허 참, 아이들 하나는 잘 두셨네. 내가 저놈들 효심을 보고 그냥 보내드립니다. 앞으로 음주운전 하지 마세요."

경관은 모른척하고 하수왕을 빨리 보냈다.

남매는 차를 타고 오면서 하나님이 자기들의 기도를 들어주어 아빠가 안 걸리게 됐다며 신이 났다. 하지만 하수왕은 아이들 집에 도착할 때까지 아무런 말이 없었고 집에 들어가서는 술이 깰 때까지 아이들 옆에서 눈을 붙였다가 밤 12시가 다 되어 군포아파트로 돌아갔다. 하수왕은 이 날 정말 오랜만에 아이들 옆에 누워 보았고 예라와 초롱이는 평소 무뚝뚝하기 이를 데 없고 친엄마를 매일같이 때리기만 했던 아빠였지만 그래도 잠시나마 같이 있어 주어 오랜만에 편한 잠을 잘 수 있었다.

그즈음 김정아는 북경 왕징에서 정말 바쁜 나날을 보내고 있었다. 집안 좋은 쉬펑의 도움을 받아 차리게 된 한국 식당에 손님이 와도 너무 많이 몰려왔다. 그녀의 음식 만드는 손맛이 중국인들에게 먹혀든 것이다.

그러던 어느 날, 김정아의 친구 유정희가 중국을 방문하게 되었다. 유정희는 지난번에 김정아의 부탁으로 예라가 하교할 때 학교 앞에서 예라를 만났던 바로 그 친구다. 그녀는 가족들과 같이 중국에 놀러 왔다가 시간을 내어 혼자 김정아의 식당에 들른 것이다. 그녀는 김정아와 하고 싶은 이야기가 많았지만 그래도 가장 중요한 예라와 초롱이 이야기를 먼저 꺼내지 않을 수가 없었다.

"정아야, 흥분하지 말고 들어. 내가 최근에 들었는데 예라하고 초롱이가 아파트에서 쫓겨나서 지금은 대야미에 있는 낡은 집을 하나 얻어서 단둘이 살고 있다고 하더라."

"뭐, 뭐라고…?"

유정희의 말에 김정아는 하늘이 무너지는 것만 같았다.

"대체 하수왕 그놈은 뭐하는 작자야? 어떻게 아이들이 그 지경이 되도록 가만히 있었어?"

김정아는 가슴이 터질 것만 같았다. 분노 반 설움 반의 눈물이 하염없이 쏟아졌다.

그녀는 그날 도저히 식당일을 할 수 없어 식사를 하고 있던 손님들을 반강제적으로 내보내고 일찌감치 문을 닫아 버렸다. 그리고 마시지도 못하는 맥주까지 한 잔 마시고 친구 앞에서 정말 하루 종일 눈물을 쏟아냈다.

유정희는 김정아에게 한 가지 사실을 더 알려 주었다.

"사실은 내가 학교에서 예라를 만났을 때 그때 너에게 알려 주려고 했는데 이 말 했다가는 네가 충격받을 것 같아 말을 안 했는데…"

"뭔데?"

"사실은 내가 예라에게 너 이야기 꺼냈더니 예라가 나 그런 사람 모른다고 하더라고. 혹시 애들이 너 완전히 잊은 것은 아닐까?"

유정희는 김정아의 반응을 살피며 조심스럽게 말을 꺼냈다.

"아니야. 그것은 예라가 친엄마를 정말 잊어버리고 새엄마가 좋아져서 그런 게 아니야. 분명히 새엄마가 너무나도 무서워 감히 누구 앞에서도 친엄마 이야기를 꺼낼 수 없었기 때문에 그랬을 거야."

의외로 김정아는 담담하게 대답했다. 김정아는 그만큼 딸 예라의 마음을 누구보다도 잘 알고 있었기 때문이다. 그리고는 마음을 다시 한 번 굳게 먹었다.

'내가 반드시 예라와 초롱이를 데리고 와야 해. 당당한 모습으로 아이들을 데리고 오려면 돈이 있어야 한다. 돈 없으면 나도 비참해지고 아이들도 비참해져. 그래, 돈을 벌어서 반드시 애들을 데리고 와야 해.'

김정아는 단단히 각오하였다. 그녀는 안 그래도 식당에 손님이 넘쳐 다행이라고 생각했는데 기왕 이렇게 된 바에 돈 한번 죽도록 벌어보기로 작심하였다.

친구 유정희는 그렇게 한국으로 돌아갔고 그 날 이후 김정아는 미친 듯이 식당일에 열중했다. 물론 이익금은 쉬펑과 같이 나누었지만 워낙 중국인 손님과 한국 관광객이 많이 찾아와 김정아는 날로 불어나는 저축액에 감사할 따름이었다.

그즈음 쉬펑은 김정아에게 한 가지 조언을 해주었다. 지금 중국은 2008년 올림픽을 앞두고 주식시장이 폭등할 조짐을 보인다는 것이었다. 그러면서 쉬펑은 김정아에게 지금 번 돈으로 주식에 투자하라고 일러 주었다. 다만 아직까지는 외국인 명의로 중국 주식은 살 수가 없기 때문에 기꺼이 자기의 명의를 빌려줄 테니 돈 벌 수 있는 기회를 놓치지 말라고 일러 주었다. 안 그래도 자신에게 이런 돈 벌 수 있는 기회를 준 쉬펑에게 깊은 고마움을 느끼고 있었던 김정아는 두말하지 않고 쉬펑의 조언대로 중국 주식을 매입하기 시작했다. 김정아는 주식의 '주' 자도 모르는 사람이라 어떤 회사의 주식을 사야 하는지도 몰랐다.

쉬펑은 예전부터 자신의 어머니와 같이 주식투자를 해온 전문가로서 자기가 보유하고 있던 주식 중 전망이 좋은 주식 몇 가지를 추천해 주었다.

김정아는 식당을 하면서 주식시장에 대해 쉬펑으로부터 개인지도를 받은 다음 '중국연통(中國聯通)'이라는 이동통신 주와 세계적으로 유명한 중국 술인 '귀주마오타이(貴州茅台)' 주를 사들이기 시작했다. 그리고 김정아의 식당이 있는 왕징의 주택 가격이 상승하기 시작하여 이 또한 쉬펑의 조언을 얻어 아파트 하나를 분양받았다. 이즈음 중국인과 중국에 거주하는 외국인들은 북경, 상해를 중심으로 부동산투자에 몰리기 시작하였다. 특히 북경의 왕징은 2008년도 북경올림픽 주경기장 인근이기 때문에 향후 집값 상승이 크게 기대되는 지역이었다. 그래서 김정아는 앞으로 예라와 초롱이도 데리고 와서 살아야겠다는 각오로 왕징에 신축하게 될 '화정세가(華鼎世家)'라는 아파트 40평을 분양받았다. 사실 쉬펑이 25평 정도를 권했지만 김정아는 내심 아이들을 중국으로 데리고 올 것을 마음먹고 있었기 때문에 큰 평수로 계약한 것이다. 이제는 식당에서 돈만 열심히 벌면 된다. 그렇게 번 돈으로 아파트 중도금도 내고 중국 주식에도 계속 투자하면 하나님도 분명히 열심히 산 자신을 도울 것이라고 확신을 가졌다.

김정아는 정말 지칠 줄 모르고 오로지 식당 일에만 열중하였다. 처음 식당을 차렸을 때에는 평일에는 일찍 문 닫고 일요일에도 쉬었지만 이제는 달리는 호랑이 등에 올라탄 격이라 호랑이의 목을 놓치지 않고 정신 바짝 차리고 앞으로만 달려갔다. 한 달에 이틀 빼고는 매일같이 돈을 벌어들였다.

쉬펑이 좀 쉬면서 하라고 핀잔도 주었지만 김정아는 이미 마음속에 그려진 그림을 위하여 잠시도 쉴 수가 없었다. 그 그림이란 머지않은 미래에 대야미 낡은 집에서 외롭게 살고 있는 예라와 초롱이를 데리고 와 북경의 번듯한 집에서 셋이서 행복하게 사는 그림이었다. 그러니 김정아에게 있어 단 하루를 쉬는 것도 사치 그 자체였다.

마귀선은 날이 갈수록 초조해졌다. 유앤컴퍼니가 기획 준비하고 있는 뮤지컬 '시카고' 공연이 이제 얼마 남지 않았는데 남편 하수왕이 부모님으로부터 단 한 푼도 못 가져오고 아버지의 모든 부동산이 새어머니에게로 다 넘어갔다는 소식을 들은 이후 마귀선은 제정신이 아니었다.

현금 2억 원을 유앤컴퍼니 사장에게 쥐어 줘야만 뮤지컬 시카고 여주인공 록시하트 역으로 완전히 낙점받을 텐데, 만일 돈을 전달하지 못한다면 분명 오디션 때 아깝게 떨어진 뮤지컬계의 신인 김재인에게 이 천금 같은 기회가 돌아갈 것이 불을 보듯 뻔했다. 지금이야 유앤컴퍼니 사장이 마귀선을 록시하트 역으로 밀어붙이고 있지만 사장에게 금전적으로 생기는 것이 없다면 그가 록시하트 역을 김재인에게 주지 말라는 법도 없었다.

마귀선은 누구보다도 간절하게 신데렐라의 꿈을 꾸고 있는 야망에 찬 여자인지라 무슨 수를 써서라도 반드시 현금 2억 원을 마련하여야만 하였다. 그렇지 않으면 가창력과 연기력이 빼어나지도 않고 무대경력도 전무한 마귀선에게 평생 그런 기회가 올리는 만무하였다.

마귀선은 자신이 다니는 신용정보회사에서 이미 시아버지의 부동산 명의가 전부 시어머니 명의로 바뀌었다는 것을 확인했다. 그렇다고 가만히 넋 놓고 있을 그녀가 아니었다.

며칠이 지난 토요일 오전, 마귀선의 닦달에 못 이긴 하수왕은 또다시 등 떠밀려 아버지 집을 찾았다.

"당장 부동산 담보로 2억 원만 대출을 받아 와. 2억 원만!"

마귀선은 하수왕을 향하여 미친 듯이 소리쳤다. 하수왕은 정말 가고 싶지 않았지만 2억 원을 구해야만 하는 마귀선의 기세에 눌려 어쩔 수 없이 다시 홍은동을 찾았다.

사실 하수왕도 그럴 때마다 마귀선에게도 예전 김정아에게처럼 폭력을 휘두르려고 했으나, 막상 따귀라도 때리려고 마귀선의 눈을 쳐다보면 하수왕은 자기도 모르게 기가 죽고 만다. 그녀의 눈빛은 너무나도 살기등등한 것이 어떤 무서운 존재가 몸속에 내재하고 있는 느낌이었다. 예전 김정아의 눈빛은 순하디순한 눈빛이어서 한 대 때리면 눈물을 펑펑 쏟아내기가 일쑤였는데 마귀선은 정반대였다. 만약 그랬다가는 앙심을 품은 마귀선이 잘 때 칼로 찔러 죽일지도 모를 일이었다.

또한 그녀를 때리지 못하는 또 다른 이유는 하수왕 역시 사장이 되겠다는 출세욕에 가득 차 있었기 때문이다. 그런 자신의 꿈을 이루기 위해서는 우선 그녀가 뮤지컬 여주인공이 되어야 한다는 사실에 공감하고 있어서 그런 그녀의 닦달도 꾹 참고 지내고 있었다.

하수왕이 홍은동을 방문하니 아버지는 기력이 쇠하셨는지, 감기에 걸리셨는지 마스크를 한 채 링거를 맞고 계셨고 새어머니는 그의 곁에서 병수발을 들고 있었다.

하수왕은 그새 1억 원을 불려 3억 원 대출을 요구하였다. 가만히 생각해 보니 자기가 뼈 빠지게 노력하여 겨우 마누라 좋은 일만 시키는 것 같아 일단 자기 용돈 1억 원도 보태어 요구하였다.

"아버지, 그러니까 담보서 하나만 써주시면 된다니까요. 네?"

하수왕은 한 시간 내내 대출을 받기 위해 부동산 담보서를 써달라고 졸라댔다. 아들의 끈기에 지치셨는지 말할 기력조차 없으신지 아버지는 손으로 펜과 종이를 달라고 시늉하셨다. 그 모습에 하수왕은 깜짝 놀랐다. 드디어 아버지가 아들의 정성을 생각하여 담보서를 작성해 주려는 것이라고 생각했다.

펜과 종이를 가져다 준 새어머니도 불안하기는 마찬가지였다. 기력도 쇠약해진 사람이 지금까지 자기의 지극정성 병수발도 다 무시하고 10년 동안 코빼기도 안 보이던 아들에게 부동산 담보서라도 써주는 것 아닌가 하고 가슴이 철렁 내려앉았다. 아버지는 펜을 들고 종이 위에 천천히 글씨를 썼다.

'ㄷ…'

하수왕은 'ㄷ'을 보는 순간 아버지가 담보서를 쓰신다는 것을 대번에 알아차렸다.

"네, 아버지. 계속 쓰세요, 계속!"

하수왕은 아버지가 천천히 글씨를 쓰는 동안 손바닥에 땀이 다 날 지경이었다. 새어머니 역시 'ㄷ'자를 보고는 화들짝 놀란 표정이었다.

"이이가 정말로…"

그녀는 남편이 담보서를 쓰는 것을 보고 울상이 되었다.

아버지는 천천히 글씨를 이어갔다. 하수왕은 아버지의 굼벵이보다도 느린 글씨를 한 자 한 자 읽으면서 점점 얼굴이 굳어졌다.

'돈 없다. 집에 가.'

아버지는 그렇게 쓰고는 펜을 내려놓았다.

새어머니는 그제야 안도의 한숨을 내쉬었고 하수왕은 탄식을 하면서 소파에 털썩 주저앉았다.

"아이씨. 아버지 정말 너무 하신 것 아니에요? 다음번에는 내가 반드시 받아 갈 테니까 그리 아세요!"

하수왕은 아버지의 행동에 기분이 상해 푸념을 쏟아놓고 씩씩거리며 집으로 돌아갔다.

마귀선은 마귀선대로 하수왕을 잔뜩 기다리고 있었다. 마귀선은 오늘 하수왕이 과연 그 소정의 목표를 달성하고 돌아올 것인지 자못 기대감에 부풀어 있었다.

'삐리릭.'

마귀선은 거실에서 초조하게 하수왕을 기다리고 있을 때 갑자기 핸드폰 벨소리가 울렸다. 마귀선은 전화번호를 확인하였다. 그녀는 입술을 깨물었다. 잠시 전화를 받을까 말까 망설이더니 짧은 한숨을 내쉬고 핸드폰을 귀에 댔다.

"여보세요."

그리고는 한참 동안 상대편에서 하는 말을 듣기만 하였다. 상대방이 대체 무슨 말을 하였는지 마귀선의 얼굴은 점점 굳어졌다.

"조금만 기다리세요. 이제 다 됐으니까 조금만 참아 달라고요!"

마귀선은 그렇게 대답하고 전화를 끊었다.

그녀는 손에 들고 있던 핸드폰을 소파 반대편으로 냅다 집어던졌다. 그리고 짜증이 난 듯 고개를 숙인 채 손가락으로 이마를 톡톡 치더니 벽에 걸린 시계를 올려다보았다. 하수왕이 아버지 집에 간 것이 얼추 하루해를 다 잡아먹었는데 아직까지 돌아오지 않자 마귀선은 슬슬 화가 나기 시작했다.

"이번에도 그냥 빈손으로 오기만 해봐. 내가 가만히 안 놔두겠어."

마귀선은 마치 기말고사를 치르고 돌아올 초등학생 아들을 기다리듯 잔뜩 벼르고 있었다.

지하철을 타고 홍은동에서 군포로 돌아온 하수왕은 집에서 가까운 산본역에 내리지 않고 한 정거장 전인 금정역에서 내렸다. 아버지 집에서 아무런 성과를 얻지 못하고 도리어 새어머니 앞에서 웃음거리만 된 하수왕은 도저히 맨 정신으로는 마귀선을 볼 수가 없었다.

그는 금정역 먹자거리로 들어갔다. 먹자거리는 아직 저녁 시간이 안 된 늦은 오후인데도 많은 사람들로 북적거렸다. 하수왕은 혼자 소주 한 잔 걸치고 싶었다. 마귀선도 다 필요 없고 오로지 혼자 아버지에게 외면당한 그 참담한 심정을 씻어 내리고 싶었다. 그는 먹자거리를 쭉 따라 걷다가 식당 하나를 발견했다.

'이 씨네 부대찌개'

이 씨네 부대찌개 집은 김정아하고 같이 살 때 가끔 식구끼리 외식이랍시고 와서 먹던 그 부대찌개 식당이다. 하수왕은 간판을 보면서 씁쓸한 표정을 짓더니 가게 안을 들여다보았다. 한 테이블 외에는 사람이 없었다. 그 테이블에는 두 명의 남자가 소시지구이에 대낮부터 소주를 들이켜고 있었는데 어디서 본 듯한 얼굴이었다.

하수왕은 안으로 들어갔다. 가게 분위기는 예전하고 달라진 것이 하나도 없었다. 홀에서 서빙을 하던 아줌마도 그때 그 사람이었다. 하수왕은 부대찌개 하나와 소주 한 병을 시켰다. 찌개를 혼자 먹기에는 양이 많았지만 애당초 그는 안주에는 관심이 없었고 그저 소주를 마시고 싶을 따름이었다. 그는 소주를 따서 소주잔에 따르지 않고 맥주 글라스에 가득 부었다. 그리고 한잔을 쭉 들이켰다.

"크."

하수왕은 소주를 즐겨 마셨지만 알코올중독 수준은 아니었다. 하지만 이날 그가 술을 마시는 분위기나 포스는 영락없는 알코올중독자였다.

'삐리릭 삐리릭.'

그때 하수왕의 핸드폰이 큰 소리로 울렸다. 그는 호주머니에서 핸드폰을 꺼내어 발신자를 확인하였다. 마귀선이었다. 하수왕은 울리는 전화를 받지도 끄지도 않고 그냥 호주머니에 넣었다. 핸드폰은 호주머니 속에서 꺼내달라는 듯 계속 울어대고 있었지만 하수왕은 들은 채도 안하고 소주를 들이켰다.

그때 핸드폰은 자포자기한 듯 울음을 딱 그쳤다. 하수왕은 잘됐다 싶어 찌개 국물을 조금 맛보고 다시 글라스를 들었다. 그런데 핸드폰이 또 울리기 시작했다. 하수왕은 핸드폰을 아예 꺼내보지도 않고 술을 마시다가 핸드폰이 하도 울어대기에 슬그머니 꺼내보았다. 역시 마귀선이었다. 하수왕은 이번에도 전화를 끄지 않고 그냥 호주머니에 집어넣었다. 전화를 끊었다가는 마귀선의 화를 돋우는 꼴밖에 되지 않으니 그냥 제풀에 꺾이도록 내버려 둔 것이다.

그런데 그때 저쪽 테이블에서 소주잔을 기울이던 손님들이 하수왕을 쳐다보았다.

"이보쇼, 거 전화를 받든지, 진동으로 해놓든지 이거 어디 시끄러워서 술이라도 마시겠소?"

껄렁하게 생긴 남자가 신경질적으로 내뱉었다. 하수왕은 그 손님의 얼굴을 가만히 들여다보았다. 아까부터 그 사람들이 눈에 많이 익은 얼굴이라 생각했었는데 그제야 그들이 누군지 기억이 났다. 그놈들은 예전에 하수왕이 김정아와 아이들과 같이 부대찌개를 먹으러 왔을 때 옆에 있던 그놈들이었다.

"뭐 엄청 비싼 거 먹는다고… 크크."

하수왕은 문득 그때 그들이 한 말이 생각나자 속에서 무엇인가 울컥하고 치밀어 올랐다. 하수왕은 키로 보나 덩치로 보나 그들에게 꿇릴 것이 하나도 없고 게다가 소주도 한잔 마셨겠다 평소에 나타나지 않던 용기가 불끈 솟구쳐 올랐다.

"시끄러우면 당신들이 나가!"

하수왕도 지지 않고 한마디 쏘아붙였다.

그러자 두 남자는 어이가 없다는 듯 서로 바라보며 피식 웃더니 한 남자가 자리에서 일어나 하수왕에게로 성큼성큼 다가왔다.

"당신? 이 양반이 어디서 처음 보는 사람한테 당신이야?"

건달은 하수왕 앞에 놓여 있던 물컵을 들더니 냅다 식탁 위에 쏟아부었다. 물세례를 받은 하수왕은 마음속에 쌓여있던 분노가 백두산 활화산처럼 폭발하고 말았다.

"이 새끼가!"

하수왕은 자리에서 용수철처럼 튀어 올라 남자를 힘차게 자빠트렸다. 건달보다 머리 하나가 더 컸던 하수왕은 넘어진 건달 위에 올라타 그를 내리치기 시작했다. 그때 테이블에 앉아 있던 또 다른 놈이 친구가 당하는 것을 보고는 쏜살같이 달려와 하수왕을 발로 걷어찼다. 식당은 순식간에 아수라장이 되었다.

하수왕은 훤칠한 키에 한 덩치 하였지만 상대는 아무리 왜소해도 두 명이었기 때문에 수적으로 열세였다. 그럼에도 불구하고 하수왕은 도대체 그런 힘이 어디서 났는지 아니면 그간의 온갖 울분을 영양분으로 삼았는지 거의 대등한 쌈질을 하다가 식당 주인의 신고로 출동한 경찰에 연행되어 결국 3명은 군포경찰서로 끌려가고 말았다.

마귀선은 하수왕에게 몇 번을 전화했는데도 전화를 받지 않자 화가 날 대로 났다. 하지만 계속해서 받지 않자 불길한 생각이 들어 초조하게 그를 기다리고 있었다.

"이이가 혹시… 아버지를 죽인 건 아니겠지?"

그러다 느닷없이 군포경찰서로부터 하수왕이 경찰서에 잡혀 있다는 전화를 받고 가슴이 철렁 내려앉았다.

마귀선은 부랴부랴 경찰서로 달려갔다. 군포경찰서에 가보니 하수왕이 대판 싸움을 했는지 엉망이 된 옷매무새에 입술이고 얼굴이고 이쪽 저쪽 터진 채로 앉아 있었다. 그녀는 경찰로부터 하수왕이 경찰서에 연행되어 온 자초지종을 듣고는 기가 찰 노릇이었다. 그 중요한 일로 아버지 집에 갔던 사람이 난데없이 동네 건달들하고 쌈질이나 해서 경찰서에 붙들려 온 꼴을 보니 때려죽이고 싶을 정도로 미웠다.

그녀는 지금 당장 2억 원을 마련하여야 하는데 2억 원은 고사하고 남편이 식당에서 주먹다짐하는 바람에 식당 기물파손 보상비에다 건달 녀석들이 치료비까지 요구하고 나서 돈이 쏠쏠하게 들어가게 생겼다. 싸움이 처음 벌어졌을 때 하수왕이 한 녀석을 때려눕혀 위에 올라타고 얼굴을 몇 대 갈겼는데 얻어맞은 건달 녀석은 그때부터 하수왕에게 치료비를 뜯어낼 속셈으로 터진 입술을 스스로 더 깨물어 결국 치료비를 뜯어내고야 말았다.

마귀선은 아무리 하수왕이 밉기로서니 남편인 그를 나 몰라라 하고 혼자 놔두고 갈 수는 없었다. 결국 그녀는 하수왕을 대신하여 식당 주인과 건달들과 실랑이 끝에 합의를 보았다. 그날 밤늦게야 마귀선과 하수왕은 집으로 돌아갔다.

"미안해."

돌아오는 내내 하수왕이 한 말은 그 한마디였고 마귀선은 그 어떤 대꾸도 하지 않았다. 그러다 그녀는 잠자리에 들기 전에 하수왕에게 한 가지를 물어보았다.

"아버지 집에 간 일은 잘 안 됐지? 그러니까 그딴 곳에서 화풀이를 했겠지?"

하수왕은 아무 말 없이 고개를 끄덕였다. 그러나 마귀선은 의외로 담담하였다.

"이제 더 이상 당신에게 돈 가지고 오라는 소리 안 할 테니까 너무 걱정하지 마. 2억 원은 내가 알아서 해결할게."

마녀가 된 우리엄마

마귀선은 더 이상 하수왕을 옥죄지 않기로 했다.

하수왕은 그녀가 그렇게 이야기하자 마음을 짓누르던 커다란 바윗덩어리 하나가 사라지는 느낌이었다.

"정말? 고마워."

하지만 한편으로는 그녀에게 대체 무슨 차선책이 있기에 그런 말을 꺼냈는지 자못 궁금하였다.

그렇게 며칠이 지나는 동안 마귀선과 하수왕 부부는 아무 일없이 평온하게 지냈고 예라와 초롱이 남매들도 아빠가 건네준 5만 원으로 어렵사리 살림을 꾸려가고 있었다.

그러던 어느 날 대야미 남매의 집에 누군가 찾아 왔다. 다름 아닌 마귀선이었다.

"애들아, 엄마다. 잘들 있었니?"

그녀는 언제 아이들에게 폭력을 휘두른 계모였냐는 듯 환한 미소를 지으며 아이들을 찾았다. 게다가 초롱이에게 줄 커다란 선물도 함께 가지고 왔다. 하지만 아이들은 갑자기 찾아온 새엄마를 보는 순간 반사적으로 온몸이 굳어져 버렸다. 참으로 인간에게 있어 자신에게 두려움을 각인시킨 존재에 대한 트라우마는 여간해서는 극복하기 어려운 것인가 보다.

예라와 초롱이가 생활비와 학용품 살 돈이 없어 군포아파트를 찾아 돈을 좀 달라고 했을 때 돈은커녕 두들겨 맞고 쫓겨난 이후 처음 보게 된 새엄마는 지금까지 단 한 번도 보지 못한 다정스런 얼굴이었다.

남매는 새엄마가 왜 그렇게 자기들을 반기는지 그저 두려울 따름이었다.

"예라야, 집은 큰데 너 혼자 청소하랴 빨래하랴 고생이 많지? 너희들 너무 힘들게 사는 것 같아 너희를 너무너무 사랑하는 이 엄마가 이렇게 선물을 사왔단다."

그녀는 가슴에 안고 있던 커다란 선물 꾸러미를 내려놓았다. 그것은 아이들이 좋아하는 짜파게티 한 상자하고 초롱이가 너무나도 좋아하는 레고블록 장난감이었다.

"우아, 레고잖아! 우와!"

초롱이는 그 비싼 레고블록 로봇세트를 보더니 감탄사를 연발하였다. 자기 생애에 도저히 있을 수 없는 꿈이 현실로 이루어졌기 때문이다. 그 레고 로봇세트 장난감은 엄청나게 비싼 것이라 자기 반에서도 그것을 가지고 있는 친구가 단 한 명밖에 없었고, 초롱이도 이마트에서 그림의 떡처럼 봤을 뿐 그 장난감을 자기가 갖게 되리라고는 꿈에도 생각하지 못했다.

"초롱아, 엄마가 너를 무지무지하게 사랑하는데 그동안 조금 혼내서 미안해. 그게 다 나중에 네가 커서 훌륭한 사람이 되라고 그런 거야. 그러니까 네가 다 이해해줘라. 알았지? 알았다고 대답하면 엄마가 레고 장난감 하나 더 사줄게."

마귀선은 다정한 눈빛으로 초롱이를 바라보았다. 초롱이는 그 말에 큰 눈을 껌벅이며 닭똥 같은 눈물을 뚝뚝 흘렸다. 초롱이는 새엄마가 드디어 자기의 잘못을 깨닫고 용서를 비는 모습에 감명을 받은 것이 아니라 조만간 레고 장난감이 하나 더 생긴다는 것을 생각하니 이것이 꿈인지 생시인지 도저히 믿어지지가 않아 벅찬 가슴을 누를 길이 없었기 때문이었다.

"엄마, 전 엄마 다 이해해요. 다음번 레고 장난감은 달 로봇기지 만들

마녀가 된 우리엄마

기라고 있는데 그걸로 사주면 안 될까요? 그럼 저는 엄마를 더 많이 이해할 수 있을 것 같아요."

초롱이는 두 팔을 크게 벌려 달기지 레고가 어느 정도 크기인지 설명하였다.

"당연히 사주고말고. 다음번에는 달기지 별기지 다 사가지고 올게. 약속!"

마귀선이 새끼손가락을 내밀자 초롱이는 손바닥으로 눈물을 훔치고 씨익 웃었다. 그리고는 새엄마의 약지에 자신의 약지를 걸어 약속을 하고 엄지로 서로 도장을 찍은 다음, 마지막으로 서로의 손바닥 비비며 복사까지 했다.

"그럼 약속했어요."

초롱이는 그제야 안심하는 얼굴이었다.

옆에서 그 모습을 지켜보던 예라는 엷은 미소를 지었다. 마귀선은 예라를 돌아보았다. 순간 예라는 얼굴이 굳어지며 반사적으로 고개를 숙였다.

"예라야, 엄마가 미안해. 지난번 집에 왔을 때 생활비를 조금이라도 줘야 하는데 못 줬구나. 자, 이것 받아. 생활비 30만 원이야. 이 정도면 충분히 한 달은 살 수 있을 거야."

30만 원이라는 말에 예라는 깜짝 놀라며 새엄마가 내민 봉투를 마다치 않고 덥석 받았다. 예라는 비록 나이는 어렸지만 그 나이에 어려운 살림을 맡다 보니 돈이 얼마나 소중한 것인지 누구보다도 뼈저리게 느끼고 있었기 때문이다.

"고맙습니다."

예라가 들릴 듯 말 듯 작은 목소리로 말했다.

"아이고, 귀여운 내 새끼. 넌 내가 배 아파 난 친딸이나 다름없어. 이 엄마가 그동안 널 좀 힘들게 했지? 다 네가 장녀라 잘되라고 그런 거야. 예라, 이리와 봐."

마귀선은 두 팔을 벌려 얼굴 가득 너그러운 미소를 품고 예라에게 다가갔다.

예라는 엉거주춤하며 새엄마의 품에 안겼다. 예라는 묘한 감정이 들었다. 그렇게 자기들을 미워하던 새엄마가 왜 갑자기 태도를 바꾸어 이렇게 다정하게 다가오는지 도무지 알 수가 없었다.

하지만 예라는 매우 착하고 긍정적인 소녀이다. 새엄마의 그런 행동에 대하여 그렇게 길게 생각하지 않았다. 새엄마의 그런 행동을 선한 눈으로 바라보았다. 새엄마가 정말 자신의 잘못을 깨닫고 착한 사람으로 돌아와 자기와 초롱이를 찾은 것이라고 생각했다. 예라는 그렇게 생각하자 어색한 새엄마의 포옹이 점점 따뜻하게 느껴졌다.

"아이고, 예쁜 내 새끼…."

마귀선은 예쁜 내 새끼를 되풀이하면서 예라를 꼭 끌어안았다. 마치 그녀는 자신의 강력한 기운을 예라에게 쏟아부어 새엄마에 대한 관념을 새롭게 포맷시키는 것 같았다.

"예라야, 너 내일 군포 집으로 와라. 옷 사줄 테니까. 엄마는 내일 바쁜 일이 있어서 안 되고 엄마가 아빠한테 이야기해 놨으니 아빠랑 같이 백화점에 가서 제일 좋은 옷을 골라 봐."

옷이란 말에 예라의 눈이 휘둥그레졌다.

"정말이에요? 그럼 초롱이는요?"

"초롱이는 레고 사줬으니까 내일은 네 선물을 사줄게. 옷은 가서 입어 봐야 하잖아. 특히 여자아이는 더더욱 그렇잖아?"

마녀가 된 우리엄마

마귀선은 손가락으로 앙증맞은 예라의 코를 탁탁 치면서 말했다. 그러자 예라는 그제야 얼굴에 환한 미소를 지으며 고개를 끄덕거렸다.

얼마 전 예라가 생활비를 받으러 갔을 때만 해도 지옥에서 올라온 악마의 모습으로 아이들을 때리던 새엄마였는데 오늘은 천국에서 파견 나온 천사의 얼굴로 나타나니 예라는 세상이 한순간에 지옥에서 천국으로 바뀐 느낌이었다.

예라는 갑자기 가슴이 벅차 왔다. 새엄마가 지금까지 자기와 초롱이를 때리더라도 예라는 계속해서 새엄마를 용서하는 기도를 해왔었는데, 하나님께서 결국 새엄마를 180도 바뀌게 만드는 기적을 만드셨기 때문이다.

마귀선은 그렇게 아이들에게 생활비와 선물을 주고 집안 이곳저곳을 살펴보았다. 특히 낡아 빠진 부엌 취사기구를 하나씩 만져 보면서 혀를 끌끌 차며 안타까워했다.

"어휴, 이렇게 낡아 빠져서 원… 가스 조심해서 써."

새엄마의 주의에 예라는 고개를 끄덕였다. 그렇게 집안을 살펴본 새엄마는 한 시간 정도 머물다 그곳을 떠났다.

남매는 새엄마가 돌아가고 난 후에도 여전히 놀라움과 감동을 가라앉힐 수가 없었다.

"누나, 새엄마가 이제 우리 안 때릴까?"

"우리에게 선물을 사주시고 생활비로 30만 원씩이나 주셨는데 어떻게 우리를 때리겠니? 우리가 기도 열심히 해서 하나님이 새엄마의 마음을 바꿔 놓은 거야."

"누나, 우리 하나님한테 고맙다고 기도하자. 아! 이럴 때 누나 바구니 있으면 기도가 더 잘 될 텐데… 바구니 속 달팽이들은 잘 크고 있을까?

그때 군포아파트 베란다에 있던 것 누나 바구니 확실히 맞는데…"

초롱이가 예전에 새엄마가 빼앗아 간 목사님이 주신 애완용 명주달팽이가 들어있던 바구니 이야기를 꺼냈다.

그 말에 예라는 불현듯 바구니가 생각났다. 그날 베란다에서 봤던 그 바구니는 예라의 바구니가 확실했다. 그런데 왜 새엄마는 그것이 예라의 것이 아니라고 생떼를 썼는지 예라는 아직도 알 수가 없었다. 예라는 바구니 생각을 하니 또다시 마음이 우울해졌다.

"날씨도 추운데 아까운 달팽이들은 다 얼어 죽었겠다. 새엄마가 바구니를 다시 돌려줬으면 좋겠는데…"

예라는 하나님께 한탄이라도 하듯 천정을 올려다보며 말했다. 남매는 이부자리를 펴고 이불 위에 다소곳이 앉아 기도를 시작했다. 초롱이는 예나 다름없이 누나가 기도하는 동안 양반다리를 하고 오뚝이처럼 몸을 좌우로 흔들며 기도하기 시작했다. 이날 예라와 초롱이는 오랫동안 기도를 하고 정말 오랜만에 행복한 꿈을 꾸며 잠을 잘 수 있었다.

다음 날 예라는 일주일간 밀렸던 집 안 청소와 빨래를 서둘러 해야만 했다. 왜냐하면 저녁 6시까지는 군포아파트로 넘어가 아빠랑 같이 백화점에 옷을 사러 가야 하기 때문이다. 원래 여자아이 옷은 엄마가 고르는 법인데 새엄마는 그 시간에 중요한 약속이 있기 때문에 아빠에게 백화점에서 제일 비싼 옷으로 사주라고 당부하고 나갔다.

예라는 시계를 바라보았다. 벌써 5시였다. 동생 밥까지 차려줘야 하는 걸 생각하니 마음이 콩닥콩닥 뛰었다.

"초롱아, 누나가 밥 차려 줄 테니 어서 밥 먹어."

초롱이는 어제 새엄마가 사준 레고블록을 열심히 가지고 놀다가 누나의 밥 차려준다는 말에 책상 위의 시계를 올려다보았다.

"지금 음, 하나, 둘… 다섯 시도 안 됐는데 벌써 밥 먹으라고?"

아직 시계 보는 것이 익숙지 않은 초롱이는 턱으로 시침을 세어보며 말했다.

"오늘 누나 아빠하고 옷 산 다음 밥 먹고 들어와야 하니까 지금 차려줄게."

"그럼 됐어, 누나. 이따가 내가 배고프면 짜파게티 끓여 먹을게."

"그럴래? 그럼 가스 불 잘 켜야 해. 이 집은 가스레인지가 오래돼서 조심해야 돼."

예라가 어른스럽게 초롱이에게 당부했다.

"아이 내가 무슨 한두 살 먹은 어린애야? 걱정 마쇼!"

초롱이는 새엄마가 사준 레고 로봇을 조립하느라 누나를 쳐다볼 겨를도 없이 대답만 큰소리로 했다. 예라는 아빠와의 약속에 늦을까 봐 서둘러 외투를 입고 군포아파트로 떠났다.

하수왕과 예라는 6시 반쯤 되어 안양시 평촌에 자리 잡고 있는 뉴코아 백화점에 도착하였다. 하수왕은 결혼해서 지금까지 단 한 번도 아이들 옷을 사본 적이 없어서 딸 예라와 같이 옷을 사러 온 자체가 대단한 불만이었다. 하지만 부대찌개 식당 폭력사건 이후 마귀선 앞에서 완전히 납작 엎드리고 있는 판국에 뭐라고 말 한마디도 없는 신세였다.

아동복 코너에 들어서자 예라는 가슴이 두근거리고 눈빛이 반짝이기 시작했다. 그리고 얼굴 가득 환한 미소를 띤 채 매장을 둘러보았다. 이것이 대체 얼마 만에 찾아온 백화점인가! 새엄마와 같이 산 이후 새엄마가 옷이라고는 팬티 한 장, 양말 한 켤레도 사준 적이 없는 터라 예라는 천국의 문에라도 들어선 기분이었다.

"아빠 저 의자에 앉아 있을 테니까 쭉 돌아보고 마음에 드는 것 있으면 말해. 야, 엄마가 비싼 것 사도 된다고 했으니까 갖고 싶은 것 마음대로 사."

쇼핑 자체를 싫어하는 아빠는 예라가 혼자 물건을 고르도록 했다.

예라는 신이 나서 매장 전체를 꼼꼼히 살펴보기로 작정했다. 사실 입고 싶은 옷을 금방 고른다는 것은 예라에게 결코 쉬운 일이 아니었다. 그동안 갖고 싶었던 옷이 한둘이 아니었기 때문이다. 하지만 만약 평소 무섭게 여겼던 아빠가 뒤를 졸졸 쫓아다니기라도 했다면 몇 시간이 걸려도 옷을 고르지 못할 것이 뻔한데 다행히 아빠가 빠져주니 예라는 한결 마음이 가벼웠다.

예라가 어느 옷을 살 것인가 한참 고민하고 있던 그 시각, 초롱이는 레고 로봇 조립이 그리 만만치 않았는지 콧등에 땀방울이 송골송골 맺힌 채 블록조립에 고도의 집중력을 보이고 있었다. 녀석의 콧등에 땀방울이 맺혀 있다고 대야미 시골집의 난방이 잘 되는 것은 절대 아니었다. 작지 않은 그 집은 연탄보일러로 난방을 하게 되어있으나 예라는 난방비를 아끼기 위하여 겨울 내내 연탄을 한 장도 피우질 않았다. 그러다 정 추워 못 견디겠으면 아주 가끔씩 방 안에 석유난로를 피워두곤 하였다. 잘 때는 전기장판에 불을 넣고 서로 끌어안고 자기 때문에 그나마 한밤중은 견딜 만하였다. 석유난로도 켜지 않은 냉골에서 블록조립에 열중하고 있던 초롱이는 방안이 얼마나 추웠던지 숨을 쉴 때마다 하얀 입김이 펄펄 피어올랐다.

그때였다.

'탕탕탕.'

누군가 대문을 요란하게 두드리는 소리가 났다. 초롱이는 블록조립에 너무나도 열중한 나머지 그 소리를 알아차리지 못하다가 점차 두드리는 소리가 커지자 그제야 깜짝 놀란 눈으로 고개를 번쩍 들었다.

"어? 누구지?"

누나가 벌써 올 리는 없고 이 시간에 올 사람도 없는데 누가 문을 두드리는지 초롱이는 겁이 덜컥 났다.

"초롱아! 초롱이 집에 없니?"

가만히 들어 보니 누군가 밖에서 자기를 부르는 소리가 들려 초롱이는 하던 것을 내려놓고 밖으로 튀어 나갔다.

"누나야?"

초롱이는 겁먹은 목소리로 대문을 향하여 소리쳤다.

"초롱아! 엄마야, 엄마!"

엄마란 말에 초롱이는 깜짝 놀랐다. 새엄마는 오늘 바빠서 누나하고 같이 옷 사러도 못 간다고 했는데 어떻게 대야미 집으로 온 것인지 초롱이는 고개를 갸우뚱하며 대문으로 뛰어갔다. 으스름 달빛에 비친 모습이 새엄마가 확실하였다.

"엄마…"

초롱이는 겁먹은 목소리로 말했다.

"초롱아, 짜잔!"

마귀선은 손에 들고 있던 무언가를 초롱이 앞으로 내밀었다. 초롱이는 불빛이 어두워서 상자에 얼굴을 바짝 대고 자세히 보았다. 그것은 다름 아닌 초롱이가 꿈에도 그리던 그 유명한 '레고 달 로켓기지' 장난감이었다.

"어? 이거는… 우, 우아!"

초롱이는 감격하여 거의 기절할 지경이었다.

"엄마, 빨리 들어가서 뜯어볼래요."

초롱이는 자기 몸체만 한 대형 레고 장난감 세트를 두 손으로 끌어안고 낑낑거리며 집 안으로 들어갔다. 같이 들어온 마귀선은 또 다른 선물을 초롱이 앞으로 내밀었다.

"초롱아, 짜잔!"

그것은 다름 아닌 새엄마가 강탈해 갔던 예라 누나의 바구니였다.

"우아, 달팽이들은요?"

초롱이는 부리나케 흰 천을 들춰보았다. 그 안에는 여전히 명주달팽이와 동그란 철제 사진케이스가 그대로 들어있었다. 그런데 자세히 보니 달팽이가 네 마리가 있어야 하는데 제일 작은 놈 한 마리가 보이지 않았다.

"어? 세 마리밖에 없네. 한 마리는 어디로 갔어요? 걔가 난데."

"한 마리? 아니야, 원래부터 세 마리야."

"아니에요. 원래 네 마리거든요!"

따지는 듯한 초롱이의 목소리에 마귀선은 욱하고 화가 치밀어 올랐으나 다시 차분히 미소를 지으며 초롱이의 머리를 쓰다듬었다.

"그깟 달팽이가 세 마리면 어떻고 네 마리면 어때? 중요한 건 엄마가 초롱이가 제일 갖고 싶어 하는 레고 달 로켓기지를 사온 거잖아. 너 이거 싫으면 관둬. 엄마가 도로 갖고 갈게."

마귀선은 바닥에 놓인 레고를 들어 올렸다.

"아, 아녜요. 전 그게 제일 좋아요. 달팽이 그 딴것 이제 필요 없어요."

초롱이는 그 비싼 레고블록을 새엄마가 도로 가지고 갈까 봐 얼른 박스를 빼앗아 들었다.

"대신 한 가지 조건이 있단다."

마귀선은 미소를 지으며 제안하였다. 그것은 초롱이가 그렇게 좋아하는 장난감을 두 번씩이나 연달아 사준 대신 새엄마를 위하여 기도를 해달라는 것이었다.

"엄마는 기도하는 거랑 교회 가는 거랑 엄청 싫어하잖아요."

초롱이는 고개를 갸우뚱하면서 되물었다.

"아냐. 이제 엄마도 교회도 다니고 기도도 할 거야. 기도해 줄 수 있겠니?"

"당근이죠. 엄마가 이렇게 비싼 레고를 두 개나 사줬는데요."

초롱이가 큰소리로 대답했다.

"그래, 고마워. 그런데 너 아직 저녁 안 먹었지?"

"네. 이따가 짜파게티 끓여 먹을 거예요."

"아휴, 그런 것 많이 먹으면 몸에 안 좋아. 너 기도하고 있는 동안 엄마가 얼른 부엌 좀 정리해 놓고 이 앞 중국집에 가서 자장면하고 탕수육 사가지고 올게."

"자장면하고 탕수육이요? 진짜요? 아싸!"

초롱이는 자장면과 탕수육이라는 말에 자리에서 펄쩍 뛰어오르며 환호성을 질렀다. 초롱이는 새엄마가 자장면을 사오는 동안 방안에 앉아 눈을 꼭 감고 기도하기로 했다.

"대신 엄마가 부엌 다 치우고 자장면 사올 때까지 기도하면서 절대로 눈뜨기 없기다."

마귀선은 초롱이가 기도 중 눈을 뜨면 자장면이고 탕수육이고 다 취소시킨다고 경고하였다.

"걱정 마세요. 제가 뭐 한두 번 기도해 봤나요."

마귀선은 초롱이가 기도하는 동안 춥지 말라고 방안에 석유난로를 켜줬다. 그리고 언제 챙겨 왔는지 외투 호주머니에서 양초 2개를 꺼내

촛불을 켜고 기도하는 초롱이 앞에 놔두었다. 그리고 방의 불을 끄자 방은 난로에서 나오는 붉은 빛과 촛불의 노란색 불빛이 어우러져 정말 기도하기 딱 좋은 방이 되었다. 마귀선은 방을 나가면서 점잖게 앉아 있는 초롱이를 내려다보았다.

"이제부터 엄마가 올 때까지 눈 꼭 감고 기도 시작하는 거야. 촛불 가지고 불장난하면 알지?"

마귀선의 불장난이란 말에 초롱이는 쑥스러워했다.

"이제 불장난 안 해요."

초롱이는 새엄마가 시키는 대로 눈을 꼭 감고 기도를 시작하였다. 여느 때와 마찬가지로 양반다리로 앉아 양손을 점잖게 무릎 위에 올려놓고는 오뚝이처럼 상체를 좌우로 까딱까딱 흔들기 시작했다. 그 폼이야말로 평생 기도가 몸에 밴 목사님이나 다를 바 없었다.

마귀선은 방문을 살짝 열어두고 마루로 나와 싱크대 쪽으로 갔다. 그리고는 호주머니에서 장갑을 꺼내어 끼고는 전날 확인해 두었던 짜파게티를 서랍 속에서 꺼냈다. 그녀는 짜파게티 봉지를 뜯더니 면을 쪼갠 다음 그 부스러기를 가스레인지와 싱크대 주변에 뿌리기 시작했다. 그리고 남은 면이 들어있는 봉지는 그대로 가스레인지 옆에 놔두었다. 마귀선은 침착하게 행동하면서 이번에는 부엌 구석에 놓여 있던 난로용 석유통을 들고 오더니 뚜껑을 열어 그것을 싱크대 주변과 부엌 바닥에 살살 뿌리기 시작했다. 특히 마룻바닥에는 넓게 골고루 듬뿍 뿌렸고 창문틀 등 나무가 보이는 곳에는 몽땅 석유를 끼얹었다.

그리고 냄비에 물을 담고는 낡은 가스레인지 위에 올려놓고 가스 불을 켰다. 가스레인지는 이곳저곳에 지워지지 않는 음식물 자국들이 덕지덕지 붙어 있는 것이 먼젓번 살다 돌아가신 노부부의 오랜 세월을 대변하고 있었다.

마귀선은 살짝 열려있는 안방 문틈을 들여다보았다. 초롱이가 눈을 꼭 감은 채 혼자 뭐라 중얼거리며 열심히 기도하고 있었다. 새엄마가 그 맛난 탕수육과 자장면을 사가지고 올 때까지는 그렇게 기도하여야만 했다. 마귀선은 초롱이가 열심히 기도하는 것을 확인하고는 가스 불이 붙어 있는 레인지 옆으로 갔다. 그리고는 컵에 물을 담더니 활활 타오르는 가스 불 위에 끼얹는 것이 아닌가! 그러자 이내 가스 불이 꺼지고 말았다. 그리고는 귀를 불 꺼진 가스레인지 노즐 쪽에 바짝 갖다 댔다. 마귀선은 양미간에 인상을 썼다.

가스 새는 소리가 들리는 것 같기도 하고 아닌 것 같기도 해서 이번에는 가스 안전밸브 라인을 살펴보았다. 프로판가스가 들어오는 가스 호스는 족히 수십 년 넘게 썼는지 온갖 기름때가 잔뜩 묻어 있었다. 그녀는 과감하게 프로판가스 안전밸브 밑단의 호스를 확 잡아당겼다. 그러자 낡아빠진 호스는 힘없이 안전밸브로부터 뚝 하고 떨어져 나갔다.

'쉬이익.'

동시에 가늘지만 힘찬 가스 새는 소리가 뿜어져 나왔다.

그녀는 프로판가스 새어 나오는 소리가 크게 들리지 않도록 밸브를 조절하였다. 그리고는 강제로 뜯어낸 호스를 안전밸브 밑단에 자연스럽게 꼽아 놓았다. 마귀선은 밸브에 귀를 가까이 댔다. 프로판가스 새는 소리가 마치 전기밥통 뜸 들일 때 소리처럼 힘차게 흘러나왔다. 마귀선은 흡족한 표정을 지으며 안방으로 살금살금 걸어가 마지막으로 방 안을 들여다보았다.

초롱이 앞에 놓인 두 개의 촛불이 처음보다 훨씬 큰 불꽃으로 활활 타오르고 있었고 이에 질세라 석유난로는 뜨거운 열기를 펄펄 내뿜으며 방안을 온통 붉은 빛으로 물들였다. 초롱이는 탕수육에 아주 목숨을 걸었는지 눈을 꼭 감은 채 상체를 훨씬 빠른 속도로 움직이며 뭐라고 중얼거리면서 기도 삼매경에 빠져있었다. 석유난로의 뜨거운 열기 때문에 졸음이 쏟아졌는지 졸음을 쫓아내기 위해 가끔씩 고개를 세차게 흔들기도 하였다.

마귀선은 발소리를 죽여 얼른 신발을 신고 문밖으로 나갔다. 그녀는 두 어린아이가 살기에 터무니없이 큰 시골 단독주택을 다시 한 번 올려다보더니 서둘러 집 밖으로 나갔다.

마귀선은 꽤 멀리 떨어진 인적이 드문 곳에 차를 세워두었기 때문에 그곳까지 빠른 속도로 뛰기 시작하였다. 그러면서 혹시 사람들 눈에 띄지나 않을까 사방을 살펴보았다. 그때 전방에서 동네 사람인 듯한 아주머니가 걸어오기에 마귀선은 다시 태연한 척 천천히 걷기 시작했다. 그녀는 대야미에 올 때 사람들 눈에 띄지 않기 위하여 허름한 운동복을 준비하여 그것으로 갈아입고 온 터라 맞은편에서 오던 아주머니는 마귀선에게 별 관심을 두지 않고 그냥 스쳐 지나갔다.

마귀선은 다시 자동차를 향하여 뛰어갔다. 얼마나 빨리 뛰었는지 얼굴 전체가 땀으로 흥건하였으나 땀을 닦을 겨를도 없이 바로 자동차 시동을 걸고 대야미를 빠져나갔다. 그녀는 차를 몰고 군포시 반대 방향인 안산시로 향했다.

초롱이는 새엄마가 맛있는 탕수육과 자장면을 얼른 사 오시길 바라며 방언으로 기도하다가 석유난로에서 뿜어내는 따뜻한 열기에 결국 굴복하고 말았다. 폭포수처럼 쏟아지는 졸음을 주체를 할 수가 없었다. 그 동안 이 시골집에 살면서 누나가 돈을 아낀다고 추운 겨울 동안 단 한 번도 석유난로를 켜본 적이 없었는데 이렇게 새엄마가 따뜻한 석유난로를 아낌없이 피워주니 졸음이 쏟아지는 것도 당연하였다.

초롱이는 기도를 하다말고 졸도라도 하듯 그냥 옆으로 고꾸라지더니 새근새근 코를 골며 단잠에 빠져들었다. 초롱이 옆에 놓인 두 개의 양초는 훨훨 잘도 타올랐고 부엌 가스레인지에서는 프로판가스 새는 소리가 이제는 아예 대놓고 세차게 들려왔다.

마귀선은 대야미에서 벗어난 안산 가는 길 어느 언덕배기 한적한 곳에 차를 세워두고는 고개를 돌려 대야미 방향을 바라다보았다. 두 남매의 집이 있는 마을이 한눈에 들어오는 아주 전망이 좋은 언덕이었다. 마귀선은 시계를 들여다보았다. 시계가 잘 안 보여 핸드폰을 꺼내어 시간을 확인하려는 순간, 저 멀리에서 B29 폭격기가 히로시마에 원자탄이라도 투하하듯 엄청난 굉음이 터져 나왔다.

'콰앙.'

순간 마귀선은 깜짝 놀라 머리를 감싸며 몸을 움츠렸다.

그리고는 잠시 후 머리를 서서히 들어 소리 나는 대야미 쪽을 바라보았다. 예상한 대로 폭발음이 난 곳은 대야미 아이들 집 부근이었다. 마귀선은 차에서 내려 길 건너편 언덕에 놓인 정자 쪽으로 뛰어갔다. 그곳에서 내려다보면 좀 더 정확하게 볼 수 있었다. 마귀선이 정자 쪽으로 뛰어가자 지나가던 다른 차 운전자들도 차를 세우고 정자 쪽으로 뛰어와 폭발음이 난 쪽을 바라보았다. 굉음과 함께 순식간에 피어오른 화재는 멀리서도 선명하게 보였다. 그곳은 확실히 예라와 초롱이 집이었다. 사람들은 시골 주택가에서 발생한 원인 모를 대형 폭발 현장을 놀란 얼굴로 바라보며 웅성거렸다.

마귀선의 입가에 엷은 미소가 맴돌았다. 자신이 계획한 대로 초롱이를 가스 폭발로 이 세상에서 깨끗하게 사라지게 했기 때문이다. 메마른

겨울 날씨 덕택에 불길은 엄청난 기세로 타올라 검은 연기는 순식간에 하늘 높이 수직상승하여 군포시는 물론이고 멀리 평촌, 의왕에서도 연기를 쉽게 발견할 수 있을 정도로 활활 타올랐다.

마귀선은 불구경을 하는 인파를 뒤로하고 다시 자동차로 돌아왔다. 그리고는 안산시로 들어가 길가에 있는 커피숍을 찾았다. 그녀는 그곳 화장실에서 입고 있던 운동복과 군포아파트에서 입고 나왔던 정장을 바꿔 입었다. 그리고 그 추운 겨울날 냉커피를 벌컥벌컥 마시며 광기로 불붙었던 가슴을 천천히 식혀 내렸다.

예라는 아동복 매장을 꼼꼼히 둘러본 후 한참 만에 마음에 드는 옷을 고를 수 있었다. 언제 또 이런 기회가 올지 몰라 정말 갖고 싶은 옷을 단 한 벌 고르려니 결정하기가 결코 쉬운 일이 아니었다.

예라는 결국 오리털 파카를 골랐다. 겨울에 입을 외투가 없어 항상 덜덜 떨면서 등하교를 했던 예라는 정말 마음에 드는 유명 브랜드의 오리털 파카를 손에 들었지만 가격이 굉장히 비싸 망설였는데 뜻밖에도 하수왕은 옷 가격에 전혀 개의치 않고 흔쾌히 대금을 지불하였다. 옷을 산 예라는 오랜만에 아빠와 함께 저녁식사를 하였다. 메뉴는 예라가 좋아하는 떡볶이와 튀김이었다. 저녁을 먹고 난 두 사람은 대야미로 향했다.

"아빠. 오늘 옷 사주셔서 감사합니다."

앞자리에 나란히 앉은 예라가 말했다.

"감사는 무슨 감사. 아, 피곤하다. 집에 들어가서 일찍 자야겠다."

하수왕은 피곤한지 하품을 늘어지게 하며 무성의하게 대답했다.

자동차가 군포시로 가기 위하여 서울외곽순환도로로 진입하였을 때 하수왕은 저 멀리 대야미 쪽에서 검은 연기가 하늘 높이 솟구쳐 오르는 것을 발견했다.

"저거 뭐야? 불났나 본데?"

"와! 굉장히 크게 났나 봐요. 연기가 하늘 끝까지 올라갔어요."

예라가 머리를 앞 유리창에 바싹대고 하늘을 올려다보며 말했다. 예라는 설마 그것이 자기 집이라고는 꿈에도 상상하지 못했다.

하수왕의 차가 대야미 집 근방에 도착하였을 때 그곳은 이미 수많은 구경꾼과 소방차, 경찰차, 119구조대로 인산인해를 이뤘고 도저히 집 쪽으로 진입할 수가 없었다. 집 부근에 다다르자 예라는 놀라지 않을 수 없었다.

"어? 이거 우리 집 근천데…"

예라는 그 거대한 검은 연기가 바로 집 부근에서 피어오르는 것을 발견하고는 혹시나 하는 마음의 불안감을 감출 수 없었다. 혹시 초롱이가 자기가 없는 사이 불장난을 하다가 저런 대형 화재를 낸 것은 아닌지, 아니면 가스 불을 잘못 켜다가 불을 낸 것이 아닌지 온갖 불안한 생각에 등줄기에 식은땀이 주르르 흘러내렸다. 예라는 황급히 기도하기 시작했다.

'하나님, 제발 제 동생 초롱이에게 아무 일이 없게 해주세요. 저 불난 집이 우리 집이 아니게 해주세요. 제발요!'

집 근처는 자동차가 움직일 수 없을 정도로 꽉 막혀 하수왕은 하는 수 없이 자동차를 갓길에 주차하였다.

"젠장, 어떤 새끼가 불은 내서. 예라야, 내려. 이래서 오늘 내로 나도 집에 못 들어가겠다."

두 사람은 차에서 내려 불구경 나온 군중을 헤집고 들어갔다. 집이 점점 가까워질수록 예라의 불길한 생각은 점점 커져만 갔다. 하수왕 역시 얼굴이 점점 굳어지면서 걸음이 빨라졌다. 예라는 마음속으로 불난 집이 제발 우리 집이 아니기를 간절히 기도했다. 하지만 예라 집이 위치한 골목에 들어선 순간, 예라는 눈앞에 펼쳐진 광경에 망연자실하며 맥없이 주저앉았다.

"우, 우리 집이…."

불길한 예감은 언제나 놀라운 적중률을 보인다. 왜냐하면 그것은 영혼이 우리에게 미리 알려주는 경고음이기 때문이다.

집은 이미 완전히 소실되어 온데간데없이 사라졌고 검은 잿빛으로 변한 몇 개의 콘크리트 기둥들만 낯설게 예라를 맞이했다. 불길은 다 잡았지만 소방차의 살수로 집터에서는 수증기가 섞인 엄청난 양의 흰 연기들이 하늘을 향하여 전쟁터 봉화 피어오르듯 뭉게뭉게 솟구쳐 올랐다.

순간 예라는 자리에서 벌떡 일어서더니 뼈대만 앙상한 집을 향하여 몽유병 환자처럼 두 팔을 벌리고 앞으로 걸어나갔다.

"초롱이! 내 동생 초롱이를 찾아야 해요!"

예라가 소리치며 폴리스라인을 뚫고 불타버린 집터로 들어가려 했다.

"꼬마야, 안 돼!"

그때 경찰관이 예라를 붙들고 현장출입을 금지시켰다.

"초롱아! 초롱아!"

예라는 발만 동동 구르며 동생을 목 놓아 불렀다. 그때 소방관 한 사람이 집 안쪽에서 바깥을 향하여 소리쳤다.

"아이가 한 명 있다!"

그리고 잠시 후 그 소방관은 무너진 시멘트 벽돌을 들추고 어린아이를 안아 올렸다.

"으악!"

그것을 본 사람들은 비명을 지르며 눈길을 돌렸다. 분명 그것은 사람의 시신일 텐데 거의 숯덩이에 가깝게 타버린 끔찍한 모습을 하고 있었다. 예라는 심장이 멎는 것 같았다. 그것이 설마 초롱이라고는 도저히 믿어지지가 않았다. 소방관은 검게 탄 시신을 안고 나와 앰뷸런스에 옮겨 실으려 할 때 예라는 불에 탄 그 기괴한 모습의 시체가 입고 있던 바짓가랑이를 보았다. 그것은 바로 초롱이가 입고 있던 바지였다.

"초…."

예라는 온몸의 신경이 일순간 정지하고 머리를 해머로 세차게 맞은 듯 눈앞이 핑 돌더니 그 자리에 쿵 하고 쓰러지며 정신을 잃고 말았다. 119구조대는 예라마저 앰뷸런스에 옮겨 싣고 참혹한 모습으로 죽음을 맞이한 초롱이의 시신에 흰 천을 덮어 옮긴 후 요란한 사이렌을 울리며 병원으로 향했다.

그렇게 보름이 흘렀다. 그동안 경찰은 현장 조사결과 이번 대형 화재사건은 초롱이가 가스 불을 잘못 켜다 발생한 사고로 결론 내렸다. 경찰은 화재 현장에서 수거한 가스레인지가 켜진 상태에 있었던 점과 짜파게티 부스러기와 봉투가 씽크대 옆에 있었다는 점 등을 증거로 이번 사고는 가스 사용이 미숙한 초등학생이 가스 불을 사용하다가 발생한 화재사건으로 단정지었다.

대야미 화재사고가 발생한 이후, 예라는 마귀선과 하수왕이 살고 있는 군포아파트로 다시 들어오게 되었다. 그러나 예라는 초롱이가 죽고 난 이후 실어증 환자처럼 거의 말을 하지 않았다. 사고 후 보름이 지난 그때까지도 예라의 눈앞에는 화재가 났던 그날 밤 소방관이 안고 나왔던 흉측하게 일그러진 초롱이의 모습이 너무나도 선명하게 떠올랐다. 게다가 밤마다 초롱이가 꿈에 나타나 뜨거운 불 속에서 누나를 향하여 필사적으로 손을 흔드는 꿈을 꾸고 있었다.

"누나, 나 좀 살려줘! 제발 나 좀 살려줘, 누나!"

예라는 그렇게 밤마다 악몽에 시달리며 밤잠을 이룰 수가 없었다.

예라는 죄책감으로 너무나도 괴로워했다. 만약 그날 자기가 동생에게 짜파게티를 끓여주고 나갔더라면 그런 참변은 없었을 것이다. 하지만 자신은 동생이 저녁을 먹든 말든 자신이 살 새 옷만 생각하고 집을 나가버려 동생이 그 뜨거운 불구덩이에서 고통스럽게 죽었다는 것을 생각하니 정말이지 미칠 것만 같았다. 예라는 당장에라도 초롱이를 따라 죽고 싶은 심정뿐이었다.

예라는 그 이후 그날 아빠가 사준 새 옷을 단 한 번도 입지 않았고, 단 한 번도 웃어 본 일이 없었다. 그리고 마귀선과 하수왕이 묻는 말에는 거의 대답을 않다 어쩌다 "네, 아니요."로만 대답할 뿐이었다. 하지만 마귀선은 그런 예라를 예전처럼 구박하거나 때리지 않았다. 오히려 그 사고 이후 혼자 남게 된 예라를 마치 자기가 낳은 외동딸인 양 금지옥엽 귀하게 대하기 시작했다.

대야미 화재사고가 발생한 지 한 달이 흐른 후, 마귀선은 회사 근처 은행에서 통장을 확인하고는 만면의 미소를 지었다. 통장에는 보험회사로부터 지급된 보험금 총 3억 원이 입금되었기 때문이다.

마귀선은 예라와 초롱이를 분가시킬 때 이미 다 계획이 있어 그렇게 아이들을 별도의 집으로 이사시킨 것이었다. 마귀선은 하수왕에게도 전혀 이야기하지 않고 아무도 모르게 대야미 시골집은 두어 개의 화재보험에 가입하고, 예라와 초롱이는 각각 생명보험에 가입시킨 후 적당한 시기를 봐서 초롱이를 그 집에서 불태워 죽일 계획을 갖고 있었다.

처음에는 꼴도 보기 싫은 예라, 초롱이를 몽땅 태워 죽여 버릴 생각이었으나 그랬다가는 보험회사로부터 의심을 받을 것 같아 초롱이만 죽이기로 작정하였다. 결국 보험회사에서 몇 번의 현장조사를 통하여 이 사고는 경찰이 말한 대로 초롱이의 가스 사용 부주의로 발생한 사고로 결론 내리고 총 3억 원의 보험금을 지급하기로 결정 내렸다.

은행 문을 나온 마귀선은 하늘을 올려다보았다. 하늘이 찌뿌듯한 것이 금방이라도 함박눈이 쏟아질 것 같은 분위기였다. 마귀선은 심호흡을 크게 해 보았다.

"아, 드디어 내가 록시하트가 되는구나. 이제 나는 세계적인 스타가 되는 거야. 록시하트!"

마귀선은 길가는 행인은 상관도 않고 하늘을 향해 두 팔을 벌려 크게 소리쳤다. 지나가는 사람들은 마귀선이 정신 나간 여자가 아닌가 싶어 힐끗힐끗 쳐다보며 지나갔다.

김정아는 북경으로 오고 난 이후 어마어마한 돈을 벌게 되었다. 하나님께서 가련한 김정아를 불쌍히 여기셨는지 그녀는 하는 일마다 잘되었다. 갈고리로 돈을 쓸어 담는다는 것이 바로 그녀를 두고 하는 말이었다. 한마디로 재물복이 터진 것이다.

2008년 북경올림픽이 코앞으로 다가오자 한국 관광객들이 마치 쓰나미처럼 북경으로 밀려들기 시작하였고 식당은 대기 손님에게 번호표를 나누어 줄 정도로 인산인해를 이루었다. 게다가 꾸준히 사 두었던 중국연통(中國聯通)과 귀주마오타이(貴州茅台) 주식이 각각 600%에서 700%까지 폭등하여 수억 원의 돈을 벌게 되었다. 부동산에서도 재물복이 터졌다. 분양받았던 왕징 '화정세가(華鼎世家)' 아파트는 중국 부동산 붐을 타고 엄청난 가격으로 올라 완공 이후에는 한국에서 파견 나온 대기업 직원 가족에게 임대를 놓아 월 200만 원씩의 임대료를 받고 있었다.

그녀는 그동안 식당에서 번 돈을 한 푼도 안 쓰고 아파트 중도금을 불입하고 계속해서 주식을 사들였다. 그렇게 주식으로 번 돈으로는 아파트 한 채를 더 사게 되었다. 북경 왕징에 있는 '신항선가원(新航線家園)'이라는 중국 항공사 직원조합에서 투자하여 건설한 고급아파트를 사게 되었다.

정말 사람의 운명은 이렇게 한순간에 바뀔 수 있는가 보다. 불과 몇 년 전만 하더라도 아이들에게 부대찌개 하나 사주려고 아끼고 아껴도 10만 원 모으기도 어려웠는데, 이제 그녀는 손을 대는 곳마다 돈을 벌어들이고 있으니 정말이지 대단한 물질적 축복이 아닐 수 없었다.

김정아는 그럴수록 더욱 겸손하였고 쉬펑을 비롯한 주위의 도와준 사람들을 위하여 더욱 열심히 식당을 운영하였다. 이날도 점심시간이 훨씬 지난 오후 2시 반쯤이 되어서야 식당 손님이 좀 빠져나가는 것 같았다. 김정아는 오전 11시부터 오후 2시까지 정말 주방에서 물 한 모금 마실 시간조차 없을 정도로 정신없이 음식을 만들어냈다.

김정아는 앞치마를 잠시 벗어놓고 식당 밖으로 나갔다. 왕징 거리는 언제나 많은 인파, 자동차 그리고 자전거로 북적거렸다. 김정아는 기지개를 켜고 심호흡을 크게 해보았다. 그리고 하늘을 올려다보았다. 겨울이지만 매서운 바람이 없고 햇볕이 매우 따뜻한 정말 좋은 날씨였다.

"아, 정말 힘들다."

그녀는 다시 한 번 기지개를 켜면서 양쪽 어깨를 몇 번 토닥거렸다. 그때 핸드폰 벨소리가 울려 김정아는 호주머니에서 핸드폰을 꺼내어 전화번호를 확인하였다. 쉬펑인 줄 알았는데 발신번호가 긴 것이 한국 전화였다. 그녀는 고개를 갸우뚱하고 전화를 받았다.

"여보세요."

김정아는 한국 전화려니 생각하고 한국어로 말했다.

역시 친구 유정희의 전화였다.

"아이고, 안 그래도 연락이 없다 했다. 잘 있었어?"

김정아는 오랜만에 연락 온 친구의 전화를 유쾌하게 받았다. 하지만 그녀의 유쾌한 감정은 친구가 전해준 비보에 일순간에 사라지고 말았다. 유정희는 한국에서 일어났던 대야미 화재사고 소식을 뒤늦게 알고는 그 사실을 김정아에게 알려준 것이다.

"뭐? 그럼 우리 초롱이가…."

김정아는 초롱이가 불이 난 집에서 못 나와 죽었다는 소식을 전해 듣고는 핸드폰을 힘없이 떨어뜨리며 길바닥에 주저앉아 흐느끼기 시작했다. 그녀는 소리 없이 흐느끼다가 순간 터져 나오는 분노에 손바닥으로 보도블록을 내리치면서 통곡하기 시작하였다.

"하수왕, 이 나쁜 새끼! 어서 내 아들 살려내. 어서!"

그녀는 실성한 여자처럼 엉엉 울면서 절규하였다. 순식간에 김정아 곁에는 많은 사람들이 몰려들었고 가게에 있던 종업원들이 뛰어나와 그녀를 부축하며 일어섰다. 때마침 쉬펑이 식당으로 오다가 이 광경을 보고는 몹시 놀라 일단 김정아를 둘러업고는 식당으로 들어갔다. 중국인들은 원체 호기심도 많고, 남의 일에 참견도 잘해 금방 자리를 뜨지 않고 식당 창문에 얼굴을 붙이고 끝까지 들여다보는 탓에 쉬펑은 구경꾼들을 다 내쫓고 아예 가게 문을 닫아 버렸다.

한참 만에 정신을 차린 김정아는 쉬펑이 가져다준 생수 한 병을 벌컥벌컥 다 마셨다. 그리고는 친구 유정희에게 전화를 하여 화재사고의 자초지종을 다시 한 번 캐물었다. 한참 동안 통화를 한 김정아는 전화를 끊고 방금 전에 들은 소식을 쉬펑에게 이야기했다. 그리고는 무엇인가 결단을 내렸는지 쉬펑을 향하여 입을 열었다.

"쉬펑, 나 빠른 시일 내로 한국 갔다 올게. 한국 가서 내 딸 예라를 데리고 올 거야. 데려와서 예라와 같이 중국에서 살 거야. 하수왕 그건 인간도 아니야. 그런 개만도 못한 인간에게 애를 맡겨 놨다가는 예라도 언제 죽을지 몰라."

김정아는 분노에 찬 목소리로 말했다.

"그래, 그렇게 해. 식당은 걱정하지 말고 내일이라도 당장 한국 가서 예라를 데리고 오도록 해."

쉬펑은 김정아가 예라를 데려올 수 있도록 적극 도와주겠다고 하였다.

사실 학창시절부터 김정아를 좋아하였던 쉬펑은 언젠가는 김정아에게 프러포즈를 하려고 마음먹고 있었다. 하지만 지금 이 순간 김정아에게 있어 가장 소중한 사람은 자신이 아닌 그녀의 딸 예라라는 것을 잘 알고 있었기 때문에 청혼은 차후로 미루기로 생각하였다.

그리고 언젠가 그녀에게 청혼을 했을 때, 만에 하나 그녀가 딸을 위하여 그냥 딸과 단둘이 살고 싶다고 하더라도 결코 낙담하지 않을 것이라고 마음먹었다. 쉬펑은 그것이 김정아를 편하게 해줄 수 있는 길이라면 기꺼이 그런 그녀의 뜻을 존중해야 한다고 생각했다. 그렇게 된다면 쉬펑에게 있어서 김정아는 좋은 한국 친구이자 사업 파트너로 남게 되는 셈이니 그것도 그리 나쁘지는 않다고 생각했다.

마귀선은 보험회사로부터 3억 원이라는 거금을 손에 거머쥐었지만 이 사실을 남편인 하수왕에게 말할 리가 만무했다. 마귀선은 2억 원을 5만 원 권으로 준비하여 이것을 사과박스에 넣었다. 2억 원도 사과박스에 넣으니 별것 아니었다. 그 작은 상자 속으로 쏙 들어가고 상자 윗부분에는 여유 공간이 있을 정도였다. 마귀선은 그 위에 신문지 몇 장을 덮어 마치 사과 선물을 들고 가는 것처럼 위장했다.

그녀는 약속한 날 밤 유앤컴퍼니 사장을 만나러 갔다. 직원들은 모두 퇴근하고 사무실에 혼자 남아 있던 사장은 마귀선을 반갑게 맞았다.

"사과 배달 왔는데요."

마귀선은 카트에 실어서 지하주차장에서부터 밀고 온 사과박스를 내밀며 능청스럽게 말했다. 사장은 입이 째져라 함박웃음을 지으며 두 손을 연신 비벼댔다.

"혹시 들어오다가 본 사람은 없겠지?"

"이 늦은 시간에 누가 있겠어요? 뚜껑 열어서 사과나 한 번 맛보세요."

마귀선의 말에 사장은 잠시 사장실 방문을 열더니 맞닿아 있는 사원 사무실에 혹시 누가 있는 것은 아닌지 다시 한 번 확인하고는 문을 닫았다.

안도의 한숨을 내쉰 사장은 얼른 박스를 열어보았다. 그러자 신문지가 덮혀 있었다. 사장은 신문지를 들춰보았다. 그 밑에는 사장이 기다리고 기다리던 현금 덩어리들이 탐스럽게 익은 사과인 양 가지런히 놓여 있었다. 사장은 영화에서 본 것처럼 그중 한 다발을 꺼내어 주르르 퉁겨보았다.

"금액은 맞겠지?"

"세어 보세요."

"그럴까?"

의심 많은 사장은 정말로 돈다발을 하나씩 꺼내어 개수를 세어 보았다. 그리고 몇 다발은 하나씩 낱장까지 세어보는 세심함을 보였다.

"좋아, 약속대로 딱 2억이군."

"어때요, 마음에 드세요?"

"암, 들다마다."

사장은 환한 미소를 지며 대답했다.

"그런데 말이야 귀선 씨. 주역을 맡는데 한 가지 조건이 생겨서 말이야…"

"네에? 조건이요?"

마귀선은 조건이라는 말에 민감하게 반응하였다. 지금 눈앞에 있는 현금 2억 원이 어떻게 마련한 돈인데 이것 외에 또 다른 조건을 제시하니 마귀선은 은근히 화가 치밀었다.

"다른 게 아니고 여주인공 록시하트 역을… 더블캐스팅하려고."

"뭐? 뭐라고요? 더블캐스팅이요? 아니, 사장님, 그게 무슨 말씀이세요? 2억 원을 드리면 저에게 주인공 자리를 주신다고 한 것은 언제고 이제 와서 더블캐스팅이라니요? 이거 왜 이러세요?"

마귀선은 더블캐스팅이라는 말에 노발대발했다.

더블캐스팅은 주역 자리를 두 배우가 번갈아가면서 공연하는 것으로 여주인공 자리를 독차지하여 모든 스포트라이트를 한몸에 받아 일약 스타덤에 오르려고 준비한 마귀선에게는 청천벽력과 같은 소리였다.

"자자, 마귀선 씨 진정하고 내 말 좀 들어 봐. 내가 마귀선 씨를 못 믿어서 그러는 것이 아니라 나는 이 뮤지컬을 수십억 원을 들여서 제작했기 때문에 이 작품 하나에 우리 회사의 명운이 달려 있어. 뮤지컬 관객 중에는 주인공 한 명만 보고 오는 마니아들이 너무 많아. 만약 마귀선 씨 한 명만 여주인공으로 캐스팅했다가는 나로서는 엄청난 위험부담을 안고 가는 거야. 그래서 리스크 관리 차원에서 여주인공을 마귀선 씨와 다른 유명 연예인을 한 명 더 쓰기로 결정한 거야."

마귀선은 사장의 사정 이야기를 듣고도 도저히 흥분을 가라앉힐 수가 없었다.

"그 여자가 누구예요?"

"아, 그 사람은 그 이름도 유명한 유리아! 하하하!"

"네…? 유리아요?"

마귀선은 유리아라는 소리에 끓어오르는 분노를 참을 수가 없었다. 칼이라도 옆에 있었으면 당장 사장을 찔러 죽이고 싶은 심정이었다. 유리아는 나이는 어리지만 당대 최고의 아이돌 여가수로서 수많은 뮤지컬을 성공리에 이끈 뮤지컬계의 전설적인 인물이다.

"사실 이 돈도 유리아에게 개런티로 줘야 해. 히히."

사장은 턱으로 방금 전에 마귀선이 건네준 박스를 가리키며 히죽거렸다. 마귀선은 피가 거꾸로 솟구치는 것만 같았다. 사장의 변덕스러운 마음에 거의 미치기 일보 직전이었다. 하지만 사장도 사장 나름대로 공연 실패라는 최악의 상황은 벗어나야 하기 때문에 어쩔 수가 없이 그렇게 결정한 것이라고 해명했다.

마귀선은 2억 원의 출처도 모르는 사장이 그것을 고스란히 유리아에게 준다는 소리에 가슴속으로부터 밀려오는 분노를 억지로 참고 있었다.

'내가 저것을 어떻게 마련했는데 어디서 그깟 년이 내 돈을 가지고 가? 어림 반 푼어치도 없는 소리. 만약 유리아가 저 돈을 받는다면 죽은 초롱이 영혼이 그년을 가만히 놔둘 것 같아? 어디 두고 보자. 내가 이 뮤지컬이 망하는 한이 있어도 절대 더블캐스팅 못하게 만들 테니까.'

마귀선은 살기 어린 눈으로 자신의 피 같은 2억 원을 들고 나가려는 사장을 노려보았다.

"마귀선 씨, 너무 서운하게 생각하지 마. 유리아하고 더블캐스팅 된 것만 해도 당신은 이미 스타덤에 오른 거라고. 으하하."

"전 그렇게 생각 안 하거든요. 이제 와서 말을 바꾸시면 안 되지요."

마귀선은 표독스럽게 내뱉었다. 그러자 사장은 귀찮다는 듯 마귀선의 손을 잡았다.

"너무 흥분하지 말고 내 사정도 생각해 줘. 나 수십억 투자했다가 쫄딱 망하면 어떡해? 자자, 귀선 씨가 한번 눈감아 주고 우리 어디 가서 한잔할까? 오늘은 내가 쏘지, 히히."

사장은 마귀선의 팔을 당기며 같이 나갈 것을 재촉했다.

마귀선은 군은 얼굴을 하고 억지로 그의 팔에 이끌려 사무실 밖으로 나갔다. 사장이 사과박스를 얹은 카트를 끌고 사무실 문을 닫으려고 할 때 마귀선의 핸드폰이 울렸다.

"나 먼저 차에 가 있을 테니까 문 잘 닫고 주차장으로 와."

사장은 카트를 끌고 가벼운 발걸음으로 주차장을 향했다.

마귀선은 핸드폰 전화번호를 확인해 보았다. 그러더니 이내 양미간에 인상을 썼다.

"여보세요!"

마귀선은 화난 목소리로 전화를 받았다. 그리고는 상대편의 이야기를 가만히 듣고 있었다.

"드디어 내가 세계적인 뮤지컬의 주역을 따냈어요. 이제 모든 건 끝났어요. 공연하는 첫날 꼭 보러 오라고요. 아셨죠?"

마귀선은 신경질적으로 대답하고는 전화를 끊었다.

그녀는 입술을 깨물었다. 그녀의 눈에서 독기가 오르기 시작했다.

"이제야 내 세상이 오는데 유리아를 가만 놔둘 수는 없지. 네년도 초롱이 곁으로 보내 드리지. 후후. 안녕, 초롱아 날 도와줄 거지?"

마귀선은 미친 여자처럼 방긋 웃는 얼굴로 사무실 천정을 올려다보며 말했다. 그리고는 사무실의 불을 끄고 지하주차장으로 향했다.

이즈음 서초동 예술의 전당에서는 매우 큰 사건이 발생하였다. 그것은 희대의 도난사건으로 전시회를 개최하려고 예술의 전당 비밀창고에 보관하였던 수십억 원 상당의 미술품이 감쪽같이 사라진 사건이었다.

서초동 예술의 전당은 뮤지컬, 오페라를 공연하는 중앙건물 오페라 하우스와 미술전시회를 여는 한가람미술관, 서예박물관 등으로 이루어져 있는데 특히 한가람미술관에서는 동서양의 유명 미술품을 전시하기로 유명하다. 이번에 도난당한 미술품은 세계적인 중국 현대미술가 쩡판즈(曾梵志)의 그림으로 크기가 겨우 사무용지 A3 크기만 한 것이 무려 시가 50억 원에 호가하였다. 그 그림이 감쪽같이 사라진 것이었다.

이 그림은 전시를 이틀 앞두고 중앙건물인 오페라 하우스에 있는 비밀창고에 보관하고 있었는데 이것이 쥐도 새도 모르게 사라진 것이다. 예술의 전당 측은 초비상이 되었다. 건물 내부 각층 심지어 주차장까지 완벽한 보안 장치로 감시되고 있는데 도대체 어떤 절도범이 어떤 루트를 통하여 그 고가의 그림을 훔쳐갔는지 정말 귀신이 곡할 노릇이었다.

결국 경찰이 CCTV 등 당시 현장자료를 면밀히 분석한 결과 이들은 기상천외하게도 한밤중에 열기구를 타고 삿갓 모양으로 생긴 옥상에 착륙한 후 비밀창고에서 미술품을 탈취하여 옥상으로 올라와 다시 열기구를 타고 우면산 산기슭으로 도주한 사실이 밝혀졌다. 경찰은 그 증거품으로 우면산 산속에서 발견한 절도범들이 사용하고 버린 열기구를 언론에 공개하였다. 예술의 전당 측은 최첨단 보안 장치를 설치하였음에도 불구하고 그러한 도난 사고가 발생한 것에 대하여 여론의 뭇매를 맞고는 보안대책 강화에 전전긍긍하였다.

결국 고심 끝에 생각해낸 것이 고전적인 경비대책인데 그것은 다름 아닌 야간에 경비견을 풀어 놓는 것이었다. 예술의 전당 옥상에 무서운 경비견을 풀어 놓으면 제아무리 전자 철책을 교묘히 뚫고 들어온 도둑이라 할지라도 한번 물면 목숨이 끊어질 때까지 놓지 않는 맹견을 뚫을 수는 없을 것이라 판단했다.

예술의 전당 관계자는 전국 최고의 경비견을 물색하기 위하여 백방으로 알아봤다. 그 결과 경기도 대야미에 있는 '한국맹견훈련소'의 개들이 경비견으로 매우 뛰어나다는 소문을 듣고는 그곳에서 가장 용맹하고 똑똑한 경비견 두 마리를 1년간 임대하기로 계약을 맺었다.

한국맹견훈련소에서 예술의 전당으로 발탁되어 가게 된 경비견은 다름 아닌 천하와 무적이었다.

예술의 전당과 경비계약을 맺은 한국맹견훈련소의 견의리 대표는 절도범이 들었던 예술의 전당 오페라 하우스 외곽을 찬찬히 둘러 본 후 천하와 무적이를 삿갓 모양의 옥상에 배치하는 것이 가장 좋을 것으로 판단하고 특수 철강으로 제작한 개집도 옥상 한 귀퉁이에 설치하는 등 예술의 전당 경비에 만전을 기했다.

악마들의 최후

드디어 유앤컴퍼니에서 야심 차게 준비한 뮤지컬 '시카고'가 첫 공연을 하게 되었다.

그간 마귀선은 유리아와 더블캐스팅되어 피나는 연습을 하였고 첫 공연의 행운은 그간 유앤컴퍼니 사장에게 금전적 육체적 향응을 베푼 마귀선에게 돌아갔다.

예술의 전당 오페라 하우스 내 오페라 극장.

뮤지컬 시카고는 이곳에서 공연을 한다. 한국에서는 최고의 무대라고 할 수 있는 예술의 전당 오페라 극장에는 초호화 배우들로 캐스팅된 시카고의 첫 공연을 보기 위하여 공연시간이 저녁 7시임에도 불구하고 일찌감치 많은 사람들로 장사진을 이루고 있었다. 유앤컴퍼니의 대대적인 홍보 덕분에 티켓은 한 달 치가 전회 매진된 상태였다.

오페라 극장 무대 상부에는 조명기구 등 여러 가지 무대 장치들이 복잡하게 얽혀 있고 마치 거대한 공장시설처럼 무대 위쪽으로 사람들이 걸어 다닐 수 있는 철제로 된 워크웨이(Walkway, 공중 통로)가 놓여 있었다.

예술의 전당 무대설치 직원 두 사람은 공연이 시작하기 전에 무대 상태를 점검하기 위해 위로 올라왔는데 그들은 장치의 한 부분에 쪼그리고 앉아 매우 걱정스러운 눈으로 그것을 내려다보았다.

"요놈의 클램프(Clamp, 조임 고리)가 위험한데…"

나이가 꽤 들어 보이는 대머리 직원이 드라이버로 장치를 톡톡 치면서 내뱉었다. 그것은 무대에 세워져 있는 거대한 세트를 철제 와이어로 매달아 그 끝을 무대 위 파이프에 연결한 클램프였다. 그런데 그 클램프의 조임이 헐거워 자칫 잘못했다가는 그것이 빠져나가 무대 아래로 떨어질 것만 같았다. 만약 그랬다가는 무대세트가 일순간에 무너져 대형 참사로 이어질 수 있었다.

"저한테 좋은 생각이 있어요."

"어떻게 하게?"

깡마른 젊은 직원은 워크웨이 한구석에 놓여 있던 비계용 쇠 파이프를 하나 들고 왔다. 그리고는 그 파이프로 공중에 팽팽하게 늘어져 있던 와이어를 두어 번 감더니 통로 난간 사이에 꽂아 두는 것이었다. 그렇게 하면 클램프가 빠지더라도 바로 떨어지지는 않을 것 같았다.

"어때, 괜찮겠죠?"

"음, 임시방편으로는 쓸 만한 것 같은데 내일 아침에 당장 새 클램프를 사와야겠어."

대머리 직원이 양미간에 인상을 쓰면서 말했다. 직원들은 문제가 발생할 부분을 그렇게 임시방편으로 처리하고는 비상구를 통하여 밖으로 나갔다.

한편 그 시각 김정아는 인천국제공항에 도착하였다. 초롱이가 화재사고로 형체를 알아볼 수 없을 정도로 참혹하게 죽었다는 소식을 접하고는 다음 날 당장 한국으로 들어와 딸 예라를 데리고 가려고 했으나 이런저런 사정으로 결국 이제야 한국으로 들어오게 된 것이다. 그녀는 초롱이의 비보를 들은 후 여태까지 잠을 제대로 자본 적이 없었다. 그녀는 한국 땅에 발을 디디는 순간 전남편 하수왕과 마귀선에 대한 복수심에 피가 끓어오르는 것 같았다.

'예라는 무슨 일이 있어도 내가 반드시 데려가야 해.'

김정아는 설령 초롱이에 대한 원수는 갚지 못하더라도 예라 만큼은 그 지옥 같은 마귀선 아파트에서 반드시 구출해 내겠다는 각오로 한국을 찾았다. 그녀는 간단한 핸드캐리어 하나만을 들고 왔고 리무진 버스를 타려다 마음을 바꾸어 택시에 올라탔다. 한국에 들어오니 단 1분도 아까워 가능한 한 빨리 예라를 구출해야겠다는 일념뿐이었다.

"군포시로 가주세요."

김정아는 택시 기사에게 말했다. 택시는 총알같이 인천공항을 빠져나갔다.

한편 오페라 극장 무대 뒤 분장실에 있던 마귀선은 인생의 대전환점이 될 큰 공연을 앞두고 밀려오는 긴장감을 감출 수가 없었다. 그녀는 이미 공연의상으로 갈아입고 분장도 다 마친 상태였다. 마귀선은 여주인공에게 주어진 전용 분장실 안에서 혼자 이리저리 왔다 갔다 하고 있었다. 그러더니 가방에서 담배를 꺼내어 불을 붙였다. 그리고는 가슴속에 꽉 들어차 있던 긴장감을 모두 토해내듯이 긴 연기를 내뿜었다. 평소 가끔씩 담배를 피우던 그녀였다. 하지만 이렇게 중요한 공연을 앞두고 흡연을 한다는 것은 가수로서 있을 수 없는 일이지만 담배를 피우지 않고서는 폭발할 듯한 긴장감을 도저히 잠재울 수가 없었다.

그녀는 담배를 물고는 가방에서 무엇인가를 찾고 있었다. 그러더니 그녀가 가방에서 꺼낸 것은 다름 아닌 잭나이프였다. 찰칵. 버튼을 누르자 서슬 퍼런 칼날이 새로운 살인을 기다리고 있다는 듯 예리하게 반짝거렸다. 마귀선은 입가에 엷은 미소를 지으며 담배 연기를 칼날을 향하여 내뿜었다. 그녀는 연기가 모락모락 피어오르는 담배를 가늘고 긴 손가락 사이에 긴 채 손가락 끝으로 잭나이프의 매서운 칼날을 쭉 문질러 보았다. 손가락 각도를 살짝만 돌려도 깊이 베일 듯 날카롭기 그지없는 칼날이었다.

그때 누군가 분장실 문을 두드리는 소리가 들렸다.

'똑똑똑.'

마귀선은 황급히 잭나이프를 가방에 넣고 피우던 담배를 커피가 담겨 있던 종이컵에 쑤셔 넣었다.

"들어오세요."

방문이 조심스럽게 열렸다. 그리고는 작은 키, 약간 통통한 체구의 연세가 꽤 되어 보이는 노파가 들어왔다. 금테 안경을 끼고 명품으로 치장한 그녀는 한눈에 봐도 아주 돈 많은 사람처럼 보였다. 옷매무새에서부터 핸드백 등 몸에 지닌 액세서리까지 부티가 철철 흘렀다. 하지만 노파의 유난히 엷은 입술이나 위로 치켜 올라간 눈매는 매우 표독한 인상이었다. 관상학적으로 이러한 얼굴은 인정머리라고는 눈곱만큼도 없는 전형적인 수전노 상이다.

"오셨군요."

마귀선은 차분한 목소리로 인사했다. 그러자 노파는 대답 대신 미소를 띠며 그녀에게로 걸어 왔다. 그리고는 코를 킁킁거렸다.

"담배 피웠나? 긴장했구만."

마녀가 된 우리엄마

노파는 들고 있던 장미꽃다발을 그녀에게 내밀었다.

"굼벵이도 기는 재주가 있다더니 딱 내년을 두고 하는 소리구만. 성공하라우."

그녀는 억센 이북사투리로 내뱉었다.

"오 여사님이 말씀 안 하셔도 전 꼭 성공할 거예요."

"길티. 그래야 내 돈을 갚을 것 아이갔서? 날래 갚으라우. 이번에 못 갚으면 니 신장을 떼어버리갔어."

신장이라는 소리에 마귀선은 양미간을 찌푸리며 앙칼지게 내뱉었다.

"그 소리 좀 고만해요! 오늘 같은 날 재수 없게…."

"하하, 나 농담 아니야. 어쨌든 나도 객석에서 구경하겠어. 잘 하라우."

노파는 당당한 걸음걸이로 분장실을 빠져나갔다. 마귀선은 노파가 나간 문을 화난 얼굴로 바라보았다. 그리고는 잠시 생각에 잠겼다.

오소리. 그것이 방금 전 마귀선에게 나타났던 노파의 이름이다. 매번 마귀선에게 의문의 전화를 걸어왔던 사람이 바로 오소리 여사였다. 보통들 '오 여사'라고 부르는 그 여자는 올해 71세이고 서울에서는 아주 유명한 사채업자다.

고리대금업으로 수백억 원의 재산을 모았지만 자신이 받아야 할 원금과 이자는 단돈 1,000원이라도 모자라면 깡패를 동원하여 반드시 받아내는 아주 악명 높은 사채업자다. 뼛속까지 고리대금업자인 오소리를 마귀선이 처음 만나게 된 것은 지금으로부터 10년 전 서울 용산구 동부이촌동 강변교회 시절이었다. 그 두 사람 모두 강변교회 성가대에서 활동하였고 그곳에서 서로를 알게 되었다. 피붙이에게까지 돈 주는 것이 아까워 평생을 독신으로 살아온 오소리도 주일에는 반드시 교회에 나갔다. 게다가 성가대 활동까지 하였다.

신앙심이라고는 개털만큼도 없던 그녀였다. 하지만 평소 인정머리 없는 짓을 하도 많이 하고 다녀 죽어서 지옥 갈 것이 두려운 나머지 면피성으로 교회를 다니는 사람이었다.

당시 마귀선도 강변교회를 다니고 있었다. 그녀 역시 예수님을 신실하게 믿어 교회를 나간 것이 아니라 다른 목적을 이루기 위해서 그 교회를 나가게 되었다. 그러다 두 사람은 성가대에서 알게 되었고 그러던 어느 날 마귀선은 급하게 돈이 필요하게 되었는데 그때 흔쾌히 돈을 빌려준 사람이 바로 오소리였다.

"얼마나 필요한데?"

"한 2억 원이요."

"무시기? 젊은 애미나이가 그렇게 큰돈을 어디다 쓰려고?"

"전신성형을 할 거예요. 얼굴도 다 뜯어고치고 복부, 허벅지, 팔, 종아리 온몸의 지방 흡입수술을 할 거예요. 그리고 가슴도 키울 거고요."

"누구한테 잘 보이려고?"

"아주머니는 몰라도 돼요. 그냥 돈만 빌려주시면 돼요."

"흠, 몰라도 돼? 그런 자세한 내막도 모르고 내래 어케 돈을 빌려주갔어? 그것도 아무런 담보도 없는 젊은 애미나이에게 2억씩이나."

"그럼 어떻게 하면 돼요?"

"무슨 사유로 돈을 빌려야 하는지 자세한 내용의 자술서를 쓰라우. 그리고 마지막에는 이자와 원금을 제때 갚는다고 쓰고 만약 그 약속을 지키지 못할 시에는 내가 시키는 무엇이든 다 하겠다고 쓰라우. 그리고 지장을 찍어."

마녀가 된 우리엄마

마귀선은 10년 전 오소리에게 돈을 빌렸던 일이 마치 엊그제 일처럼 생생하게 생각이 났다. 마귀선은 처음에는 오소리가 동부이촌동에 사는 그저 돈 많은 독신녀로 알고 넙죽 2억 원이라는 거금을 빌렸지만 시간이 흐르면서 그녀가 수단과 방법을 가리지 않고 이자와 원금을 받아내는 악랄하기 그지없는 사채업자라는 것을 알고 땅을 치고 후회했다. 하지만 이미 때는 늦었다. 이자는 눈덩이처럼 불어 급기야 원금을 넘어서 갚아도 갚아도 그 끝이 보이지 않았고 지금껏 10년 넘게 원금과 이자를 갚느라 그녀에게 고분고분할 수밖에 없었다.

지금껏 그녀를 몰래 불러내어 쥐도 새도 모르게 죽여 버려야겠다고 생각한 것이 한두 번이 아니었으나 워낙 거금을 쥐고 깡패들을 수족처럼 움직이는 그녀인지라 함부로 까불었다가는 도리어 자신이 칼침을 맞을지 몰라 지금까지 그렇게 지내 온 것이었다.

하지만 이번 공연을 무사히 끝마치면 마귀선도 이제 스타덤에 올라 광고수익이나 방송출연 등으로 거금이 생길 것이고 그럼 그때 그 돈으로 사람을 고용하여 그 거머리 같은 할망구를 은밀하게 제거해 버려야겠다고는 계획까지 가지고 있었다.

마귀선은 잠시 생각에 잠겼다가 정신을 차리고 자리에서 벌떡 일어섰다.

"그래서 난 교회가 싫어. 오소리 같은 쓰레기도 천국 가는 확신을 받았다고 성가대에서 할렐루야를 부르고 있으니 말이야."

마귀선은 혼자 중얼거리며 벽에 걸린 시계를 올려다보았다. 그리고 옷매무새를 가다듬고는 총총걸음으로 분장실을 빠져나갔다.

그 시각 하수왕은 택시를 타고 예술의 전당 앞에서 내렸다. 그 뒤를 따라 예라가 내렸다. 하수왕은 뿌듯한 마음으로 예술의 전당 오페라 하우스를 올려다보았다. 하수왕은 아내 마귀선이 연일 매스컴에 오르내리고 이렇게 우리나라 최고의 무대에 선다는 것이 너무나도 자랑스러웠다. 역시 마귀선과 결혼한 것은 자신의 탁월한 선택이라고 생각했다.

하수왕은 마치 자기가 오늘 뮤지컬 무대에 설 가수라도 된 듯 감격에 젖은 눈으로 오페라 하우스를 한참 동안 올려다보더니 한참 만에야 생각이 났는지 뒤에 서 있던 예라를 힐끗 내려다보았다.

예라는 동생 초롱이가 죽은 이후 거의 식음을 전폐하여 몰골이 말이 아니었다. 몰라보게 야위어 있었고 거무튀튀해진 얼굴에는 중간중간 마른버짐이 커진 것이 영락없는 중병 환자였다. 이것이 예라에게는 아무 의미도 없는 공연이지만 아빠가 꼭 같이 가야 한다는 바람에 마지못해 따라나선 것이다.

하수왕은 예라의 얼굴을 보자마자 대번 인상을 썼다.

"야, 이 년아, 넌 오늘 엄마가 큰 공연을 하게 됐는데 얼굴이 그게 뭐니? 꼬락서니하고는…. 옷어! 공연장 안에 들어가서도 인상 쓰고 있으면 끝나고 집에 가서 혼날 줄 알아. 빨리 따라와."

하수왕은 예라를 윽박지르더니 오페라 하우스 쪽으로 발길을 재촉했다.

오페라 하우스 안으로 들어서니 뮤지컬을 보러온 관객들로 인산인해를 이루었다. 특히 오늘 여주인공을 맡은 마귀선의 대형 브로마이드 포스터 앞에는 많은 사람들이 모여 처음 보는 그녀의 화려한 경력을 살펴보고 있었다. 하수왕도 포스터 앞으로 다가가 마귀선의 이력을 읽어 내려가다가 고소를 금할 수 없었다.

"풋! 줄리아드 음대?"

하수왕은 터져 나오려는 웃음을 억지로 참느라 얼굴이 벌게졌다. 남편인 자기도 모르는 아내 마귀선의 생전 처음 보는 학력과 경력이 깨알같이 적혀 있었기 때문이다. 하지만 유명인이 되려면 이 정도의 거짓말은 필수라고 생각한 하수왕은 다시 자세를 가다듬고 대형 포스터를 의미심장한 눈으로 바라보았다.

"어머, 신인인 줄 알았는데 그간 경력이 대단하네."

"그러게. 학교도 미국 최고 음대를 나왔잖아. 숨은 인재였네."

포스터 앞에 모여 있는 사람들 모두가 감탄사를 터트렸다. 그 소리를 들은 하수왕 역시 들뜬 마음에 가만히 있을 수가 없었다.

"하하, 여러분, 이 사람이 바로 제 집사람입니다. 하하!"

하수왕의 한마디에 이들은 안 그래도 뮤지컬 무대에서 처음 보는 마귀선이라는 신인에 대하여 궁금해 하던 차에 일제히 하수왕을 바라보았다.

"어머, 남편도 정말 잘생겼다."

한 아주머니가 한마디 던지자 모두들 수긍이라도 하듯 고개를 끄덕이며 소곤거렸다. 하기야 외모 면에 보자면 하수왕은 거의 영화배우 뺨치는 수준이니 여자들이 그런 말을 안 할 수가 없었다. 의기양양해진 하수왕은 입이 귀에 걸릴 정도로 함박웃음을 지으며 그 자리를 뒤로하고 나왔다.

"예라, 너 여기 기둥 옆에 가만히 서 있어. 아빠 금방 엄마한테 갔다올 테니까. 시작하기 전에 이 아빠가 응원해줘야 예쁜 엄마가 힘이 나지 않겠어? 하하."

예라는 힘없이 고개를 끄덕였고 하수왕은 당당한 걸음으로 무대 뒤쪽으로 걸어갔다.

예라는 아빠가 말한 대로 오페라 하우스 1층 로비에 있는 커다란 기등 옆에 서서 오가는 사람들을 바라보았다. 13세 이상 관람이 가능한 뮤지컬이라 자기처럼 어린아이는 거의 찾아볼 수 없었지만 이따금 눈에 띄는 아이들은 모두 잘 차려입고 밝은 얼굴을 하고 있었다. 그들은 하나같이 부모들과 같이 와서 무엇을 그리도 재밌게 이야기하는지 즐거운 얼굴로 재잘거리며 로비를 오가고 있었다.

예라는 자신의 처지를 생각해 보았다. 자신의 마음속에는 지금 기쁘거나 즐거운 구석이라고는 티끌만큼도 남아 있지 않았다. 그 추운 시골집에서 혼자 짜파게티를 끓여 먹겠다고 가스 불을 켜다 불에 타 죽은 동생 초롱이를 생각하면 정말이지 미칠 것만 같았다. 속이 답답해져 오페라 하우스를 뛰쳐나가 바깥으로 나가고 싶었다. 설령 바깥으로 뛰쳐나간다 하더라도 거기서도 이 답답함을 멈출 수가 없을 지경이다. 정말이지 이 지구 바깥으로라도 탈출하고픈 심정뿐이었다.

그런 마음을 꾹 참고 있는 예라에게 새엄마의 뮤지컬 공연은 정말 아무짝에도 쓸모없는 그들만의 파티에 불과했다.

그때였다.

예라가 세상에서 가장 불쌍한 얼굴을 하고 그 커다란 대리석 기둥 옆에 초췌하게 서 있을 때 누군가 예라에게 성큼성큼 다가오는 것이었다.

"예라야!"

예라는 낯선 이가 자신의 이름을 부르는 소리에 깜짝 놀라 그 사람을 쳐다보았다. 순간 예라는 눈이 휘둥그레졌다. 그 사람은 다름 아닌 한국 맹견훈련소 견의리 아저씨였기 때문이다.

"어? 아저씨!"

예라는 갑자기 얼굴에 화색이 돌았다.

"아니, 예라야. 네가 여기는 웬일이냐?"

견의리 역시 놀란 눈으로 예라에게 다가갔다.

"엄마가 오늘 뮤지컬 공연을 하세요."

"엄마가?"

"저기."

예라는 마귀선의 대형 브로마이드 사진이 걸려있는 포스터를 가리켰다. 견의리는 그제야 그 여자가 누군지 알아보았다. 예라와 초롱이 남매를 그렇게 못살게 굴던 새엄마가 뮤지컬 배우였다니 견의리는 고개를 설레설레 저었다.

"쯧쯧, 겉과 속이 완전히 다른 여자구먼."

"아저씨는 여기 웬일이세요?"

예라가 밝은 목소리로 물었다.

"음. 난 여기 뮤지컬 보러 온 게 아니고 우리 천하와 무적이 일 시키러 왔어."

"천하와 무적이요?"

"그래, 천하와 무적이가 이곳 예술의 전당에 취직했어."

"하하, 천하와 무적이는 갠데 개가 어떻게 취직을 해요?"

취직이라는 말에 예라는 정말 오랜만에 큰소리로 웃었다.

"그건 말이다. 이곳에서 밤에 도둑을 잡으려고 천하와 무적이를 경비견으로 사용하게 됐다는 말이야. 아저씨는 그놈들이 잘하고 있나 감독하러 아침, 저녁 하루에 두 번씩 여기에 오고 있단다."

그제야 예라는 견의리의 설명을 듣고는 그제야 고개를 끄덕였다.

견의리는 예술의 전당에서 뜻밖에도 예라를 만나게 되어 무척이나 반가웠다. 그 어린 꼬마의 얼굴을 들여다보니 견의리는 한없는 동정심이 피어올랐다. 그도 그럴 것이 비록 예라와 초롱이가 새엄마에게 내쫓겨

시골집에서 단둘이 살고 있었지만 그래도 두 남매가 오순도순 서로 의지해가며 살았는데 느닷없이 불어 닥친 화마로 졸지에 남동생을 잃게 된 예라를 생각하니 견의리는 가슴이 미어졌기 때문이다.

하지만 견의리는 자기마저 슬픈 표정을 보이면 이 어린 것이 얼마나 마음의 상처를 받을까 싶어 애써 웃음을 지으며 죽은 동생 이야기는 아예 입 밖으로 꺼내지도 않았다.

"그래 우리 예라는 씩씩하니까 앞으로 훌륭한 사람이 될 거야. 나중에 우리 천하와 무적이 보여 줄 테니까 훈련소에 또 놀러 와."

"네, 아저씨."

예라가 환하게 웃으면서 대답했다.

"참! 예라야, 그러고 보니까 내가 너한테 줄 게 있구나."

그때 견의리는 문득 무엇인가 생각이 났다.

"예라 너 혹시 옛날 집에서 달팽이 키웠니? 이만큼 큰 애완용 명주달팽이 말이야."

견의리는 손가락 두어 개를 짚어 보이며 말했다.

"네, 키우긴 키웠는데 아저씨가 그걸 어떻게 아세요?"

예라는 고개를 갸우뚱하며 의아해했다.

"예라야. 네가 들으면 기분 나쁠지 모르겠지만 실은 아저씨가 너희 불난 집에 한 번 가보았단다. 모든 것이 잿더미가 되어 아무것도 없더구나. 그런데 정말 이상한 것이 새카맣게 타버린 잿더미 속에서 큰 흰색 달팽이가 두 마리 있지 않겠니? 그래서 내가 혹시나 해서 그 달팽이를 우리 훈련소에 갖다 놓았어. 그거 예라 네 것 맞니?"

"네, 맞아요. 그런데… 이상하다? 걔네들이 어떻게 거기 있지? 분명히 달팽이들은 군포아파트에 있었는데…."

예라는 계속 고개를 갸우뚱하며 이리저리 생각해 보았다. 견의리 아저씨 이야기를 들어 보니 분명 그것은 예라가 애지중지 아끼던 애완용 명주달팽이가 확실하였다. 그것은 진작이 새엄마에게 빼앗겨 새엄마 집 베란다에 내팽개쳐져 있을 텐데 달팽이가 무슨 재주로 주인을 찾아 그 멀리까지 기어왔단 말인가? 달팽이가 불난 집터에서 발견되었다고 하니 참으로 이상한 일이 아닐 수 없었다.

"참, 달팽이 말고 또 하나 줄게. 이거야."

견의리는 호주머니를 뒤지더니 웃옷 안주머니에서 무엇인가를 꺼냈다. 그것은 다름 아닌 바구니 속에 달팽이와 같이 있었던 철제 사진케이스였다. 겉이 불에 그슬리기는 했지만 그것은 예라가 바구니 속에 넣어 두었던 사진케이스가 확실하였다.

"이것도 아저씨가 잿더미 속에서 같이 찾았어. 사진케이스더라. 사진을 보니까 예라가 친엄마하고 찍은 사진 같던데 너 주려고 항상 주머니 속에 가지고 다녔어. 자 받아."

예라는 아저씨로부터 사진케이스를 건네받고 뚜껑을 열어보았다. 그것은 분명히 예라가 바구니에 넣어 두었던 사진케이스가 확실하였다.

"예라야, 공연시간 다 됐다. 어서 들어가 봐. 그리고 빠른 시일 내로 한번 놀러 와. 명주달팽이도 돌려줄 테니까. 달팽이들이 그 불 속에서도 살아남은 걸 보니 정말 신기하더라. 아마도 땅속에 숨어 있다가 나왔겠지? 그럼 아저씨는 천하와 무적이 풀어 놓으러 옥상으로 올라갈게. 안녕."

견의리가 예라의 머리를 쓰다듬자 예라는 고개를 숙여 인사했다.

"안녕히 가세요."

견의리가 자리를 뜨고 나서 예라는 아저씨가 찾아낸 명주달팽이와 사진케이스 때문에 깊은 고민에 빠졌다.

'명주달팽이가 어째서 불난 우리 집에서 나왔지? 그리고 그 사진케이스도….'

예라는 머리가 혼란스러웠다. 바구니는 새엄마 아파트에 있어야 하는데 어째서 대야미 집에서 발견되었는지 이해가 가질 않았다.

그때 하수왕이 예라를 향하여 빠른 걸음으로 걸어왔다.

"뭐해? 공연시간 다 됐잖아. 빨리 와, 어서!"

하수왕은 예라를 다그치다가 예라가 들고 있던 꾀죄죄한 물건을 발견하고는 인상을 찌푸렸다.

"야, 너는 엄마가 이런 훌륭한 곳에서 공연을 하는데 그따위 쓰레기 같은 건 왜 들고 왔어? 네가 거지냐? 얼른 갖다 버려!"

하수왕은 멀찌감치 보이는 휴지통을 가리켰다. 예라는 잠시 쭈뼛거리다가 쓰레기통이 있는 곳으로 달려가더니 사진케이스를 버리는 척하고는 몰래 호주머니에 넣었다.

화려하고 고급스러운 분위기의 극장 내부 인테리어는 그곳을 찾아온 손님들로 하여금 탄성을 자아내게 했다. 하지만 예라의 눈에는 그런 것들이 한낱 부자들의 허영심으로밖에 보이지 않았다. 대신 머릿속에는 '어째서 달팽이와 사진케이스가 대야미 집 불구덩이 속에서 나왔을까?' 하는 위구심으로 꽉 차 있었다.

잠시 후 마귀선이 평생 꿈꾸어왔던 뮤지컬 시카고 무대가 그 서막을 올렸다. 여주인공 록시하트 역을 맡은 마귀선은 데뷔 무대의 중압감 때문인지 목소리에 긴장감이 많이 묻어 있었다. 관객들은 그녀의 노래를 들으면서 이따금씩 인상을 찌푸리기도 했다.

하지만 하수왕은 그녀의 노래에 완전히 심취한 얼굴이었다. 그는 무대를 휘젓고 다니는 마귀선의 일거수일투족을 하나라도 놓칠세라 눈도 깜박거리지 않고 뚫어지게 바라보고 있었다.

반면 예라는 눈으로는 새엄마의 일생일대의 작품을 보고 있었지만 마음속으로는 마치 셜록홈즈처럼 무슨 실마리라도 찾기 위하여 계속 그 일에 골똘하고 있었다.

그때였다. 예라는 무대 위에서 가증스럽게 웃고 있는 새엄마의 얼굴을 보는 순간, 갑자기 전기 충격이라도 받은 듯 자리에서 벌떡 일어서며 외쳤다.

"맞아! 이게 모두…."

예라가 갑작스레 일어서는 바람에 주위에 있던 사람들은 깜짝 놀라 예라를 쳐다보았고 옆에 앉아 있던 하수왕은 민망한 얼굴로 예라의 팔을 세차게 끌어당겼다.

"야, 이년아, 너 미쳤어? 갑자기 왜 일어서? 어서 앉아!"

하수왕은 낮은 목소리로 윽박질렀다. 그러나 예라는 꿈쩍도 하지 않고 지금까지 한 번도 보지 못했던 분노에 가득 찬 눈으로 하수왕을 노려보았다.

"갑자기 너 왜 그래?"

예라의 이상한 행동에 하수왕은 얼떨떨하였다.

"아빠!"

예라는 다른 관객들이 듣든 말든 큰 소리로 아빠를 불렀다. 하수왕은 주위 사람들의 곱지 않은 시선을 의식했는지 의자 밑으로 몸을 수그리며 예라를 올려다보았다.

"야! 너 왜 그래?"

하수왕는 예라에게 무슨 일이라도 생겼나 싶어 다그쳐 물었다.

"나… 화장실 좀 갔다 올게요. 오줌 마려워요."

"어이구, 이년이. 빨리 갔다 와."

하수왕이 꾸짖자 예라는 앉아 있던 관객들 사이를 어렵사리 빠져나 갔다.

어두운 복도를 따라 극장 밖으로 나가던 예라의 눈에서 눈물이 주르르 흘렀다. 예라는 터져 나오는 울음을 억지로 참으며 화장실로 달려갔다. 그리고는 문을 잠그고 변기 위에 앉아 통곡하며 큰 소리로 울었다.

"초롱아! 내 동생 초롱아!"

예라는 마침내 초롱이가 어떻게 그런 끔찍한 죽음을 당했는지 그 이유를 찾아낸 것이다. 지금까지 모두들 초롱이가 사고 당일 가스 불을 잘못 사용하여 대형 화재를 낸 것으로 알고 있었는데 사실은 그것이 아니었다.

초롱이는 예전에 새엄마로부터 초등학생이 가스 불도 켤 줄 모른다고 죽도록 맞고 난 이후 아무 문제없이 하루에도 몇 번씩 가스 불을 켜고 끄고 했는데 유독 그날만 그런 사고를 낼 리가 만무했다. 예라는 이 화재사건이 누군가 일부러 초롱이를 죽이기 위해 계획적으로 벌인 아주 무서운 범죄라는 사실임을 깨달았다. 불을 낸 범인은 다름 아닌 새엄마 마귀선이었다.

예라는 군포아파트 베란다에 있어야 할 바구니 속 달팽이와 철제 사진케이스가 대야미 불난 집 잿더미 속에서 발견됐다는 것은 바로 새엄마가 예라가 없는 틈을 이용하여 대야미 집에 바구니를 돌려준답시고 찾아와서 불을 내고 도망간 것이라고 확신했다. 그렇게 하지 않고서야 불난 집터 잿더미 속에서 달팽이와 사진케이스가 나올 리가 만무하다.

사실 예라는 화재사고가 나고 며칠이 지나서 대야미 불난 집터를 찾아간 적이 있었다. 동생이 죽은 사실에 심한 충격을 받은 예라는 정신 나간 아이처럼 집터를 천천히 돌아보다 우연히 발견한 것이 있었는데 그것은 타다 남은 레고 장난감 종이박스였다. 그런데 그 박스는 집에 없었던 '레고 달 로켓기지'라는 장난감 박스였다. 그때 예라는 그것을 주워들며 의아하게 바라보다 순간 섬뜩한 생각이 뇌리를 스쳤다.

'이 레고 박스는 우리 집에 없던 것인데 내가 아빠하고 옷 사러 간 사이 누가 장난감 선물을 갖고 왔나? 누구지? 설마… 새엄마? 그럼 새엄마가 불을…'

예라와 초롱이를 죽도록 미워하던 새엄마이지만 아무리 자기들이 미워도 그렇게까지 잔인한 짓을 하겠는가, 라고 생각한 예라는 쓸데없는 상상은 접어두고 불에 그슬린 장난감 박스에 대한 일은 까맣게 잊어버리고 있었다.

하지만 오늘 견의리 아저씨로부터 건네받은 철제 사진케이스를 보는 순간, 모든 의문의 조각들이 퍼즐 조각처럼 하나씩 맞아떨어졌고, 자신의 말도 안 되는 상상이 불행히도 현실로 이루어지게 된 것이다.

결국 이 모든 사건이 새엄마가 저지른 짓임이 틀림없었다. 예라는 이 기막히고도 억울한 사연을 누구에게 알려서 진실을 밝혀야 할지 가슴이 미어지는 것만 같았다.

"엄마!"

예라는 그동안 가슴속에 맺혀 있던 설움이 한순간에 터져 나왔다. 해일처럼 밀려오는 눈물이 하염없이 흘러내려 얼굴은 온통 눈물, 콧물로 범벅이 되었다.

"엄마, 지금 어디서 살고 있어? 살아있는 거지, 엄마? 우리 초롱이, 내 동생 초롱이는 그 나쁜 새엄마가 죽였어. 엄마! 이제 난 어떡하지?"

예라는 친엄마 김정아가 미치도록 보고 싶었다.

사랑하는 엄마와 헤어진 후, 하루도 끊이지 않고 계속되는 새엄마의 매질 앞에서 그나마 버틸 수 있었던 것은 오로지 동생 초롱이가 있었기 때문이다. 서로 의지하며 힘겨운 삶을 근근이 이어가고 있었는데 이제 하늘 아래 하나밖에 없었던 동생이 죽고 없으니 예라는 땅에 발을 디디고 일어설 힘조차 없었다.

예라는 새엄마를 도저히 용서할 수가 없었다. 아무리 자기들이 밉더라도 그렇게 착한 초롱이를 잔인하게 불태워 죽였다는 것을 생각하면 새엄마는 겉모습만 사람이지 원래 모습은 무서운 악마임이 틀림없다. 예라가 지금 어른이었다면 당장 새엄마에게 달려가 그녀에게 복수하고 말았을 텐데 그럴 수도 없는 일이었고, 지금 예라가 할 수 있는 것이라고는 오직 기도밖에는 없었다. 새엄마하고는 한통속인 아빠에게 말했다가는 예라 자신만 미친 사람 취급받을 것이고, 친엄마는 어디에 있는지조차 모르고 이 상황에서 예라가 할 수 있는 유일한 방법은 오직 기도 그것 하나밖에 없었다.

"하나님 아버지, 오늘 제가요 하나님께 나쁜 기도 하나만 드릴게요. 한 번만 용서해 주세요. 단 한 번만. 우리 새엄마… 죽여주세요. 제가 지금까지 하나님한테 우리 새엄마 잘되게 해달라고 기도했잖아요. 새엄마가 우릴 때리더라도 새엄마를 사랑하게 해달라고 기도했었는데 이제 그런 기도 안 할 거예요. 왜냐하면요… 새엄마가 우리 초롱이를 죽였거든요. 하나님은 세상 모든 일을 다 보고 계시니까 아시죠? 하나밖에 없는 내 동생 초롱이를 새엄마가 불에 태워 죽였어요. 하나님 아버지, 제발 저 좀 도와주세요!"

예라는 눈물을 펑펑 흘리며 가슴을 치며 기도하다가 끝내 실신하여

마녀가 된 우리엄마

화장실 바닥에 쓰러지고 말았다.

이날 인천국제공항에 내린 김정아는 한 시도 지체하지 않고 바로 택시를 잡아타고 군포시로 향하고 있었다. 군포시에 있는 마귀선의 아파트를 쳐들어가 그녀와 대판 싸움이 벌어질지라도 반드시 딸 예라를 데리고 북경으로 가겠다는 비장한 각오로 택시에 올라탄 것이다.

그때 김정아는 인상을 찌푸리며 머리를 움켜쥐었다.

"아야! 머리가 왜 이렇게 아프지?"

멀쩡하던 그녀는 갑작스러운 두통에 머리를 부여잡고 자동차 시트에 몸을 기댔다. 김정아는 굉장히 건강한 체질이라 지금까지 단 한 번도 편두통 따위는 앓아 본 적이 없었는데 참으로 기이한 일이었다.

"손님, 멀미하세요? 창문 좀 열어 드릴까요?"

택시기사는 백미러를 통하여 김정아의 상태가 몹시 안 좋다는 것을 확인하고 창문을 조금 열어 신선한 공기가 들어오게 했다. 그리고 기사는 분위기 전환을 위하여 라디오를 켰다. 그때 마침 라디오 프로에서 오늘밤 첫 공연을 하게 된 뮤지컬 시카고에 대한 이야기가 나오고 있었다.

"오늘 첫 공연을 하는 뮤지컬 시카고의 여주인공 록시하트 역을 맡게 된 배우가 바로 마귀선이라는 신인인데요, 이 여배우 하루아침에 스타가 되었죠? 네, 지금 시간을 보니 한참 공연을 하고 있을 텐데 마귀선 씨가 이번 공연에 성공한다면 한 번에 미국 브로드웨이까지 진출한다고 하니 정말 신데렐라가 따로 없네요. 게다가…"

머리가 하도 아파 눈을 감은 채 관자놀이를 지그시 누르고 있던 김정아는 라디오 DJ의 이야기에 눈을 번쩍 떴다.

"뭐? 마귀선이 오늘 공연을?"

김정아는 마귀선이 지금 이 시간 서초동 예술의 전당에서 공연을 하고 있다면 하수왕은 당연히 그곳에 관람하러 갔을 것이고, 새엄마가 얼마나 위대한 사람인가를 보여주기 위해 필시 예라도 그곳으로 데려갔을 것이라고 짐작했다.

"아저씨, 죄송한데 군포로 가지 마시고요, 지금 당장 서초동 예술의 전당으로 가주세요. 빨리요."

김정아는 다급하게 말했다.

"아, 그래요? 알겠습니다."

택시기사는 차선을 바꿔 1차선에 올라타더니 빠른 속도로 서울외곽순환도로를 질주해 과천 방향으로 빠져나갔다.

견의리는 예술의 전당 옥상에 가시설로 만든 경비견 우리에서 천하와 무적이를 꺼내어 옥상에 풀어 놓았다. 경비견으로는 세계적인 명성을 지닌 도베르만 핀셔 천하와 무적이는 그 명성과 지금까지 받은 훈련량이 보여주듯 우리에서 꺼내어 자유롭게 풀어줘도 여느 개들처럼 천방지축으로 뛰어다니지 않았다. 그 어둠 가운데에서도 침입자의 그림자를 찾아낼 듯 사방으로 고개를 민첩하게 돌리고 있었다.

"침입자는 반드시 물어 죽여라."

견의리는 마치 특수임무를 띤 특공대원에게 명령이라도 내리듯 천하와 무적이에게 냉엄하게 말했다. 그러면서 그들의 목을 부드럽게 만져주었다.

"도둑을 죽이지 못하면 너희가 죽는다."

견의리는 천하와 무적이를 토닥거려 주고는 옥상 출입문을 통하여 아래로 내려갔다. 그제야 그 용맹하고 영리한 검은 몸매에 쫑긋한 두 귀를 가진 도베르만 핀셔는 육상선수가 시합 전에 트랙에서 몸을 풀듯이 가볍게 옥상 주위를 돌기 시작했다.

　마귀선은 1막을 그런대로 무사히 마쳤다. 뮤지컬이 시작하여 조명이 켜지는 순간, 지금까지 참아왔던 중압감을 못 이겨 목소리가 지나치게 크게 나오긴 하였지만 마귀선은 점차 시간이 흐르면서 차분함을 되찾았고 그제야 객석에 앉아 있던 사람들의 얼굴도 하나둘씩 들어오기 시작하여 1막이 끝날 무렵에는 지금까지 갈고닦은 실력을 유감없이 발휘하였다.

　사실 대부분의 관객들은 이날 공연에서 데뷔한 마귀선에게는 큰 관심이 없었다. 오히려 남자 주인공인 변호사 '빌리' 역으로 나오는 뮤지컬배우 쟈니홍에게 관심이 쏠려 있었다. 여주인공은 다음 날 공연하는 세계적인 뮤지컬 배우 유리아가 단연 최고의 인기였다. 마귀선과는 비교조차 할 수 없는 명가수고 아마도 이 시카고 공연이 끝나면 그녀의 명성은 명실상부 세계 최고로 우뚝 서게 될 것이라는 것이 언론매체들의 전망이었다.

　하지만 바로 이점 때문에 마귀선은 시카고의 더블캐스팅 여주인공으로 발탁되었어도 전혀 기쁘지가 않았다. 피 같은 돈 2억 원을 써가면서도 결국 이 공연이 끝나고 나면 아이돌 스타 유리아에게 모든 명예와 인기가 돌아갈 것이고, 자신은 잠시 반짝이다가 새벽어둠 속으로 사라지는 한낱 유성 같은 존재가 될 것이라는 것을 생각하니 도저히 끓어오르는 분노를 통제할 수가 없었다.

　마귀선이 1막을 마치고 무대 뒤로 들어오자 모두들 칭찬 일색이었다. 특히 유앤컴퍼니 사장은 걱정한 것과는 달리 별 실수 없이 1막을 끝낸 마귀선에게 감동을 받았는지 눈물을 글썽이며 그녀의 손을 덥석 잡았다.

　"귀선 씨, 정말 잘했어. 계속 이렇게만 해줘. 그럼 우리는 대박이야, 대박!"

사장은 예상외로 선전한 마귀선에게 매우 흡족해 하였다.

"그러시겠죠. 내가 실수라도 하는 날에는 그 유명하신 유리아에게도 흠집이 갈 테니까요."

마귀선은 냉랭하게 대답했다.

그때였다. 마귀선과 같이 더블캐스트로 뛰게 될 유리아가 1막을 성공적으로 마친 마귀선을 칭찬해 주기 위해 분장실로 찾아왔다. 환한 미소를 띤 유리아는 커다란 장미꽃 다발을 들고 마귀선에게 찾아왔다.

"마귀선 씨, 정말 잘하시네요. 제가 객석 맨 앞에서 보고 있었는데 너무 잘하셔서 흥분을 가라앉힐 수가 없어요. 제가 뮤지컬 무대에 처음 섰을 때보다 훨씬 잘하시는데요. 자, 이거 받으세요."

유리아는 장미꽃을 내밀었다.

마귀선은 속으로 유리아를 비웃었다. 자기보다 나이도 어린 것이 노래 하나 잘한다고 본인의 데뷔 시절을 운운하며 자신과 비교하는 것이 영 못마땅했다.

"주니까 받죠."

마귀선은 어느 톱스타보다도 도도한 자세로 꽃을 받아 들었다.

"며칠 전 저한테 전화하셨을 때 1막 끝나고 잠깐 보자고 하셨는데 뭐 특별히 다른 일이 있어서 그런 것은 아니시죠?"

유리아가 호기심 어린 눈으로 물었다.

사실 마귀선은 공연하기 며칠 전 유리아에게 전화하여 첫날 공연 중 1막이 끝나면 잠시 무대 뒤에서 만날 것을 제의하였다. 유리아는 만천하가 다 아는 가요계와 뮤지컬계의 대스타지만 항상 겸손하고 여린 심성 때문에 연령층을 가리지 않고 많은 사람들이 그녀를 좋아하였다. 그녀는 뮤지컬계에 데뷔하는 마귀선을 축하해 주는 의미에서 흔쾌히 그녀의 제의를 받아들였고 이렇게 찾아온 것이다.

"한 15분 정도 여유 시간이 있으니 시원한 공기도 마실 겸 저하고 잠깐 밖으로 나가실래요? 제가 긴히 드릴 말씀도 있고…"

마귀선의 제의에 유리아는 어깨를 들썩이는 제스처를 취하며 고개를 끄덕였다.

"그래요, 중요한 이야기라 하시니 엄청 궁금한데요?"

마귀선은 유리아로부터 받은 꽃다발을 내려놓고 대신 자신의 가방을 챙긴 다음 유리아의 팔짱을 끼었다. 그녀의 서슴없는 행동에 유리아는 순간 당황하는 표정이었다. 하지만 마귀선은 전혀 신인답지 않게 대스타에게 여유 있는 미소를 지어 보였다.

"세계 최고의 스타님, 가실까요."

순진한 유리아는 맑은 미소를 지으며 마치 친자매인 양 그녀와 다정하게 팔짱을 끼고 바깥으로 나갔다.

공연 중간에 나왔기 때문에 그들은 오페라 하우스 정문을 통하여 야외로 나갈 수는 없었다. 대신 마귀선이 사전에 확인해 두었던 옥상 비상구를 통하는 바깥으로 나가기로 했다. 오페라 극장 무대 뒤 분장실에서 계단을 타고 조금 올라가면 무대 위 장치들이 설치된 곳이 나오는데 그곳에 있는 워크웨이를 통하여 조금만 나가면 오페라 하우스 중간 옥상으로 나가는 비상구가 나온다.

두 사람은 계단을 올라 워크웨이를 통하여 비상구로 향했다. 무대 위 조명과 복잡한 설비 사이로 놓인 워크웨이를 걸으며 유리아는 약간은 겁먹은 얼굴이었다.

"귀선 씨, 진짜 이쪽으로 나가면 바깥으로 연결되나요?"

"그렇다니까요. 저쪽으로 나가면 옥상이에요. 빨리 나갑시다."

유리아는 마귀선이 말한 쪽을 바라보니 정말 벽면에 녹색으로 빛나는 비상구 표시가 보였다. 비상구를 열고 바깥으로 나가자 그곳은 뒤쪽으로는 우면산의 우거진 숲이 보이는 중간 옥상이었다. 그리고 앞쪽으로는 남부순환도로를 달리는 수많은 자동차 불빛이 보였다.

"아, 이쪽으로 나오는구나. 난 여기서 수백 번 공연을 했는데 이런 곳이 있는 줄은 꿈에도 몰랐어요."

유리아가 심호흡을 하면서 말했다.

"수백 번 공연하니까 좋니?"

마귀선은 가방 지퍼를 열며 무엇인가를 찾으면서 물었다. 갑작스러운 그녀의 반말에 유리아는 어안이 벙벙했다.

"네? 저에게 하실 말씀이 있다고 하셨는데…."

유리아는 직감적으로 불길한 예감이 들어 용건을 마치고 얼른 내려갈 태세였다. 하지만 마귀선은 그녀의 질문에 콧방귀도 끼지 않고 가방을 뒤지며 계속 무엇인가를 찾았다.

"쌍, 이게 어디 갔어? 아, 여기 있네. 찾았다."

마귀선은 가방에서 무엇인가를 꺼냈다. 유리아는 겁먹은 눈으로 그녀를 주시하였다. 담배였다. 마귀선은 노련한 포즈로 담배를 꼬나물고는 라이터 불을 댕겼다.

"담배도… 피우세요?"

유리아는 조심스럽게 물었다. 겁먹은 유리아의 모습은 마치 불량 학생의 호출로 방과 후 옥상으로 끌려온 모범생과 같았다.

그때 천하와 무적이는 오페라 하우스 맨 꼭대기 옥상에서 경비를 서다 어디선가 이상한 냄새가 나는 것을 감지했는지 코를 킁킁거리기 시작했다. 그리고는 반대편에 있는 중간 옥상을 향하여 달려가기 시작했다.

"유리아, 내가 오늘 꼭 유리아에게 하고 싶은 말이 있는데…"

마귀선은 담배를 꼬나물고 또 가방을 뒤지기 시작했다. 유리아는 긴
장한 얼굴로 초조하게 그녀의 행동만 지켜보고 있었다.

"퉤, 쌍! 왜 이렇게 어두워?"

마귀선은 담배를 뱉더니 신경질적으로 가방을 뒤지다 무엇인가를 꺼
냈다. 그녀는 무직한 쇠뭉치를 손에 들었다. 그리고는 무엇인가를 누르
니 그 어두운 곳에서도 눈에 띌 정도로 번쩍이는 칼날이 튀어나왔다.
그것은 맹수라도 단칼에 죽일 수 있는 무시무시한 잭나이프였다.

"헉!"

유리아는 너무 놀라 두 손으로 입을 가리고 뒷걸음을 쳤다. 하지만
다리가 너무 떨려 도망갈 수가 없었다.

"유리이, 네년이 얼마나 잘났는지는 모르지만 난 네가 싫거든. 오늘
그냥 죽어 줬으면 좋겠어."

마귀선은 매우 태연스럽게 내뱉었다. 그러자 유리아는 두 손을 내밀
며 애원하였다.

"왜 이러세요? 제가 뭘 잘못했다고 이러세요? 제, 제발 살려 주세요!"

그녀는 떨리는 목소리로 애원하였다.

하지만 그녀를 죽여야겠다고 이미 마음먹고 있던 마귀선에게 그따위
애걸은 충분히 예상하였던 그저 시시껄렁한 죽기 전 대사에 불과하였다.

마귀선은 조금의 망설임도 없이 힘차게 칼을 휘둘렀다.

"헉."

마귀선이 내지른 칼이 그대로 유리아의 복부를 파고들었다. 호리호
리한 몸매의 마귀선이었지만 칼을 휘두르는 파워는 마치 그녀의 몸속

에 또 다른 난폭자가 존재하는 느낌이었다. 마귀선은 유리아의 몸속에 깊숙이 박힌 칼을 다시 뽑아 들더니 이번에는 목을 찔러 단칼에 그녀의 숨을 끊을 작정이었다.

졸지에 테러를 당한 유리아는 처음에 겁먹은 얼굴과는 달리 의외로 담대했다. 그녀는 침착하게 피가 흐르는 복부를 부여잡고는 비상구를 향하여 뒷걸음치기 시작했다. 마귀선은 입가에 묘한 미소를 지어가며 칼을 다시 한 번 높이 쳐들고 그녀에게 다가갔다.

그때였다.

'윙윙. 윙윙.'

깜짝 놀란 마귀선은 고개를 들어 위를 올려다보니 위쪽 옥상에 웬 개 두 마리가 아래쪽을 향하여 맹렬히 짖어대고 있었다. 유리아는 마귀선이 잠깐 한눈을 파는 사이 혼신의 힘을 다해 비상구 문을 열고 극장 안으로 뛰어들어갔다.

잡히는 사람은 누구라도 물어 죽일듯한 분노의 눈동자로 마귀선을 내려다보고 있던 천하와 무적이는 어떡하면 그 밑으로 내려갈지 이리저리 미친 듯이 뛰어다니며 난리가 났다. 꼭대기 옥상은 중간 옥상보다 최소 10여 미터는 높은 곳에 있었다. 그런데 갑자기 무적이가 중간 옥상을 향하여 힘차게 뛰어내리는 것이 아닌가! 이에 뒤질세라 천하 역시 힘차게 뛰어내렸다.

'윙윙.'

천하와 무적이는 벽면을 한 번 차고는 번개같이 중간 옥상으로 착지하였다. 졸지에 마귀선 곁으로 무시무시한 두 마리 맹견이 나타나자 사태는 완전히 역전되었다. 심한 부상을 당한 유리아는 비상구를 통하여 가까스로 도망친 상태였고 마귀선이야말로 진퇴양난의 상황이었다.

마녀가 된 우리엄마

"이 개새끼들은 뭐야? 저리 가! 저리 가라니까!"

마귀선은 허공에 대고 미친 듯이 칼을 휘둘렀다. 천하와 무적이도 오늘에야 자신들이 기다려왔던 도둑을 죽일 수 있는 기회가 왔다는 듯 맹렬히 짖어댔다. 그 순간 천하가 번개처럼 날아 마귀선을 덮치더니 그녀의 허벅지를 그대로 물었다.

"으악!"

마귀선의 째질 듯한 비명 소리가 밤하늘을 갈랐다. 천하가 그녀의 다리를 꽉 물고 늘어지자 마귀선은 칼을 번쩍 들고 천하를 노려보더니 천하의 시커먼 눈을 향하여 그대로 비수를 내리꽂았다.

'끼깅. 끼깅.'

천하는 왼쪽 눈이 정통으로 찔리자 미친 듯이 울부짖으며 물고 있던 그녀의 허벅지를 놓고는 이리저리 펄쩍펄쩍 뛰어다녔다. 마귀선은 그 틈을 이용해 비상구를 향히여 필시적으로 도망갔다. 그러자 이번에는 무적이가 방향 감각을 잃고 휘청거리는 천하 앞에서 잠시 머뭇거리다 맹렬한 속력으로 마귀선의 뒤를 쫓았다.

워크웨이를 통하여 죽을힘을 다해 도망치던 마귀선은 무적이의 짖어대는 소리에 반사적으로 뒤를 돌아다보았다. 무적이는 어느새 쏜살같이 달려와 마귀선 등 뒤까지 바짝 다가왔다.

무대 뒤에서는 2막을 올리려 하는데 여주인공 마귀선이 나타나지 않아 난리가 났다.

"마귀선 어디 갔어? 어디 갔냐고? 내 이래서 초짜들은 쓰는 게 아닌데. 으아! 미치겠네!"

유앤컴퍼니 사장은 우리 속의 성난 사자처럼 이리저리 왔다 갔다 하며 괴성을 질러댔다.

"일단 음악 내보내고 다들 무대 뒤를 샅샅이 뒤져 봐. 어서!"

감독의 명령에 모두들 우왕좌왕하며 무대 뒤는 일대 대혼란이 일어났다.

끝내주는 쇼를 준비했지.
그래 남자 무용수 한 명 있으면
나를 들어 올려서 폼나게 잡아줄 남자 한 명!
까짓것 두 명으로 하지. 균형이 더 잘 맞잖아.
더 크게 생각해 더 크게 록시!
이왕이면 몇 명 더 쓰는 거야.
모두가 알게 될 이름 그게 바로 록시!
행운이 따르는 이름 맞아! 바로 록시!
곧 유명인사가 될 거야. 모두 알아보는 그런 스타.
그 전부를 알아보겠지. 그 키 눈 머리 가슴과 코
멍청한 정비공의 아내는 안녕 누구? 록시!
그래. 살인도 예술이라네.
나는 혜성처럼 데뷔해.
섹시 록시하트!

객석에 있던 관객들은 무대의 막은 올라가지 않고 계속해서 음악과 코러스만 나오자 점점 웅성거리기 시작했다. 하수왕 역시 무대 뒤에서 무슨 일이 일어난 것이 아닌가 싶어 손바닥에 난 땀을 닦으며 시계를 들여다보았다. 그러다 힐끗 비어있는 옆자리를 바라보더니 양미간을 찌푸렸다.

"이년은 화장실에 가서 자나? 새엄마의 고마움도 모르는 거지 같은 년. 이번 공연 끝나면 고아원에 맡겨 버려야겠어."

하수왕은 화난 목소리로 중얼거렸다.

그 시각 김정아를 태운 택시는 쏜살같이 서초동 예술의 전당 앞에 도착하였다. 김정아는 조그만 핸드캐리어를 들고 내리고는 웅장한 예술의 전당 오페라 하우스를 올려다보았다.

화장실 바닥에 기절해 있던 예라는 정신을 차리고 일어나더니 더 이상 울지 않고 변기 위에 쪼그리고 앉아 하나님께 간절한 기도를 올리기 시작했다.

"하나님, 어쩌면 이것이 저의 마지막 기도일지도 몰라요. 저는 이제 더 이상 살아갈 희망이 없어요. 하나님… 새엄마를 꼭 죽여주세요. 새엄마는 악마가 분명해요. 악마니까 내 동생 초롱이를 그렇게 죽인 거예요. 내 동생이 뭘 잘못했다고… 새엄마도 우리 초롱이의 고통을 알아야 해요. 이게 하나님께 드리는 저의 마지막 소원이에요."

예라는 흐느끼며 기도하였다.

워크웨이에 있던 마귀선은 완전히 궁지에 몰렸다. 워크웨이는 거기서 끝났는데 뒤에서는 무적이가 무서운 이빨을 드러내고 으르렁대고 있었다. 마귀선 역시 잭나이프를 들이댔다.

"저리 가. 가까이 오면 죽여 버리겠어!"

마귀선은 칼을 휘두르며 무적이를 위협했다. 그러나 무적이는 마귀선의 위협에도 아랑곳하지 않고 무섭게 으르렁거리며 한 번에 덮칠 기세로 머리를 수그리며 자세를 낮추었다.

마귀선은 잭나이프 정도로는 안 되겠다 싶어 주위를 둘러보았다. 그때 워크웨이 난간 옆으로 불쑥 튀어나온 쇠파이프가 눈에 띄었다. 기다랗고 묵직하게 생긴 쇠파이프를 휘두르면 저 정도 개쯤은 충분히 이길 수 있으리라 판단한 마귀선은 쇠파이프 끝을 움켜쥐고는 그것을 있는 힘껏 잡아당겼다. 인간은 목숨이 위태로운 상황에서는 믿지 못할 괴력을 발휘하는 법이다. 마귀선은 두 손으로 쇠파이프를 뽑아내더니 무적이 앞에 섰다.

"너 오늘 나한테 한번 죽어 봐라."

마귀선은 묵직한 파이프를 힘겹게 들어 올렸다. 그 순간 무엇인가 무너져 내리는 소리가 세차게 들렸다.

'우지끈.'

바로 마귀선이 서 있던 워크웨이가 무너져 내린 것이다. 그 쇠파이프는 무대설치 관리자들이 공연을 앞두고 무대세트를 고정시켜 놓은 것인데 그걸 건드렸으니 순식간에 무대세트가 무너져 내리면서 대형사고로 이어진 것이다.

"으악!"

순간 마귀선은 외마디 비명과 함께 발목이 와이어 끝에 감기면서 무대 아래로 추락하고 말았다. 객석에 있던 관객들은 흘러나오는 음악만 들으면서 무대 앞에 드리워진 붉은 색 커튼만 멀뚱멀뚱하게 바라보고 있었는데 난데없이 그 붉은 커튼을 배경으로 웬 사람이 거꾸로 매달려 내려와 그네를 타는 것을 보고는 모두들 비명을 질렀다.

하지만 일부 관객들은 그것이 이번 뮤지컬에 나오는 특별 퍼포먼스인 줄 알고 신기한 듯 바라보았다. 그때 누군가 힘찬 박수를 쳤다. 그러자 모두들 따라서 박수를 쳤다. 마귀선은 쇠줄에 거꾸로 매달려 거대한 시계추처럼 왔다 갔다 하면서 객석을 항하여 소리쳤다.

"살려줘요!"

그러나 관객들은 마귀선의 절규를 듣고도 그것 역시 퍼포먼스인 줄만 알고 환호성을 지르며 왔다 갔다 하는 마귀선의 몸뚱이에 맞춰 계속

마녀가 된 우리엄마

해서 박수를 쳤다.

그것은 영락없는 인간 메트로놈이었다. 객석에서 다른 관객들과 같이 신명 나게 박수를 치고 있던 하수왕은 한참 만에 매달려 있는 사람이 다름 아닌 마귀선이라는 것을 발견하고는 자리에서 벌떡 일어섰다.

"여러분, 그만하세요! 저 사람은 주인공 마귀선이란 말이에요!"

그때였다.

우지끈하는 육중한 천둥소리가 극장 안에 울려 퍼지더니 조명을 매달아 놓은 빔이 무너져 내리면서 무대를 가리고 있던 붉은 커튼이 통째로 밑으로 내려앉고 무대 위의 구조물들이 맥없이 쓰러지고 이쪽저쪽에서 번쩍거리며 전기 스파크가 일어나기 시작했다.

'우르르, 쿵쿵.'

그제야 사람들은 이것이 초대형 안전사고라는 것을 알아차리고는 출입문을 향하여 정신없이 탈출하기 시작했다. 오페라 극장은 일순간에 아수라장이 되었다. 방금까지 음악과 코러스가 흐르던 천국 같던 극장 분위기는 일순간에 아비규환 생지옥으로 바뀌었다.

관객들은 지옥문이 닫히기 전에 목숨이라도 건지려는 듯 필사적으로 출입문을 향해 달려갔다. 하지만 단 한 사람 하수왕만은 이들과 반대방향인 무대 위로 뛰어올랐다. 그때 누군가 그를 향하여 소리쳤다.

"얼른 내려와요! 위험해!"

하지만 하수왕은 그런 소리에 아랑곳하지 않고 무대 위에 나뒹구는 무대세트들을 헤치고 무대 바닥으로 떨어진 마귀선에게로 달려갔다. 마귀선은 입에서 피를 흘린 채 바닥에 쓰러져 있었다. 그녀의 다리에는 강한 와이어가 칭칭 감겨 있었고 몸뚱이에는 커다란 무대세트가 육중하게 그녀를 짓누르고 있었다.

"조금만 참아. 내가 꺼내 줄 테니까."

하수왕은 목재로 된 무대세트를 들어 올리려고 힘을 주었다. 관자놀이에 핏발이 설 정도로 혼신의 힘을 줬지만 엄청난 무게의 세트는 조금 들리는 듯싶더니 더 이상 움직이지 않았다.

그때였다. 하수왕은 위에서 무슨 소리가 나는 것 같아 고개를 쳐드는 순간, 공중으로부터 커다란 철제 조명기구가 떨어지면서 그의 머리에 세차게 부딪혔다.

"으악."

하수왕은 외마디를 내뱉으며 그 자리에 쓰러졌다.

오페라 하우스 중앙로비는 한꺼번에 밀려 나온 관객들로 인산인해를 이루었고 이들은 한시라도 먼저 오페라 하우스를 빠져나가려고 정문은 그야말로 아수라장이 되었다. 화장실에서 눈물을 흘리며 비통한 최후의 기도를 올리고 있던 예라는 갑자기 바깥에서 들려오는 비명 소리와 군중들 고함 소리에 깜짝 놀라 화장실에서 나와 로비로 나가 보았다.

대체 어떻게 된 영문인지 아직 뮤지컬 공연이 끝나려면 한참이나 남았는데도 많은 사람들이 정신없이 오페라 하우스를 빠져나가고 있었다. 예라는 관객들과 반대 방향인 극장 안으로 걸어갔다.

그때 김정아는 오페라 하우스 정문을 막 들어가려던 참이었는데 수많은 사람이 몰려나오는 바람에 안으로 들어갈 수가 없었다.

"무슨 일이지?"

김정아는 무엇인가 심상치 않은 일이 안에서 생긴 것임을 짐작하고 역류하는 연어처럼 밀려 나오는 군중 사이를 뚫고 어렵게 오페라 하우스 안으로 들어갔다. 그리고는 곧장 극장을 향하여 달려갔다.

극장 안으로 들어온 김정아는 주위를 둘러보았으나 객석에는 관객이라고는 단 한 명도 없었다. 김정아는 무대를 바라보았다. 무대는 무너져 내린 특수 장비와 세트로 아수라장이 된 데다 흐트러진 조명기구들이 이리저리 정신 사납게 조명을 비추고 있어 무대는 폭격을 당한 도시처럼 변했다.

"세상에…"

참담하게 무너져 내린 무대를 바라보던 김정아는 입을 다물 수가 없었다. 그때 그녀 옆에서 누군가의 목소리가 들렸다. 아무도 없는 줄 알았는데 극장 안에는 김정아 말고 또 다른 사람 한사람이 더 있었다.

"아빠! 아빠! 어디 있어요?"

김정아는 반사적으로 소리 나는 쪽을 향하여 고개를 돌리자 다른 출입구 쪽에 조그마한 여자아이가 서 있었다. 그 목소리가 하도 귀에 익은 목소리여서 순간 김정아는 직감적으로 그 아이가 자기 딸 예라일 것이라는 생각이 들었다.

"너… 혹시 예라니?

김정아는 조심스럽게 불러보았다. 그러자 어둠 저쪽에 있던 여자아이는 김정아 쪽으로 고개를 돌리고는 아무 말이 없었다. 그녀는 끌고 온 캐리어 가방을 내려놓고는 아이가 있는 곳으로 달려갔다. 그녀가 가까이 다다르자 아이의 얼굴이 확실히 보였다.

예라였다.

"예… 예라야."

김정아는 왈칵 눈물을 쏟으며 두 팔을 벌린 채 무릎을 꿇고 그 자리에 주저앉았다. 그리고는 마치 황제 앞에 꿇어앉은 신하가 무릎으로 한발, 한발 다가가듯 예라를 향해 천천히 다가갔다.

"예라야."

김정아는 쏟아지는 눈물을 주체할 수가 없었다. 예라는 지금 자기에게 다가오는 여자가 설마 친엄마일 거라고는 상상조차 하지 못했다. 초롱이가 뛰어놀 천국보다도 낯선 이 오페라 하우스에서 그렇게 갑작스레 친엄마를 만나게 된다는 것은 있을 수 없는 일이었기 때문이다. 하지만 다가오는 여자의 얼굴이 조명에 점점 선명해지자 예라는 놀라움을 감출 수 없었다. 무릎 꿇고 다가온 그분은 정말 엄마였다.

"엄… 마?"

"그래, 예라야. 엄마다."

"어… 엄마!"

예라는 복받치는 설움을 참지 못하고 큰 소리로 울면서 김정아의 품에 와락 안겼다. 두 모녀의 2년 만의 해후였다. 예라는 서럽게 울어댔다. 김정아는 예라를 끌어안은 채 조그만 예라의 등을 계속 쓸어주며 말했다.

"예라야, 엄마가 다 안다. 엄마가 늦게 와서 미안해. 이제 너는 엄마랑 같이 살 테니까 걱정하지 마. 예라야."

예라는 아무런 대답도 없이 계속 엄마를 부르며 하염없이 눈물을 흘렸다.

"예라야, 그런데 아빠는 어디에 있지?"

어느 정도 감정을 추스른 김정아가 예라의 눈물을 닦아 주며 물었다.

"엄마, 나도 모르겠어."

예라는 안 그래도 아빠 하수왕을 찾고 있던 터라 고개를 가로저으며 대답했다. 그때였다.

"으악!"

누군가 무대에서 괴성을 지르는 것이었다. 김정아는 그 목소리가 매우 익숙한 목소리 같아 그쪽으로 가볼까 망설였다. 관계자들은 무너진 무대세트 때문에 무대로 들어가는 문이 막혔는지 계속 쿵쾅거리는 소리만 들리고 무대 위에는 아무도 없었다.

"으악! 누가 우리 좀 구해줘! 나 죽는다!"

김정아는 깜짝 놀랐다. 지금 무대 쪽에서 들려오는 목소리는 확실히 하수왕의 목소리였다. 김정아는 예라의 손을 붙잡고 무대 위로 달려갔다. 김정아가 꼴도 보기 싫은 하수왕을 찾는 이유는 그놈이 무슨 꼴을 하고 있건 간에 오로지 예라를 데려가겠다고 통보하기 위해서였다. 무대 위에 올라온 김정아와 예라는 조심스럽게 무대 한가운데 쓰러져 있는 사람에게 다가갔다.

"예라야, 넌 위험하니까 저 출입구 쪽에 가 있어라."

김정아가 말하자 예라는 고개를 끄덕이고 다시 출입구 쪽으로 달려갔다. 그러고 나서 김정아는 하수왕에게 조심스럽게 다가갔다. 하수왕은 옷은 웬만한 연예인 뺨치게 멋들어지게 차려입었지만 얼굴은 완전히 피투성이가 된 채 신음하고 있었다.

"내가 왜 이러지? 몸이 움직이질 않아. 당신 누구야? 너… 혹시 김정아? 네가 여기는 어떻게 알고 왔어?"

하수왕은 정신이 혼미한 가운데서도 김정아는 정확히 알아보았다. 하지만 세차게 부딪힌 조명기구 때문에 머리가 어떻게 됐는지 몸을 제대로 가누지도 못하고 드러누운 채 흐느적거리고만 있었다. 그 옆에는 꿈에 나타날까 두려웠던 마귀선이 거대한 무대세트에 오징어포처럼 깔린 채 초점 잃은 눈을 깜박거리고 있었다. 그때 마귀선은 '김정아'라는 소리에 필사적으로 정신을 차리고 눈동자에 초점을 맞춰 가까이 다가온 그녀를 바라보았다.

"김정아… 네년이 여기 웬일이냐? 내가 이렇게 비참하게 누워있으니 기분 좋지?"

마귀선의 내뱉는 말에 김정아는 아무런 대꾸도 하지 않고 그저 담담한 얼굴로 두 사람을 내려다보았다. 그때까지도 무대 뒤쪽에 있는 출입문 쪽에서는 앞에 가로막힌 거대한 세트를 빼내려고 여러 사람들의 힘쓰는 소리가 들렸다.

"김정아, 너 내가 누군지 알겠니?"

마귀선은 온몸이 피투성이로 엉망진창이 되었는데도 말투만은 아직도 냉소적이었다.

"네년은 내 아들을 죽인 살인마 마귀선이지 누구냐?"

김정아는 마귀선이 죽어가는 마당에도 살려 달라는 구걸은 안 하고 뻔뻔한 소리만 하는 그녀에게 차갑게 쏘아붙였다.

"흥, 내가 아무리 전신성형을 했어도 이렇게 못 알아보나? 김정아 네년은 눈치챌 줄 알았는데…. 잘 들어. 내가 누구냐면… 바로 마숙자야. 강변교회 성가대 마숙자, 후후후."

마숙자라는 말에 김정아는 깜짝 놀라 몸을 숙여 쓰러져 있는 그녀에게로 가까이 다가갔다.

"마… 숙… 자? 네가 마숙자라고?"

김정아는 그제야 마귀선의 얼굴에서 예전에 알고 있던 누군가가 생각났다.

"후후, 김정아. 이제야 알아보겠어?"

마숙자는 옛날에 김정아와 같이 강변교회에서 같이 성가대 활동을 하였던 잘 아는 사이였다.

"그런 네가 왜 나에게…."

김정아는 순간 머릿속에 만감이 교차하면서 고개를 절레절레 저었다.

"뭐야? 마귀선, 네가 강변교회 성가대 마숙자라고?"

이번에는 옆에 쓰러져 몸을 제대로 가누지도 못하는 하수왕이 놀란 목소리로 물었다.

"그래, 하수왕. 내가 마숙자다, 호호!"

마귀선은 입에서 울컥하며 핏덩이를 쏟아내면서도 통쾌하다는 듯 큰 소리로 웃었다.

"네년이 마숙자라고? 으악, 말도 안 돼. 말도 안 된다고!"

하수왕은 폐허가 된 오페라 무대의 마지막 피날레를 장식하듯 극장이 떠나가라 큰 소리로 외쳤다.

그때 결국 무대 뒤쪽의 문이 열리는 소리가 났다. 그러면서 그 안에서 여러 명의 스태프들이 뛰어나와 쓰러진 마귀선을 구하기 위해 무대 위에 널브러진 폐허 더미를 헤집고 마귀선 쪽으로 오려고 안간힘을 쓰고 있었다. 그때 누군가 큰 소리로 외쳤다.

"으악. 모두 피해. 천장을 봐!"

그 소리에 김정아는 반사적으로 천정을 올려다보았다. 조명기구가 줄줄이 달려 있던 또 다른 철제 빔이 우지끈하는 소리와 함께 곧 무너져 내리려 하였다.

"얼른 피해요!"

마귀선을 구하려고 무대로 올라왔던 스태프가 뒷걸음치며 소리쳤다. 그 소리에 김정아는 도망을 치려다 하수왕이 부르는 소리에 멈칫했다.

"예라 엄마, 뭐하고 있어? 어서 날 꺼내 달라고 어서!"

하수왕은 일그러진 얼굴로 김정아를 향하여 절규하였다. 그때 옆에 있던 마귀선도 김정아에게 팔을 뻗으며 애걸했다.

"내 친구 정아야, 나 좀 살려줘 제발. 그럼 내가 너 하자는 대로 다 할 테니까 제발 나 좀 살려줘 어서!"

둘은 비참한 모습으로 애걸하였다. 그러나 김정아는 그렇게 여유 있게 서 있을 시간이 없었다. 그리고 차갑게 대답했다.

"미친것들."

그때였다.

'쾅!'

공중에서 흔들리던 조명 빔이 그대로 떨어지면서 무대 바닥에 누워 있던 마귀선과 하수왕 위에 거대한 운석이 떨어지듯 굉음을 내며 떨어졌다. 얼마나 큰 충격이었던지 그 단단한 나무 바닥이 밑으로 꺼질 정도였다. 김정아는 가까스로 몸을 날려 위기를 모면했지만 마귀선과 하수왕은 그 자리에서 즉사하고 말았다.

그제야 스태프들은 무대 가운데로 뛰어나와 죽은 마귀선을 꺼낸다고 야단들이었다. 언제 연락이 되었는지 예술의 전당 밖에서는 소방차 사이렌 소리가 요란하게 울려 퍼졌고, 오페라 극장 출입문을 통하여 들것을 든 119구조대원들이 신속하게 무대를 향하여 달려오고 있었다.

하지만 오페라 극장 무대는 이미 초토화가 되었고 무대 한가운데에는 이날의 여주인공 록시하트를 꿈꾸던 새엄마 마귀선이 이 세상에서 가장 처참한 모습으로 죽어 있었다. 그리고 그 옆에는 허우대는 멀쩡하나 오로지 자신밖에 모르는 극도의 이기주의자 하수왕이 형체를 알아볼 수 없을 정도로 흉측하게 일그러진 채 숨을 거두었다.

김정아는 예라 쪽으로 달려가 딸을 껴안았다.

"예라야!"

뮤지컬관계자들은 무대 위로 올라가 마귀선을 상태를 살피려 하고 긴급 출동한 소방대원들은 붕괴위험 때문에 이를 막아서려다 보니 무대

　　　　　　　　　　　　　마녀가 된 우리엄마

주변은 일대 아수라장이 되었다. 김정아는 그러한 상황을 뒤로하고 예라를 끌어안은 채 극장 밖으로 나가려 했다. 그런데 그때 반대편에서 웬 노파가 느린 걸음으로 김정아 쪽으로 걸어왔다. 김정아는 그 노파가 사고 현장이 궁금하여 그곳으로 가는 줄 알고 무심코 지나치려 했다. 그런데 노파는 김정아 앞에 멈춰 서는 것이었다.

"네가 김정아 맞지?"

"네? 할머니가 어떻게 저를…."

김정아는 낯선 노파가 자신의 이름을 부르는 것에 놀라 노파를 자세히 바라보았다. 노파는 대답 대신 한걸음 무대 쪽으로 다가가더니 조용히 입을 열었다.

"마숙자 인생 저렇게 끝나는구먼. 망할 년, 내 돈도 갚지 않고 서리… 재수가 없으려니."

노파는 손에 들고 있던 서류 뭉치를 신경질적으로 찢으려 했다. 그러다 순간 맥이 풀렸는지 힘없이 손을 내리며 김정아를 쳐다보았다.

"정아야, 내가 누군지 궁금하지? 세월이 많이 흘렀으니 나를 어케 알아 보겠어? 자, 이거 읽어 보라우. 그럼 내가 누군지 알게 될 테니까."

노파는 손에 들고 있던 서류를 김정아에게 던져주고 유유히 사라졌다.

김정아는 방금 전 그 노파가 대체 누구인지 너무도 궁금하여 예라의 손을 붙들고 로비로 나갔다. 그리고는 불빛이 밝은 곳으로 가서 그 서류를 읽어 보았다.

"대출계약서?"

서너 장 되는 서류의 겉장에는 그렇게 쓰여 있었다. 김정아는 천천히 내용을 읽어 보았다. 그 내용은 계약서라기보다는 자기의 과거사를 고

백한 수필에 가까운 글이었다. 김정아는 계약서를 읽어 갈수록 놀라움을 금할 수 없었다. 그것은 마귀선에 관한 이야기였다.

마귀선의 본명은 마숙자다. 그녀는 10여 년 전 서울 강변교회에 다녔다. 그녀는 미래 유명 뮤지컬 가수가 되길 갈망하면서 교회 성가대 활동을 하고 있었는데 어느 날 갑자기 나타난 단원이 바로 하수왕이었다. 하수왕은 키도 크고 외모도 준수하여 성가대에 합류하자마자 여대생들 사이 최고의 인기였다. 경쟁심이 매우 강한 마숙자는 하수왕과 김정아 두 사람이 매우 가까운 사이라는 것을 알고 있음에도 불구하고 하수왕을 쟁취하기 위하여 그에게 결사적으로 달려들었다. 마숙자는 얼굴은 예쁜 편이었으나 워낙 뚱뚱하여 하수왕이 눈길조차 주지 않자 물량 공세로 달라붙었다. 돈이 궁하던 하수왕은 결혼 상대자는 김정아로 정해두고 몰래 마숙자를 만나 술도 얻어먹고 용돈도 뜯어냈다. 그런 마숙자는 하수왕이 자기를 좋아하는 줄로만 알고 그와 결혼하기 위하여 빚까지 내어 그가 원하는 만큼 돈을 대주었다. 하지만 하수왕은 그 돈으로 김정아와 데이트를 하는 데 썼고, 결국 어느 날 성가대 젊은 대원 회식자리에서 김정아와의 결혼을 발표했다. 마숙자는 충격 그 자체였다. 그 자리에서 누군가 하수왕에게 "김정아의 어떤 면이 그렇게 마음에 들었지?" 하고 묻자, "날씬하잖아. 엄마가 뚱뚱하면 애들도 뚱땡이로 태어날 것 같아. 그럼 난 그냥 밟아 죽일 것 같아." 철면피 하수왕은 마숙자를 앞에 두고 그렇게 뻔뻔스러운 대답을 하였다. 마숙자는 그 말을 머릿속에서 평생 지울 수가 없었다.

하수왕은 김정아와 결혼식을 올렸고 하수왕에 대한 애타는 짝사랑만 꽃피워왔던 마귀선은 큰 충격을 받고 자살까지 하려 했다.

마녀가 된 우리엄마

결국 전신성형을 위해 마귀선은 오소리에게 돈을 빌리게 되었고 그렇게 해서 그런 계약서를 체결하게 되었던 것이다.

"이런 말도 안 되는…"

김정아는 놀랍고도 참참한 마음으로 계약서를 덮었다.

"마귀선, 그래서 우리 집안을 그렇게 풍비박산을 만들어 놓은 거였어?"

김정아는 쓰레기통으로 가 들고 있던 계약서를 미련 없이 던져 버렸다.

그리고는 돌아서서 예라를 바라보았다. 두 모녀는 서로의 눈을 다정스럽게 바라보았다. 그 순간 두 사람 마음속에 쌓여있었던 모든 억울하고 서러웠던 감정이 뜨거운 태양 아래 눈 녹듯 모두 녹아버렸다.

"예라야, 이제야 초롱이가 눈을 제대로 감을 수 있겠구나. 이제 엄마랑 같이 살자."

둘은 뜨겁게 포옹하였다.

"엄마!"

예라는 엄마의 품 안에서 눈물을 흘렸다. 한참 동안 예라를 끌어안고 있던 김정아는 한 손에는 예라의 손을 잡고, 다른 한 손에는 여행 가방을 들고 무너진 예술의 전당 오페라 하우스를 뒤로한 채 정문을 나섰다.

오페라 하우스 앞에는 119구조대원들이 흰 천을 머리까지 뒤집어씌운 하수왕과 마귀선을 앰뷸런스에 싣더니 문을 세차게 닫고는 요란한 사이렌을 울리며 어둠 속으로 사라졌다.

김정아와 예라는 환한 불빛의 남부순환로 가로등 밑을 여느 행인들처럼 다정히 손을 잡고 걸어갔다.

끝.